命みじかし恋せよ乙女

少年明智小五郎

辻真先
Masaki Tsuji

東京創元社

命みじかし恋せよ乙女

少年明智小五郎

目次

〔主要登場人物〕

守泉余介（42歳）……守泉家当主
参造（60歳）……守泉家先代
苫米地滴（15歳）……余介の養女
ゆら（35歳）……滴の母。余介の妾
花谷歌枝（38歳）……余介の妾
大田原金彦（39歳）……守泉家食客。男爵
銀子（39歳）……金彦の双子の妹
仁科類子（36歳）……銀子専属の看護婦
井田春雄（20歳）……近隣の地主。高等遊民のモボ
近藤伊織（25歳）……駐在所の巡査
花谷島乃（52歳）……守泉家の女中頭。通称はお島
野上松代（18歳）……守泉家の女中。肥満の童顔。通称はお松
河口竹子（25歳）……守泉家の女中。おしゃべり。あだ名は火吹き竹
萱野平六（47歳）……守泉家の使用人。門番を自任する
源田忠（29歳）……守泉家の小作人
スエ（14歳）……その妻

中村静禰（15歳）……………………「なかむら座」二枚目
松之丞（45歳）………………「なかむら座」座頭。静禰の父
かずら（43歳）……………「なかむら座」の裏方。松之丞の妻
雪栄（18歳）………………………「なかむら座」娘形
尼崎博士（38歳）…………………………………………………医師
五十嵐警部（35歳）……………警視庁に奉職する敏腕警察官
レミ（通称）（13歳）……………愛犬カピと共に守泉家に勤める
佐々木カネ（15歳）……………………………伊藤晴雨のモデル
伊藤晴雨（37歳）……………………………緊縛画家。時代考証家
阪本牙城（23歳）……………………………………………晴雨の助手
明智〝探偵小僧〟（16歳）…………………帝国新報に寄稿している
ゴロちゃん（15歳）……………明智分家の中学生で本家に寄宿中
可能勝郎（25歳）……………………………………………帝国新報記者

始《はじまり》――大日本帝国東京府荏原郡世田谷村

キーイイッ。

ガラス板を爪でひっかくとこんな音になる。

玉川《たまがわ》電車はカーブを曲がっていた。寸詰まりの単車だから軌道の曲線が乗り心地に正比例する。三《さん》軒茶屋《げんぢやや》駅を出てからずっと居眠りしていた可能勝郎《かのうかつろう》は、目を開けたのに視界が暗闇だったので一寸《ちよつと》あわてた。

なんのことはない、おろしたての鳥打ち帽が顔にズリ落ちただけだ。

窓外に広がるのは秋たけなわの武蔵野《むさしの》だが、あいにく雲が空を斑《まだら》に覆っている。床に転がっていた番傘を拾おうとすると、丁度《ちようど》ブレーキがかかっていっそう遠くに転げてゆく。持ち主をからかっているみたいだ。

日は傾いたが、月給取りの退勤には早いので座席はガラガラで、網棚にぶつかる吊り革の音が陽気なリズムを刻んでいた。正面では六十に手の届きそうな梅干し婆さんが、座席の上でチンマリと両膝を揃えていた。その横に据えられたのは、唐草模様の大きな風呂敷包みだ。玉電の始発駅渋谷《しぶや》では大型の百貨店が繁盛して、周囲に雑多な店舗が犇《ひし》めいている。そんな新興の商店街で買い物してきたのだろう。

それにしてもでかい荷物と思ったが、隣で居眠りしている年増の女が運び役らしい。

吊り革の音がふとやんだ。駅が近づいたようだ。

婆さんの身のこなしはすばやかった。

「コラ竹《たけ》、火吹き竹！」

ヒフキタケとはなんだ？　考えていたら、婆さんは腕をのばして女の頭をゴチンとやった。次の瞬間もう座席を下りている。電車が止まってもビクともしない。

年増は――トシマと聞けば色っぽいが、出っ歯が目立つので色気は帳消しだ。窓を見てあわて気味に風呂敷包みを背負って追いかけた。そのときはもう婆さんは、駅員が開けた扉からホームへ下りている。

ハハ、達者なもんだと見とれた勝郎はつぎの瞬間、泡を吹いた。

お目当ての駒沢駅《こまざわ》だった！

右手にカバン、左手に番傘、小わきに膨らんだ合財袋を抱え、口にキップをくわえた勝郎は、やっとのことでホームに降り立った。

尤《もっと》もあわてる必要なんて、なかった。玉川方面から砂利満載の貨車を牽《ひ》いた電車列車が、隣の線路に入ってくるところだ。勝郎が乗った電車は砂利運搬の列車と待ち合わせだったらしい。

玉川電車はもともと単線で運行されており、今は複線化工事の最中である。明治二十年代後半に出願されたときの社名は、玉川砂利電気鉄道だ。そもそも玉電は人間ではなく、多摩川《たまがわ》で採掘される砂利を運ぶ目的で敷設されたのである。

大正の御世《みよ》には帝都へ人口集中がすすみ、既存の区部から溢れ出た人々は、長閑《のどか》な西郊を徐々に浸食していった。畑とまばらな民家、丘陵と雑木林が主役であった武蔵野が、東京の住宅地に変貌されてゆくご時世であった。

省線電車が走る中央線はその大動脈だが、人口増は線ではなく面として広がったから、とうてい省線一本では賄いきれない。

幾何級数的に増えるサラリーマン諸君の足として、きめ細かな交通機関が要求されたのは当然の帰結だ。民営各社の路線が蜘蛛の巣のように四方へのびようとして、玉川電車はそのトップを切っていた。

渋谷をターミナルとして、一部は市内の天現寺《てんげんじ》方面にも路線をのばしたが、主力は多摩川をまたいだ溝ノ口《みぞのくち》へ向かうルートとして、それまで大量高速輸送機関のなかった世田谷《せたがや》村が都市化する、一大原動力となったのである。

帝国新報記者の勝郎が社屋のある東銀座《ひがしぎんざ》から渋谷に出て、玉電に揺られてきたのはむろん取材のためだ。それも二泊の予定である。

カフェが一軒開いているだけの淋しい駅前だったが、さいわい人力車が客待ちしており、婆さんがお竹に指示して、その一台に風呂敷包みを押し込ませていた。

勝郎が乗った人力車は威勢がいい。一足先に走り出す。

「へへ、助かりやした」

「なんのことだい」

「あの婆さん、苦手なんですよ」

「へえ。クルマの常連だったか」

それにしては質素な着物だと思っていると、車夫が解説した。「この先の守泉《もりいずみ》家の女中頭でさ」

「ほう……僕の行先もそこなんだ。名が売れてるらしいね」

「そりゃあ旦那。このあたりで『むの字屋敷』を知らない奴はもぐりでさあ」

旦那呼ばわりされるのはへその緒切ってはじめてで、勝郎は少々照れた。世田谷村でも名だたる郷士を取材のため、一張羅の袴を穿《は》き、鳥打ち帽を新調した甲斐があったというものだ。

郷士といえば田舎住まいの武士か、お上にたんまり寄付金を貢いで士分になった豪農の謂いで、下町育ちの給料取りには縁遠い。

「よほどの金満家らしいね」

「旦那があっしの俥《くるま》に乗ってるのも、守泉の御前さまのご威光ですぜ」

声は初老の響だが、口は達者で善《ぜん》さんと名乗った。

「駒沢なんて淋しい駅に、ちゃんと駐輪場があったでしょうが。守泉のご当主、余介《よすけ》とおっしゃるんですがね、御前さまが駅に箔をつけろと、あっしらに駄賃を奮発なすったからでさあ」

車夫にもいくつかの階層がある。いちばんの高位は日銀総裁など有力者の専従になる「おかかえ」だが、常設の駐輪場で客待ちする「ばん」は、勝郎が乗っている人力車のクラスだ。

目当ての守泉家まで歩いてたっぷり一時間を覚悟していたから、玉電を降りて饅頭笠《まんじゅうがさ》の車夫たちを見てホッとしたものだ。

「近くに坊さんの学校があるから、客が多いのかと思った」

「ああ、曹洞宗《そうとうしゅう》の学校ね。あいにくだが坊さんにゃ俥は使ってもらえねえ」

「大学令が出れば、駒沢大学を名乗るらしいが」

俥はゆるやかな上り坂を走りはじめた。

右に広がるのは文豪国木田独歩《くにきだどっぽ》が「亭々たり。矗々《ちょくちょく》たり」と形容した武蔵野の雑木林だ。クロマツやスギ、ヒノキなどの常緑樹に、ケヤキやコナラの落葉樹が入りまじる中で、ひと刷毛《はけ》紅を加えるのがイロハモミジだ。

その昔は人馬を覆い隠すほどのアシやススキの広野であったとか。今では点在する屋敷と防風林、せせらぎに隣り合う畑が、ほどよいバランスを保っているが、堆肥《たいひ》用に植えられた落葉林は、秋風になぶられ寒々と裸にされていた。

「坊さんの学校よか頼りになりそうなのは、こっちでさ」

軽快な足どりの車夫が左手を示す。

見るも鮮やかに風情は一転した。目の届く限りゆるやかな丘陵に敷かれたのは、草色の絨毯であった。

「戦争成金さまが拵いて、あっしたちを使ってくれるという寸法で。三万坪の球転がしでさあ」

「ゴルフコースだね」

新聞記者の勝郎だから、これは知っている。外人向けのゴルフ場は神戸にも横浜にもあるが、日本人が日本人向けに開いたゴルフコースは、この駒沢がはじめてである。

ご一新このかた西欧文明を取り入れようと躍起《やっき》だった日本は、日清日露の両戦役につづく今度の世界的な大戦争では、漁夫の利を得られそうだ。火薬の匂いに無縁な文化の面でも、欧米に追いつけ追い越せと息はずませる大正期の日本であった。

車夫のおしゃべりはつづく。話の肴《さかな》は「むの字屋敷」になった。

「どんな由来があるんだい」

「先々代から普請《ふしん》道楽でしてね。なにかというと建て増した。以前は人を使って田圃も畑も自分が宰領していらしたが、先代あたりで小作に丸投げなすって。今じゃ間数《まかず》は多いがふだんはガランとしていますよ」

「ははあ、だから無の字ってことか」

わけ知り顔で相槌《あいづち》をうつと、あっさり否定された。

「いえね、旦那。屋敷を空から見下ろすと、ひらがなの『む』の文字そっくりだからなんで」

さあわからない。誰か凧《たこ》に乗って空へあがったのかと茶々をいれたかったが、善さんは大まじめだ。

「先々代が建てたときは片仮名の『コ』の横倒しだったものが、芝居好きの参造《さんぞう》さまが端っこに舞台を造りなすった。『む』の左上の横棒でさ。そこへもって芝居者の控の間やら、舞台につながる隠し廊下やら建て増しなすった」

「へえ」

「……で、当代の余介さまが、離れに向かう階段と長ったらしい廊下をお造りになった。もとからあった通路に割り込む形で、おまけにその上に楽屋がかぶさってできたんで、『む』の結び目そっくりになりやした」

「なるほど」

応じたものの、勝郎には屋敷全体の姿がさっぱり呑み込めない。

「なにしろ広いお屋敷でね。高台から多摩川の崖地めがけて建ってるんで。ご一新のすぐ後ですが、迷った女の子が死にかけたというから半端じゃねえ」

「まるで怪談だな。そんな因縁の屋敷で『番町皿屋敷』をやるんだって?」

水を向けると車夫は喜んで食いついてきた。

「おっ、それでさあ。二日後には『むの字屋敷』がまるごと芝居小屋になっちまう。帝都の片隅の世田谷村で、帝劇ばりの出し物が見られるんですぜ！」

力んだ車夫がオヤという顔で、客を振り向いた。

「旦那、記者を名乗っておいででは」

「そうだよ。帝国新報から取材にきたんだ」

「そいつは豪気だ！　するってえとお目当ては中村静禰《なかむらしずね》ですかい」

「それだけじゃないさ」

編集長からは舞台を含めてイベントの裏表を、細大漏らさず書けと注文されていた。ぶっちゃけていえば、守泉家は帝国新報の勧進元《かんじんもと》のひとつなのだ。せいぜい当主に喜ばれるよう書き立てろといい含められていた。

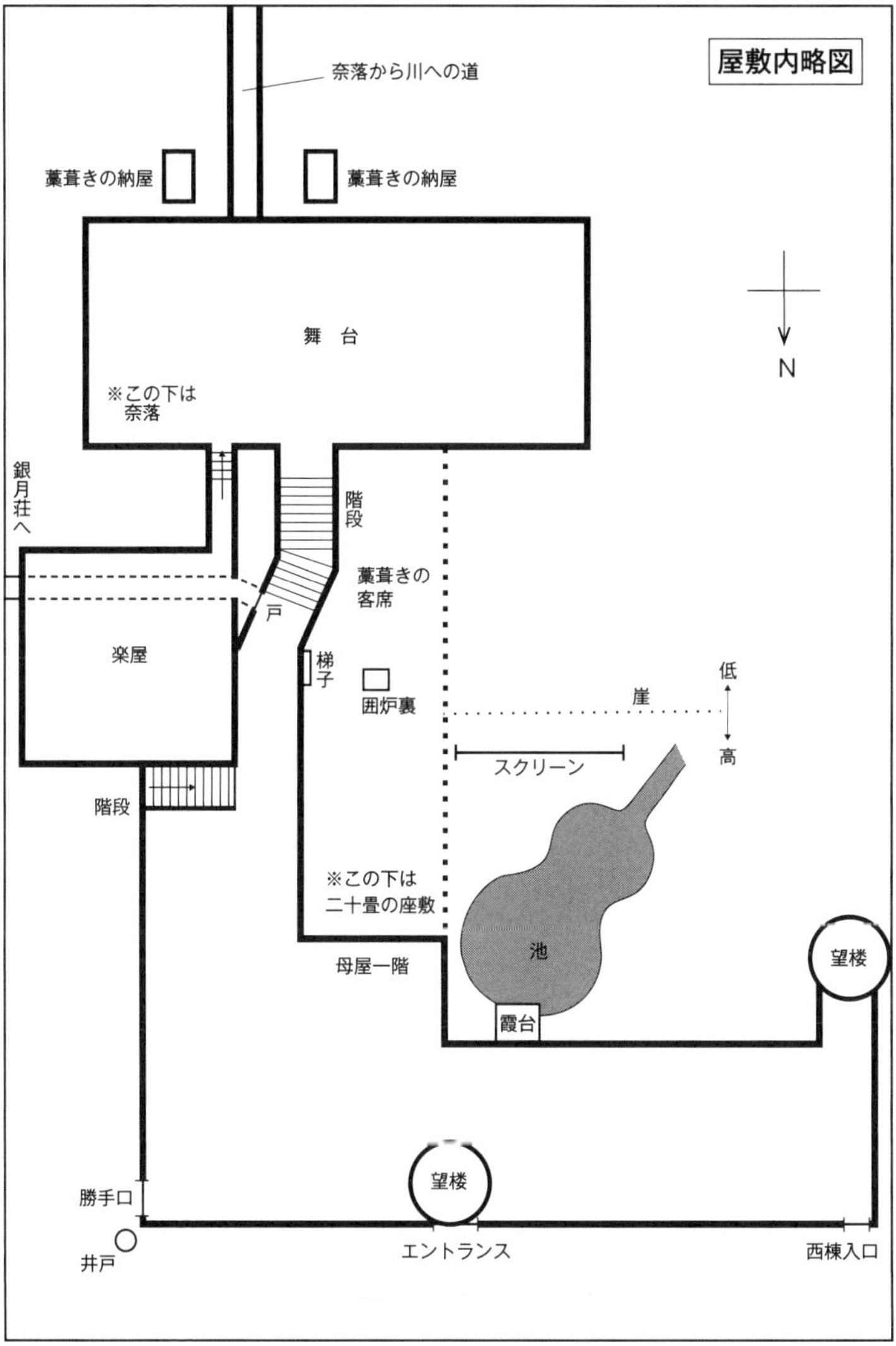
屋敷内略図
奈落から川への道
藁葺きの納屋
藁葺きの納屋
舞　台
※この下は
奈落
N
銀月荘へ
階段
藁葺きの
客席
戸
楽屋
梯子
囲炉裏
崖
低
高
スクリーン
階段
※この下は
二十畳の座敷
池
母屋一階
望楼
霞台
望楼
勝手口
井戸
エントランス
西棟入口

明治もまだ十年代、抱えていた土地が思わぬ高値で買い取られ、どうせ泡銭《あぶくぜに》だと先々代守泉仁兵衛《にへえ》のまとめ買いした株が、日清日露の両戦役をまたいで鰻《うなぎ》上りとなったのである。

「大々的に提灯《ちょうちん》をもつつもりだよ」

胸をたたかんばかりに請け合うと、善さんのつづけた言葉に翳《かげ》があった。

「結構なお話ですがね……そういうことなら思い切ってぶちまけやしょう」

「ん？　どんな話だい」

「旦那は、明後日に控えた催しの、中身を詳しくご承知ですかい」

「いや、そいつをこれから取材するんだが」

豊穣を祈り収穫を祝って、全国どこでも笛太鼓が鳴り響く季節だった。だが守泉家が催す祭事は、なみの鎮守と趣が違っているらしい。

守泉の名字から察せられるように敷地からわき出る豊富な水の溜池が、農業用水として村の貴重な資源なのだ。それだけに「むの字屋敷」の催事は華やかで、区内から名うての役者を招いて本格的な芝居を村人に見せていたというのだが……。

「この二年中止されていましてね」

それは知らなかった。

「やはりあれかい、スペイン風邪のせいかい」

世界的な流行病《はやりやまい》が日本にも飛び火、罹患《りかん》した死者は十五万を凌《しの》ぎ、今も感染者はあとを絶たない。名女優松井須磨子《まついすまこ》の情人であり舞台『復活』で帝劇を沸かせた島村抱月《しまむらほうげつ》も病死、その後を追った彼女の痛ましい自殺も先頃起きている。

「いえ、そうじゃないんで。演目の『番町皿屋敷』でお菊《きく》を務めた女形《おんながた》が、井戸に落ちて足を折ったんでさあ」

「気の毒に」

「手当てした町医者がとんだヤブで、役者は片足なくしたあげく、悲観して首をくくりやした」

「……」

「休んだ二年の間に代替わりがござんして……こういっちゃなんだが、旧弊だった参造さまと違い、当代の余介さまは開明なお方だ。いつまでも村人の楽しみを奪うことはないと、祭を復活なすったんでさあ」

「結構なことじゃないか」

日ざしに横顔を炙られた勝郎は、額が汗ばむほどだ。

「それも呼んだのが中村静禰とは凄い。あの子が帝劇に客演すると、大向こうがやんやの喝采でね。名代の旧劇役者が霞むほどの殺陣《たて》を見せたからな」

「へへ、旦那よくご承知で」

伜《せがれ》を褒められたように、車夫は嬉しがった。

「いやもう水もしたたるってな、あの子のことでさ。名は高くても腰は低い。沢正《さわしょう》から新国劇に誘いがあったのを、ポンと断ったてえから気っぷもいいや」

沢正こと沢田正二郎《さわだしょうじろう》は剣劇の創始者として、飛び切りの人気者であった。新国劇の座長として『国定忠治』の大ヒットを飛ばし、村の子どもたちでさえ「赤城《あかぎ》の山も今夜を限り」と名台詞《めいせりふ》をそらんじるほどだったのだ。

尤も静禰は花形とはいえ父親松之丞《まつのじょう》が座頭の旅芝居「なかむら座」の一員でしかない、〝瓢簞《ひょうたん》祭〟公演も一座ぐるみの契約で、つい昨日「むの字屋敷」へ荷物を運びこんだところであった。総勢三十人足らずだが、屋敷が広いからみんな座敷で寝泊まりできた。旅興行では楽屋泊まりが当たり前だけに、一座は大喜びだったらしい。

「そいつが実は心配ごとの種なんで」

振り向いた車夫が足をゆるめ声を落としている。

「先代が演目を聞いて駄々をこねやした。客が目当ての静禰の芝居は『天晴れ田宮坊太郎《たみやぼうたろう》』なんですが、ひと幕でいい歌舞伎も添えろと仰る」

「ふうん。だが『なかむら座』ならできるだろう。筋の通った舞台を見せるぜ」

「それが旦那。よりによって参造さまは『皿屋敷』をやれと」

勝郎も少々驚いた。

「因縁の芝居を持ち出したのか。で、どうなった」

「そこは余介さまでさあ。不吉だ、祟りがある、周りの声を聞かばこそで、あっさり注文をお呑みになった」

「ほう！」

勝郎はちょっと感心した。

「大正の御世になって祟りもくそもない。二度と事故を起こさぬよう注意して舞台にかけりゃそれでいい、てんで」

「度胸のすわった御前さまだな。その考え、僕も賛成だね」

「ところがどっこい！」

善さんの舌に油が乗ってきた。

「祭が近づくにつれ、イヤな兆しがみえてきたんでさあ……ホレあの寺ですよ、二日前に撞木《しゅもく》の綱がプツンと切れた」

右側に立ち上がったのは小高い丘に広がる針葉樹の林である。鐘楼らしい瓦葺《かわらぶ》きも見えた。武蔵野の只中というのに、物寂びた深山を想わせる緑濃い寺域であった。

「徳川家《とくせん》ご開府以来の由緒ある、招来山玄妙寺《げんみょうじ》なんですがね。夕べの鐘をゴンと撞《つ》いたとたん、棕櫚《しゅろ》を編んだ綱が切れちまった。あさっての方向を撞かれた鐘は、なんともヘンテコな音でしたよ」

「へえ」

古くなって切れただけというのも失敬なので黙っていると、善さんは躍起になった。

「一昨日がそれだ。昨日の祟りはまた奇天烈《きてれつ》でしてね。守泉家にゃ身に覚えのない棺桶が届いたんで」

「カンオケ？」

さすがに奇声を発したので、善さんは満足そうだ。

「さいでさ。近在にお弔いなんてありゃしないのに、はるばる三軒茶屋の葬具店から、ご注文の棺でございます……大八にのってやってきたから穏やかじゃねえ」

大人八人分の働きをするというので、左右に大型の車輪をそなえた荷車が大八車と呼ばれていた。

「店にはちゃんと前金が送られていたんだから、どう間違ったもんですかね。向こうも首をひねりながら引き上げたそうですが、可笑《おか》しいじゃありませんか。二度あることは三度ある。今日またなにか起こったら、それこそ『皿屋敷』の祟りでしょう……ん？」

車夫は右の丘を仰いだ。山門を流れ落ちる石段から世にも朗らかな少女の歌声が流れてきたのである。

「♪ずいずいずっころばし　ごまみそずい！……」

そこで声がとまったのは、少女も人力車に気づいたからだ。

「善ちゃあん！」

歌声は透明に伸びのある声だったが、車夫にかけたのは甘えるような色っぽさ。それも父親以上に年が離れた相手をちゃん付けしている。駒下駄を鳴らして駆け下りてきたのは、十代もせいぜい半ばだろう。桃割髪の黄八丈だが村娘とは思えない洗練された所作に見えた。

「三日前から『むの字屋敷』に泊まり込んでる小娘でさ」

「〝瓢箪祭〟の手伝いかい」

「そんなもんでしょう。書き割りを描く伊藤《いとう》先生の内弟子ですがね」

伊藤先生？　下の名を聞く隙がなく、少女はもう俥に駆け寄っていた。

梶棒《かじぼう》にへばりついて、勝郎と車夫を七三に見る。

「お願い、乗せてって！　和尚さんに届け物してきたら、あたいくたぶれちゃった……『むの字屋敷』に行くんでしょ、ねっ記者さん」

シナなぞつくらないのに、自然な色気が滲み出ていた。

「記者さんて……キミ、なぜ知ってる」

「和尚さまに聞いたの。帝国新報の記者さんが取材にくるって。帽子も袴もおろしたて、気合がはいってたから、あてずっぽ。ねっ、乗っけて頂戴な」

どうしますという風に車夫に顔をむけられ、勝郎は苦笑した。

「乗せてやるか」

「うれしいっ！」

身軽な女の子だった。勝郎の首っ玉に飛びつくほどの勢いで隣へ転げ込む。びんつけ油の匂いが鼻をくすぐった。

「あたい、佐々木《さ さ き》カネっていうの。初めまして！」おそろしく人なつこい。間近に見てつくづく若いと思い知った。ちんまり整った鼻筋、見張ったように大きな瞳、きゅっと締まった唇。十も年下だろうに圧された気分で返答した。

「僕は可能勝郎だ」

「勝郎兄さん？　よろしくっ」

俥が走り出すと、以前から乗っていたような顔つきで、また歌いはじめた。

「♪ちゃつぼに追われてトッピンシャン　抜けたらドンドコショ」

黙っているのも芸がないので、お愛想をいってみる。

「将軍に献上する茶壺の唄だね」

「ううん、男と女の唄だよ」

ケロリと返され勝郎は口ごもった。

「アラ知らない？　茶壺って女のアソコの隠語だもん」

「しかし最後は井戸のまわりで……だろう」

「そうよ。井戸はオイドでここのこと」

腰を浮かせた少女は、自分のお尻をペンとたたいた。

返答に詰まった勝郎だが、折よく車輪の片方が石ころをはねて俥が揺れ、カネは悲鳴をあげて両足を突っ張った。これはわざとらしさのない悲鳴だったから、勝郎はホッとした。

「おとなしくしないと、せっかくの髪が崩れるぜ」

「いいの。どうせ明後日は島田《しまだ》に結い直すんだから」

「島田？」

勝郎は少女の襟足を見下ろした。東海道島田の宿《しゅく》の女郎衆がはじめた島田髷《まげ》は、大人の女性を飾る髪形だ。小娘に似合うとは思えない。

記者の視線に気づいた彼女は、なぜかへへっと笑った。

「いいのよ、伊藤先生のお好みだもん」

それで思い出した。芝居の書き割りを描くため、守泉家に泊まっている画家のことを。

「伊藤晴雨《せいう》先生のことか」

「うん、新国劇から紹介された時代考証のオーソリチ……いてっ、舌噛んだ」

賑やかな女の子だ。善さんが声を張った。

「和尚さまがなんのご用だった」

「伊藤先生の絵をほしがって。そいで届けてあげたんだ」

オヤ、と勝郎は思う。由緒ある古刹の住職が所望するとは。伊藤晴雨とはそれほど令名高い画家だったか。

「花形役者の大首絵でも描いたのかい」

少女はニコニコと返事した。「笑い絵よオ」

男と女の営みを赤裸々に描いた春画のことだ。

勝郎は口を開け放しにしたし、善さんは首をねじって少女を睨んだ。

「そんなもんを、あの先生は描いてるのか」

「そんなもんてことないでしょ。歌麿《うたまろ》だって北斎《ほくさい》だって描いてるよ。それにモデルはあたいなんだから」

あわや勝郎は、膝の合財袋を落とすところだ。カネは小さな赤い舌の先を覗かせた。

「ウソ、ウソ、ホント。さあどっちでしょう。間違いないのは和尚さまが生臭ってこと。ああ、だから撞木の綱が切れたのかな」

「それだが」

勝郎としてはその話を、もう少し詳しく聞きたかった。

「カネくんも知ってるのか」

「村の人ならみんな知ってる。あんなへんちくりんな鐘の音聞いたのはじめてだもん。それを耳にした先代さまが震えあがったって。『皿屋敷』をやれといったの、ご自分なのにさあ」

「だが舞台は予定通り幕を開けるんだね」

「そうだって。御前さまの鶴の一声、肝が太いや」

カーブにかかって俥が傾いた。道が二手に分かれたが、善さんは右折して屋敷の表門を目指す。左へ折れれば東門で屋敷の通用門だそうだ。

二筋の道にはさまれた大きな三角形の土地は、高低差のない灌木《かんぼく》の林とささやかな畑だったから、その向こうに横たわる長い築地塀《ついじべい》を一望にできた。塀が囲い込んでいるのが「むの字屋敷」だろうが、車上からでは白く長い塀ばかりが目立つ。塀越しに見える守泉家は寄せ棟をつらね、中央と右端にふたつの望楼が空を突き刺していた。

道が切り通しにかかり遠目がきかないので、勝郎は会話を再開した。

「中村静襧丈《じょう》が主役を張っているんだね」

「うん、田宮坊太郎。あたいも講談で筋は知ってる。ヤアヤアここで会ったが百年目、不倶戴天の敵《かたき》イザ尋常に勝負いたせってなもんだ」

少女も静襧がご贔屓《ひいき》とみえ大いに乗ってきた。上気して無心な顔が愛くるしく、人目がなければ頬ずりしたいほどだ。

――と勝郎が、けしからん思いに浸ったとたんだ。

だしぬけに少女が立ち上がったので、俥は大きく左右に揺れた。

「危ない」

膝の合財袋を抱えて声をあげると、カネはもう座席にペタンと座り込んでいた。「今のアレ、なんだろう！　真っ赤な血の 塊《かたまり》 がブラ下がってた、『むの字屋敷』の表門に！」

勝郎が目をこすったときは、門はまた視界から隠れている。善さんも気づかなかったようで、饅頭笠をずらして空に目をやっていた。頭上をカラスが二羽、しゃがれ声で鳴き交わしてから飛び去った。

「むの字屋敷」の門が血に染まる

1

『カネちゃん、なんなの、その真っ赤な血だらけって』

『わかんない、チラッと見えただけで、すぐ隠れてしまった……あたい今、人力車に乗ってる。滴《しずく》はどこ』

『わたくしは自転車のお稽古なの。お屋敷の西の外れですわ』

『じゃあ滴の方が先に門へ出られるかな。気になるんだ、あの真っ赤なもの！』

『……きゃあ、あいつに見つかった！』

『ど、どうしたのさ』

『井田《いだ》でございます！』

『あのチャラチャラしたモボ？　滴の婿さん気取りでいる』

『婿だなんていわないでくださいまし！　いやぁ……あいつも自転車で追って参ります！　キャー、キャーーッ』

悲鳴がカネの頭の中でガンガン谺《こだま》する。

お嬢さまは辛いね、というカネの気持ちが顔に出たのか、記者に覗きこまれた。

「なにを笑っているんだ」

「え？」

「エじゃないよ。真っ赤な塊《かたまり》が見えたと騒いだ癖に、今度はひとりでニヤニヤしてる……やあ、こりゃあ豪勢だ」

勝郎こそコロリと口調を変化させた。

モミジの枝が絢爛《けんらん》たる色彩で道にかぶさってきたからだ。からっ風に頰をなぶられ、勝郎はすぐ真顔にもどった。

「キャアといったりニヤニヤしたり、忙しい子だ。そんな物騒なものが門に張りついてるなら、通りがかりの者が気がつくだろう」

善さんが代わって答えた。

「門扉は奥まってまして、すぐ前に行くまで見えないんで」

「そうか。長屋門だったね」

昔は上級の武家屋敷にしか許されなかったが、今では富農も構えるのが自由だ。豪壮な門の一部には長屋まで備えている。左の崖地が低まりその長屋門が正面に見えた。門自体は平屋だが、連なる海鼠《なま こ》壁の長屋をあわせて幅は優に六間（約十一メートル）あるだろう。

視界が大きく開くとカネが力んだ。

「あれよっ」

「うーむ、なるほど」

勝郎も唸った。

両開きの右の扉に、赤黒い代物がブラ下がっている。よくよく見定めると、それは首を切られた鶏の死骸であった。白い羽根の大半が首からの鮮血に染まって、血潮がまだ滴っていた。

カネが呟く。

「二回あれば三回あるってことね、善さん」

俥がガタガタと左右に揺れたのは、路面の凹凸だけではあるまい。善さんは梶棒《かじぼう》を摑む手を震わせていた。

「祟りだ……祟りだ……」

空を和やかな雲雀《ひばり》の声が渡ってゆく。右から受ける西日はスギの林に漉《こ》されて長屋門に注ぎ、屋根瓦《がわら》を斑《まだら》に光らせている。

築地塀《ついじべい》とせせらぎに挟まれた左の小道から、女の声が流れてきた。

「幟《のぼり》を立てるのは結構だけど、東門の近くだけにしてくださいよ」

やや権高な声の主は洗い流しの黒髪を風になぶらせていた。鬱金《うこん》色の着物が遠目にも垢ぬけていて、背景に浅草《あさくさ》の十二階など添えれば人目をひくポウトレイトができるだろう。従っていた大年増はじれった結びで髪をまとめ、モンペ姿に印半纏《しるしばんてん》を羽織っていた。モンペは足首のすぼまった地方の作業着である。着慣れた姿が甲斐甲斐しく見え、言葉遣いも丁寧だった。

「かしこまりました。一座の者によく申しておきます」

あたりが静かなので、女たちの声がよく通る。守泉家の女と、芝居を請け負った「なかむら座」の者に違いない。もうひとり大年増に付き添うように若い女がいた。楚々《そそ》という形容がぴったりくる姿のいい娘で、ひどく無口だった。「なかむら座」には静禰のほかに姉の雪栄《ゆきえ》という女役者がいる。多分彼女だろうと、勝郎は取材したときを思い出している。

奥まっていた門扉のせいで、血塗られた扉に三人は気がついていなかった。

「教えてやろうよ、歌枝《うたえ》さんが腰をぬかす前に」

歌枝は洗い髪の女の名前らしい。俥《くるま》より女たちの方が先に門に着きそうだった。メガホン代わりに丸めた手を口にあてたとき、右手からけたたましいベルの音が起きた。自転車が突っ込んできたのだ。

それも二台、白とピンクがもつれてつづく。

『滴、扉に吊るされているのは鶏だよ！　構うことない、ぶつけちゃえ！』

『そうさせていただきます！』

ピンクの乗り手は女学生とみえ、髪形はマーガレットで蝶みたいにリボンを結んでいる。ヒールでペダルを踏むのはともかく、流行の海老茶《えびちゃ》の袴で自転車を駆ってきたとは見かけによらぬ勇猛さだ。

「待ってよ、滴ちゃん！」

わめきながら白い自転車で追いすがる青年は、ロイド眼鏡にラッパズボンと、絵から抜け出たようなモダーンボーイだ。

女学生が自転車をほうりだし、門扉へつづく鉄平石の階段を駆け上がる。首なしの鶏があると彼女になぜ予期できたか勝郎にはわからなかったが、躊躇《ちゅうちょ》なくそいつを毟《むし》り取ってモボの顔へ投げつけた。見事に命中した。

「ぎゃあ」派手な悲鳴をあげ、モボは自転車ぐるみぶっ倒れる。血だらけになったメガネが飛んだ。

「ヒ、ヒドイよお」

ベソをかきそうだ。

門の前まできた三人の女性は、唖然とこの光景を見つめている。

「おばさんたち！　これよっ。これが門に吊るされていたの！」

道が大回りになるからと、人力車を飛び下り畑地を駆けぬけたカネだった。モボそっちのけで鶏の死体をブラ下げて見せる。

勝郎も門の正面でカネに追いついた。左右の長屋は二階家みたいに軒《のき》が高く、扉を擁した門構えも威風堂々であった。

歌枝たちは首なし鶏を前に立ちすくんだ。

2

女学生は肩で息をしながら柱に凭《もた》れかかっている。カネと同年配だがかもす雰囲気は洋風と和装で正反対だ。

「滴ちゃん！」

カネが、女学生の名を呼んだ。

滴というと――守泉家の娘だったかな？

調べてある郷士の家の内情を、勝郎はあわただしくおさらいする。そうだ、彼女は当主余介の娘だった。尤《もっと》も去年籍を入れたばかりの養女である。

歌枝たちは蒼白な顔で、まだ動けない。決して大仰ではあるまい、これで三日連続になる凶兆だもの。あちこちの農地にいた村人が、騒ぎを認めて三人四人と近寄ってきた。投げ出された赤黒い塊を指さして、なにか囁《ささや》き交わしている。

正面の門扉は閉じたままだが、左手の潜り戸が開いて黒いベレエ姿が現れた。

「騒々しいじゃないか。なにごとだ……おや、井田の坊ちゃん」

ベレエ帽の下の顔は頰髯《ほおひげ》がむさ苦しいほどで、煉瓦色のルパシカを着込んだ眉の濃い中年者だった。井田と呼ばれたモボははたちそこそこに見える。やっとレンズを拭きおえると、子どもっぽくふくれ顔になった。

「その坊ちゃんはよしてよ、男爵さん」

男爵？

そうだ、親同士に親交があった縁で、守泉家には爵位を得ている大田原《おおたわら》家の二代目が居候《いそうろう》していた。公家の末裔《まつえい》と聞いたから、想像とまったく違った身なりに面食らっていた。モンマルトルあたりの画家くずれみたいだ。

「大田原さん、足元の鶏を見て頂戴！」

ヒステリックな歌枝に対して、男爵は落ち着いたものだ。

「ほほう、鶏《とり》鍋でもやるのかね」

笑ったらしい。髯を震わせただけの反応が、相手の神経を逆撫でしたようだ。

「そんな代物が、ご門に吊るされていたんです！」

集まっていた村人も口々に反応を示したが、男爵は動じない。

「ひょっとすると歌枝さん、こいつが祟りだと仰りたい？」

「ほかに考えようがありますか！　それともうちの小屋の鶏をしめたと仰るの」

「おい、平《へい》さん」

男爵が潜り戸に声をかけると、「なんでしょう」いがらっぽい声の主、五十がらみの頑丈な肉体の男が現れた。

近寄ったカネが勝郎に話しかける。

「平さんていう門番だよ、鶏や馬の世話もするし、用心棒代わりだし」

「歌枝というのは」

「御前さまのお妾《めかけ》さん」

声が大きいので当人に聞こえないかとハラハラした。

「お祖父さんはさる大家の祐筆だったけど、父親は気位ばかり高い甲斐性なしで借金の山。そいでお妾さんになったのよ」

勝郎は呆れた。たかだか一日か二日でなぜそこまで情報を仕入れることができたんだ……。

その間に男爵が確かめたようで、平さんが答えた。

「鶏でしたら変わりありませんや。のこらずピンピンしていまさあ」

「するとやはり、誰かが持ち込んだわけだ。平さん、片づけてくれ」

そこで男爵は目を大きくした。勝郎と、背後でもじもじする車夫を認めたのだ。

「当家にご来客かね」

代わってカネが返事した。

「そうよ、帝国新報の記者さんだよ！」

「これはどうも、失礼しましたな」

取材の件を聞かされていたとみえる。急いで平さんに指示した。

「門を開けてさしあげろ。お待たせしたようでとんだご無礼を」

アーティストぶる風もなく、テキパキした指示だった。正規の訪問でもなければ、表門はふだん閉ざされているらしい、手入れはいいとみえ開閉はスムーズだ。

ともあれこれで勝郎は、恙《つつが》なく守泉家に迎え入れられたわけだ。

3

きょろきょろと見回す記者の目に映ったのは、遠目ながら洋風にしつらえられた庭園と壁泉であった。天を仰いだ白鳥がひそやかな音をたてて水を吐き出しており、西日を浴びて輝いている。まるでその一角だけ異国から切り取ったみたいだ。背後にのびる古ぼけた和風建築とは対照的である。もっともまだ庭は完成には遠い様子だ。

「……勘定はいつものように月決めでよろしく」

善さんの手の帳面に署名した男爵がもどってきた。案内もなくぽつねんと立っている勝郎に苦笑いしてみせた。

「御前さまはまだですか。失敬しました」

そそくさと西洋庭園に向かったが、勝郎は勝手がわからず立ちん坊のままだ。歌枝の声が聞こえた。

「お願いしましたよ。いつもすまないね善さん」

車夫に封書を渡している。宛名の一部だろう、「……乃様」と達筆がチラリと見えた。手首の包帯が目についたが包帯より女の肌の方が白かった。小銭を添えられたらしく、車夫は笑顔でお辞儀していた。いつの間にかすり寄ってきたカネが、解説してくれる。

「手紙の投函でしょ……ポストが駅前にしかないから……いつものことよね」

同意を求められた女学生が、コクンとうなずく。長年の親友みたいなのが、なんとも不思議な気がする。

「ご挨拶もいたさず失礼いたしました」と歌枝に声をかけられたので勝郎は恐縮した。

「なかむら座」の女ふたりを伴って、潜り戸に姿を消す歌枝の、不図《ふと》ふりかえった白い顔にちんまりした紅い唇が艶めかしい……と思っていると、カネに意馬心猿を言い当てられた。

「記者さん、見とれてる」

クスッと笑ったカネは、自転車を起こして潜り戸へ向かう滴に手をふった。カネには微笑で答えたが、滴はあれっきりモボこと井田青年に声ひとつかけていない。気の毒な若者は、すごすご右の道に自転車を押して消えた。

「お待たせしたようだ」

声をかけられ、勝郎は急ぎ居住まいを正した。

恰幅のいい茶羽織の男が、男爵を先に立てて近づいてくる。紅いバラが遠くに見え、庭園で手入れ中だったらしい。ふだん着姿でも貫禄十分と見えた。髪は薄くなりかけていたが、笑顔にはしわ一本見えない。

これが守泉の当主――余介御前さまか。

勝郎は背筋をのばした。

「初にお目にかかります。手前、帝国新報の……」

鋏を手にしたまま、御前さまはうなずいた。

「可能勝郎さんだね。新報の社長に聞いているよ。祭の記事をよろしく頼みます」

若い記者を相手に、丁重な物腰である。狷介《けんかい》だった先代に比べ、驚くほど開明な当主という評判は間違っていなかった。

当人はそれっきり勝郎を離れて、大股に門の外へ踏み出している。門前の三叉路にのこっていた農夫たちが、おしゃべりをやめた。

御前さまは扉に血痕を認めたようだ。わずかに眉を顰《ひそ》めて男爵に尋ねた。

「ここに首のない鶏が吊るされていた……？」

「そのようですな」

「けしからん悪戯《いたずら》だね」

「そうです。まことにけしからん」

「だが、それだけかね」

「それだけです」

「実害がなかったのなら、ほっておきなさい」

歯牙にもかけない様子は太っ腹な大人《たいじん》だ。勝郎は感心したが、村人たちはそうはゆかなかった。

「祟りじゃ、祟りじゃ！」

「縁起でもない！」

「村に悪い病がはやりますぜ」

「巡査に悪戯者を見つけてもらいましょう！」

いいたいだけいわせてから、御前さまは徐《おもむろ》に口を開いた。

「そんな必要があるのかね」

「え……」

真顔で尋ねられて農夫たちが口ごもった。

「今は大正の御世《みよ》だよ、縁起だの因縁だの、世迷い言を口にすれば笑われる。時代は変わりつつあるのです。……そう思わんかね、あんたたち」

「あんたたち」と直に呼びかけられて、みな曖昧《あいまい》な笑顔でうなずいている。余介は満足そうだった。

「この世田谷にそんな迷信深い者はおりゃせんよ」

やわらかな口調に有無をいわせぬ響が籠もり、シャキッと手にした鋏を鳴らす。この件は片づいた、という意思表示であった。

それから御前さまは、ふくよかな笑顔を男爵に向けた。

「大田原さん。お手間をとらせるが、記者さんに屋敷を案内してくださらんか」

「承知しました」

受け合った男爵に鷹揚《おうよう》にうなずいて、余介は背中をみせた。バラの手入れにもどるつもりだろう。

「御前、ちょっと」

なにか用を思い出してか、男爵が追っていった。

不満げながら農民たちが散っていったので、門の周りはガランとなった。

「旦那……新聞の旦那」

門の中から、平さんがおかしな呼び方をした。

「男爵さまをお待ちなら、どうぞお入りになって」

いわれるまま分厚い門扉を横目に入ると、平さんは雑巾とバケツで扉の血痕を洗いはじめた。これも職務のひとつだろう。

守泉家に足を踏み入れたのはいいが、勝郎はまたひとりに――イヤ、なりはしなかった。ちゃんとカネがついてきていた。善さんから受け取ったとみえ、勝郎の合財袋や番傘やカバン、つまり全財産を預かっていたのだ。

それを逐一渡しながら、無邪気に尋ねる。

「どうお。御前さまに会った感想は」

「あたりは柔らかだが、締めるところは締める。いいご当主じゃないか」

「女癖はよくないけどね」

少女の言葉に刺があった。

「歌枝さんがいるだろう。正妻ではなくても」

「お妾さんならもうひとりできてる」

「へえ」

「あの女学生、苫米地《とまべち》滴っていうんだけど、滴の母親も囲われてるよ。御前さま、今はそっちに首ったけ」

思わず彼女が自転車で去った方角――雑木林の庭に目をやる。

なるほど広い。ここは北側の庭に当たるのか。勝郎は改めて「むの字屋敷」を眺め回した。門からはじまる敷石が、左前方——母屋らしい棟に連なっていた。塀越しに聳《そび》えて見えた中央の望楼はその母屋を踏まえて立ち、西洋風な白い漆喰《しっくい》壁が西日をはじき返している。

「お待たせ、お待たせ」

勝郎に駆け寄ってきた男爵に、カネが唇を尖らせる。

「案内役がいないから、あたいが代役しようと思ってた」

小娘なのに男爵閣下とタメ口を利いている……これが伊藤晴雨の内弟子？　モデル？　若すぎると思うが、本人はいたって屈託がない。

「きみに案内をまかせたら、なにをいいだすかわからんからな。あの邸には色ボケが集まってるとか」

「アラ、その話ならもう勝郎兄さんにしてしまった」

男爵が目を剝《む》いた。

「兄さんだぁ？　きみこそ男に色目を使ってるぞ」

苦笑してやりとりを見やる勝郎だが、おかしなものだ……こんなときに脈絡なく、むくむくと疑問がわき起こってきた。

守泉家の門前は三叉路である。

——正面の道を、勝郎とカネは善さんの俥でやってきた。

——左からの道を、歌枝たちがきた。

——そして右からは、滴が自転車で走ってきた。

視界を妨げるのは切り通しの一部だけだが、長く視野を塞がれるわけではない。するとと門扉に首なし鶏を吊るした悪戯者は、どこから来てどこへ逃げたのだろう。鶏からは血が滴っていた。吊るしてまだいくらも時間がたっていないのに？

母屋を経て台所へ導かれる

1

「ちぇっ、ケチ！」

カネが悪態をつき男爵が哄笑したので、勝郎は我に返った。

「じゃあ、お松《まつ》さんたちに聞いたげるね」

少女は勝郎の腕からさっさと荷物一式を取り上げて、カラコロ下駄を鳴らして走っていった。

「カネくん、どこへ行くんだ」

「心配無用。台所に群れてる女衆に、記者くんの今夜の塒《ねぐら》を聞きにいった」

「やあ、そいつは有り難いんですが……その、閣下がケチといわれたのは」

「そいつはきみの歓迎会のことさ」

「僕の？」

「そう。だからさっき余介さんの意向を尋ねてきたんだ。きみ、いけるクチなんだろ、早速今夜チクとやろうや。……そう聞いたカネくんがあたいもまぜろって……あの子では吉原《よしわら》の禿《かむろ》の年と違わんだろ」

いかにも酒の席には早すぎる。

「まったく今の若いもんはなにを考えているんだか。……失礼、記者さんもまだ若かったね。ええと」

名を呼ぼうとして困り顔だ。

急いで勝郎が名刺を渡した。御前さまに渡すつもりが機会がなく懐中したままでいた。名刺と呼ばれる道具は明治の上流階級専用だったが、大正にはいり勝郎クラスの月給取りの身分証明書として機能しはじめたころだ。

「や、これはどうも」

受け取ってから男爵は肩をすくめた。海外で放浪生活を楽しんでいたそうで、そんな仕種が板についていた。

「あいにく私は名刺がない。大田原です、よろしく。この邸では男爵で通用するが、それ以外の肩書はすべて無用に願っている」

先ほど勝郎が閣下といったからだろう。

「……では改めて、『むの字屋敷』のご案内をはじめるかな。……鳥ではない我々人間に、空から見下ろした『む』を想像するのは困難だ。ええと可能さん、門を背にして屋敷を眺めてほしいな。どう思います?」

勝郎は素直に言葉で見たままをスケッチした。

「まず正面、というのは南の方角ですね。杉林のてっぺんが見えるがふつうより樹高が低い。窪地に根をはってるのでしょうか。その手前の屋敷ですが、相当に年季が入ってますね。二階建てで、南京下見の壁だ。右手の端で棟は直角に南へ折れ、その先に塔屋がのっているらしい……ここからでは蓑《みの》笠《かさ》つけたちんちくりんの案山子《かかし》みたいです。各階に屋根の庇が突き出ているのでそう見えるのかな」

杉木立から漏れる西日のおかげで精細に見ることができた。

「わかった……西棟の南に折れた先が『む』の尻尾に当たるんだ……塔屋は先っちょの点になる」

パチパチと拍手が起きた。男爵である。

「さすが記者さんだ。……ひと目見ただけでわかるでしょう。今仰った西棟が先々代の建てた部分でしてね。……どうぞ」

日を背中に浴びながら、建物に沿って東へ東へと移動する。ずいぶんと長いひと棟だから、建て増ししたのかと思っていると、果たして板張りだった外壁が、唐突に豪奢《ごうしゃ》で頑丈な造りになった。連続する×印の白い漆喰《しっくい》が黒い板瓦《いたがわら》を押さえている。海鼠《なまこ》壁である。

「そう……『む』の字の下の横線に当たるね。ここから先の工事は余介さんの道楽だよ」

「こりゃ金がかかってる」

壁をさすって呟くと、

「じかに褒めておあげ」

男爵が笑った。

「豆州《ずしゅう》からはるばる腕利きの左官職人を呼んでる。このあたりが母屋になるんで贅を尽くした」

「なるほど」

先ほど見た通りもうひとつの望楼が母屋二階の屋根から突き出ている。

「あれは『む』の字のどこに当たるんです」

男爵はベレエの上から頭をかいた。

「『むの字屋敷』のあだ名ができたあとで改修したんだ。『む』も『り』もないよ」

無理な増築だったようだ。

「瓢箪《ひょうたん》祭までに古い西棟も建て替えたかったが、図面を引くのに時間がかかって来年回しだ。とりあえずガーデンで目隠ししようって寸法さ……金持ちは見栄っ張りでいかん」

あけっぴろげに笑ってから、今きた道を振り向いた。低い灌木のしげみはあるが、見通しはきく。

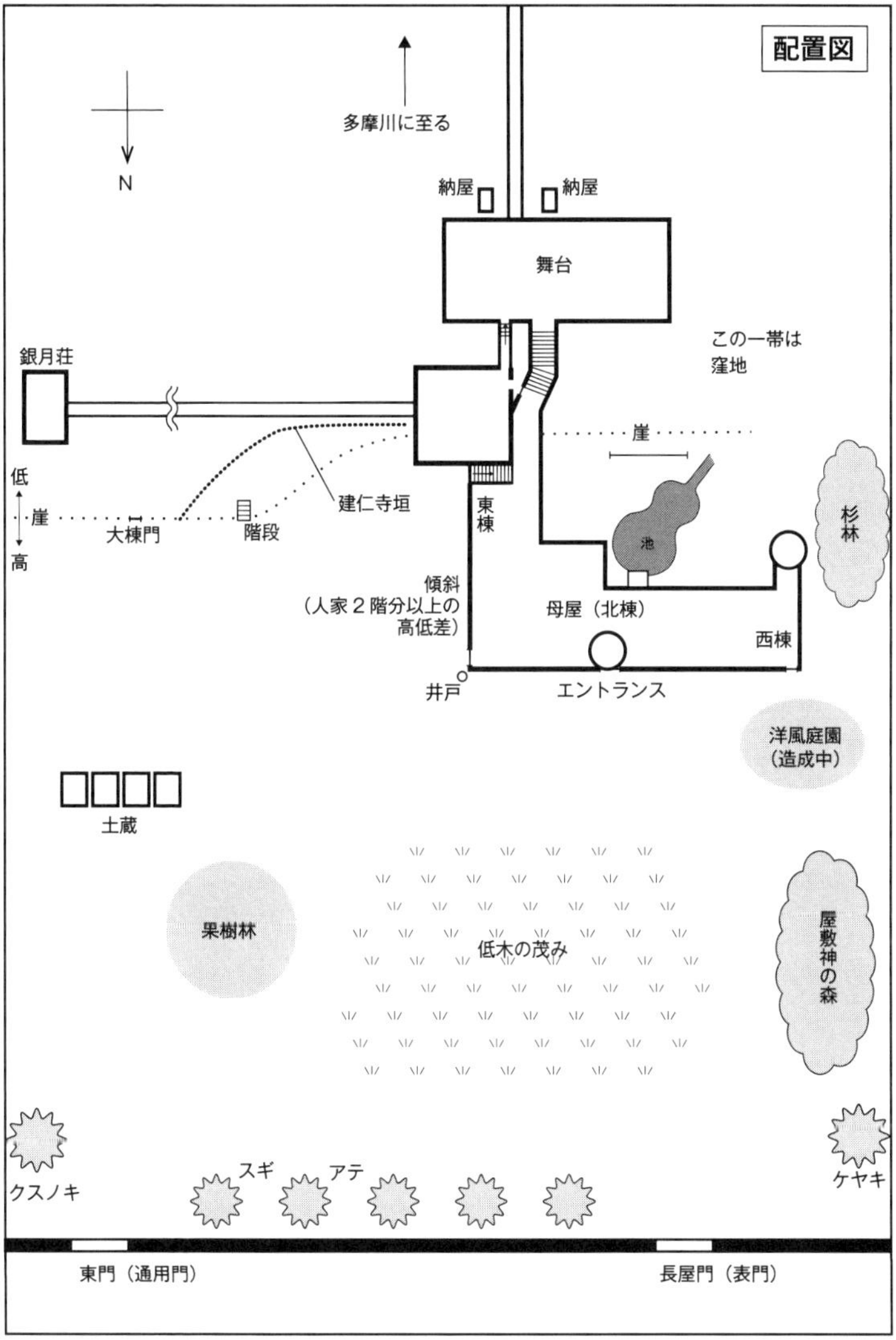
配置図
多摩川に至る
N
納屋
納屋
舞台
この一帯は
窪地
銀月荘
崖
建仁寺垣
低
崖
高
大棟門
階段
東棟
池
杉林
傾斜
（人家２階分以上の
高低差）
母屋（北棟）
西棟
井戸
エントランス
洋風庭園
（造成中）
土蔵
果樹林
低木の茂み
屋敷神の森
クスノキ
スギ
アテ
ケヤキ
東門（通用門）
長屋門（表門）

長屋門にはじまる敷石の道が、古びた棟を避けるようにうねって、母屋へ客を導いていた。

「敷地の北西の外れにちょっとした森があってね、屋敷神が祀ってあるんだ」

勝郎の実家にも神棚はあるが、祭神は火除けの秋葉《あきば》様だ。守泉家の屋敷神には、一門の遠祖の石像が堂々たる祠《ほこら》にましますそうな。一般に屋敷神はその家の西北に鎮座するから、順当な場所といえる。

「あちら――西の棟に居室はないんですか」

「望楼の基部に広い座敷があるよ。農繁期に手伝いの作男が増えたとき雑魚寝《ざこね》できるようにね。今はガラン洞で最低限の清掃がしてあるだけさ。接客は北の母屋、寝室には母屋か東棟をあてがっている」

解説しながら、ふたたび踏んだ敷石は母屋の中央にある洋風の玄関へつづいていた。

「この一郭だけは洋風だから、エントランスと呼んでいるがね」

ガイドを男爵に一任したきりなので、勝郎は居心地がわるい。居候《いそうろう》の華族さまではなく、執事や家令はいないのだろうか。

そう思いながら、ひとまず従うより他はなかった。まごまごすれば大の大人が迷子になる。

左手につづく築地塀《ついじべい》は、スギの若い木立とアテの群木でざっと隠されている。東は果樹がつづき、手前のカキの木に赤々とした実がなっていた。

「ありゃ渋柿だ」勝郎の視線を読んだ男爵が、注釈をつける。

ナシやモモも枝をのばしていた。その向こうにあるだろう東門は、木立で見えない。空には「むの字屋敷」に君臨するかのようなクスノキの大樹が枝をのばしていた。

2

渋柿をくぐって、海老茶《えびちゃ》の袴姿が小走りに現れた。

男爵と勝郎に一礼した少女はやや息をはずませている。屋敷が広いのはいいが移動が大変だ。

「どうしたの」

「自転車を東門に駐めてきました。あそこがいつもの置場だから」

「平さんに運ばせればいいのに」

「父を手伝ってガーデンの補修ですって。忙しそうだから」

男爵が髯《ひげ》を揺らした。

「遠慮することはないでしょう。あんたはこの屋敷のお嬢さまだよ」

弁解するように、勝郎を顧みた。

「余介さんはふだんから、人をあまり多く雇わない。多忙なときと暇なときの差が大きくてね。祭などは臨時雇いで賄う。……おかげで居候はキリキリ舞いさ。私のことだよ……当然だね。この家の順位だったら、滴さんは私の上だ」

「そう仰るけど。……わたくしの母はお父さまの妾《めかけ》ですのよ」

会話は実になにげなかったが、裏を流れるそれぞれのコンプレックスの応酬に、勝郎の顔がかげる。

「養子手続きは去年のうちに済んだ。滴さんは立派に守泉家のご令嬢だ。もっと威張ってくれないと、食客の私がいづらくてね」

「本当みたいに聞こえますこと」

滴が笑った。顔の造作はふしぎなほどカネに似ていたが、凜としてしかも冷やかな印象はかけ離れている。

「わたくし母が帰る前に夕げの支度をいたしますので」

丁寧に頭を下げる滴に、男爵がいい添えた。

「あそこまで強く当たるのは、いかがなものかな」

滴は首を傾げた。

「もしかしたら、井田さまのことでしょうか」

「そう、その春雄《はるお》くんだよ。仮にもお父上が、あなたの許嫁《いいなずけ》ときめた男性でしょう。さっきの扱いはちと失敬すぎる……よけいなことだが」

滴はバラのような笑顔で応じた
「エエ、よけいなことでございますわ」

バラにはトゲがあった。さすがに男爵も鼻白んでいる。

「許嫁のお話でしたら父と井田さまが、なんの断りもなくお決めになりましてよ。ですから申し上げるつもりですわ。モボさまとわたくしは一切関係ございません、ずーっと赤の他人ですって。ごめんあそばせ」

もう一度深々と頭を下げてから、白いリボンを翻《ひるがえ》した。

男爵の話では、苫米地家の母娘の住まいは、門に付属する長屋のひとつだ。娘なのだから遠慮せず母屋に自分の部屋を作りなさい。余介にそういわれても彼女は丁重に断っているそうだ。

「いや、どうも」

小娘に押された形の男爵は、髯をぼりぼりとかいた。

「可愛い顔だが、可愛くないことをいう」

「イデオロ姫のお仲間ですかね」

覚えたての流行語で応じた。

高名な婦人運動家平塚雷鳥《ひらつからいちょう》がグループを結成して間もないころである。〝女だてらに〟思想を弄《もてあそ》び議論を吹っ掛けると、男どもの顰蹙《ひんしゅく》を買った時代だが、日本最初のメーデーが挙行されるのも、この大正という時代であった。

男爵は、庶民の心のうねりに無関心とみえ、一笑に付してしまった。

「女の子の火遊びだよ。……いや、まだマッチをする以前かな。しかしあれでは春雄くんには気の毒だが、縁談は纏《まと》まらんね。……行こうか」

母屋のエントランスまで、そこから歩いてさらに二、三分かかった。

3

遠目には武家屋敷の玄関そっくりだが式台もなにもない。だだっ広い土間に黒い鉄平石を敷きつめている。由緒ありげな虎の絵の屏風なんて道具立てもない。異彩をはなつのは土間の下手を占める螺《ら》旋《せん》階段だ。

一段高くなった正面の板戸が一枚開いており、幅広な階段の上がり口が見える。察するに螺旋階段は望楼へ、奥まった階段は母屋の二階空間につづくらしい。

階段をから拭きしていた若い女が、手を休め小腰をかがめた。肉付きが良すぎたが器量は悪くない。男爵が制した。

「朝も雑巾がけしていただろう、野上《のがみ》……松代《まつよ》さんだったね」

「お松で結構でございます。お島《しま》さんに、一日三度拭くようにいわれていますので」

「そりゃご苦労さん。お客さんに望楼を見物してもらうよ」

「どうぞ、どうぞ、お客さま」

白い歯を見せられたが、ちょっとまごついた。

「履物はどこで脱げばいいんでしょう」

聞かれつけていると見え、男爵の案内はスムーズだ。

「土足で結構。土間とこの螺旋階段は」

男爵はさっさと上がってゆくが、勝郎は落ち着かない。実際に螺旋階段を上ったのは、浅草の十二階くらいだ。

最上階は三階に当たるらしい、六畳大の面積で四方に背の高い窓がしつらえてある。西からの陽光が全体を暖めていて、南面した窓から見える三州《さんしゆう》瓦が、複雑な形に波打っていた。遠目だが一部藁屋根もまじっているようだ。

「これがみんな母屋ですか。屋根の下に、いくつ座敷があるんでしょう」

「間数《まかず》はそれほどじゃない。西洋間はひとつひとつが広いからね。いちばん南側の余介さんの寝室だけで、十坪以上ある」

「へえ……」アパート住まいの勝郎の居室よりずっと広い。

「一台きりの寝台もべらぼうな幅だよ。余介さんと歌枝さんの夜の戦場だ」

さらりという。

「客を通すのは二階の大広間でね。十畳敷き十二畳敷き。明日の祭には建具をとっぱらって、ダーッと……全部で何畳になるか数えたことはないがね。掃きだし窓から南へ一段高く露台が張り出していて、そこでも酒を酌み交わせる。下が瓢箪池で、その先は斜面になって国分寺崖線《こくぶんじがいせん》というわけだ」

その言葉なら勝郎も学習してきた。はるか北西に離れた国分寺からつづく崖線は〝多摩川が営々と削りつづけた大地の爪跡であり、武蔵野と川崎《かわさき》方面を区切る境界にもなっていた。

「その露台で女を抱き酒を汲み名月を仰げば――」

男爵はにやりと笑った。

「男子たる者天下をとった気分になるだろうね。……あいにくこのところ、主戦場は長屋門だが」

愛撫の対象が歌枝からゆらに移っているのだ。

「私に馴染みがあるのは一階のボールルーム回りだがね。食堂もバーもある……記者さんの歓迎会もそこだろうし」

「はあ……」

勝郎が生返事になったのは、窓の眺望に気をとられたためだ。

「大したものは見えないよ。南を向けば置物みたいに小さな富士が見えるが」

男爵はこともなげだが、勝郎は素直に目を喜ばせていた。

斜陽を浴びた武蔵野の秋。水にとぼしい台地のせいで田より畑が日につき、人手がはいっていない雑木林が枝を翳《かざ》していた。林の蔭に寄せ棟造りの農家や土蔵が隠れていたりする。防風林が多いのだ。

帝国新報社があるのは銀座の雑然とした一帯なので、たとえ東外れの自社ビルではあっても鉛筆みたいに痩せている。それを思えば胸のひろがる風物だが、男爵はニベもなかった。

「あと五年、十年もたってご覧。このあたり、マッチ箱みたいな家が並ぶさ。……左下に白い壁で赤い屋根が見えるだろう」

「はやりはじめた文化住宅ですね」

座敷中心の間取りだが、玄関に隣り合ってひと部屋だけの洋間を造り、〝文化住宅〟と称していた。

「あれが井田春雄くんの家だ。まだ独り身なのに洋犬のチワワまで飼って、モダンライフとやらを満喫中さ。名前もスザンヌと優雅でね……そういえば、このところ姿を見てないな」

そのとき、駒沢からの道を人力車がやってきた。日暮れには間があるが、もう小田原提灯《おだわらちょうちん》に火をいれている。

「ご来客ですか」

「例のゆらさんだよ。三軒茶屋の髪結床で働いている。腕のいいことで評判だがなにも働く必要はない……囲われてるご身分なのに」

あけすけなものいいだが、女性の職業往来に〝妾〟の項目があってふしぎのない大正の御世であった。

「明日、明後日は忙しいから、三茶にゆく暇はないな」

勝郎が首をかしげると、男爵が説明した。

「明日は稽古、明後日は本番なんで、床山は手が離せない」

「ああ、なるほど」

「なかむら座」は旅回りが主だから、自前の床山はいない。剣劇にはさまれて『皿屋敷』とあっては、髪結いは息つく暇もあるまい。

「男爵さーん、いらっしゃる？　閣下をつけないと返事しないのォ」

朗らかな声が階段の下から聞こえた。

とっさに男爵が囁《ささや》いた。

「いっとくが生娘じゃなさそうだ。そのつもりでいたまえよ」

「そうなんですか」

やっと十代半ばとしか見えないカネだが——歌舞伎の『お半長右衛門』では十四歳の娘が三十八歳

の男と心中する筋立てだ。幼すぎると驚くほどでもなかった。

リズミカルな足音につづいて少女の笑顔が、螺旋階段の下り口にピョコンと生えた。

4

「お、きたか」

迎える男爵にカネが浴びせた。

「やっぱりィ」

「なにがやっぱりだ」

「閣下と呼ばれて嬉しいのね。口元がゆるんでいらっしゃる」

「ふん」

鼻で笑ったが、なるほどまんざらでもなさそうだとは、小新聞《こしんぶん》の記者らしく斜《しゃ》に構えた勝郎の見立てだった。

カネは身軽になっていた。

「記者さんの座敷、案内するよ。荷物も運んでおくって」

いいながら望楼まで上がって、見回した。

「いないのか」

「誰のことだ」

「おばさん……というと睨まれるな、歌枝さん。勝郎兄さんもさっき会ったでしょ」

「台所に詰めておらんのかね」

「いないからお島さんがむくれてた。梅干しみたいな婆さん」

すまないが梅干しで思い出した。ふたり連れは東門から入ったのだろう。

「でも人手は足りてるみたい。近所から大勢集まってた。『むの字屋敷』のご威光だね。歌枝さんがいなくてもみんな平気。……それでよけい僻《ひが》むのかな。かわいそ、おばさん……じゃなくておねえさん。せっかくのダブルベッドも欠伸《あくび》してるし」

男爵が喉の奥で笑った。

「余介さんはハイカラぶってるが、夜は畳に布団の方がしっぽりくるのさ。下りようか」

先に立った男爵は、階段を下りたところで足を止めた。

「記者くんの座敷はどちらだね」

「東棟の二階、〝ホ〟の二番間よ」

頭上で答えたカネを階段の途中で見上げたら、一喝を食らった。

「目が潰れるゾ」

「あ、すまん」

謝ったら笑われた。

「勝郎兄さんていい人だね。あたいのお腰、なに色だった?」

「コラコラ」

土間から男爵がたしなめた。

「女を知らん若者をいじめるんじゃない」

「へえ、勝郎兄さん、筆下ろし前だったの!」

大声で感心されたのには赤面した。白状すると確かに彼は〝まだ〟であった。金もなく暇もなく、吉原に足をのばせない。といってそこらの私娼窟は怖くて近寄れない。

「だったらあたいが教えたげる」

「本当か」

「うそ」

からかった小娘は、勝郎の横をすり抜けて先に下りてゆく。あの太ったお松はもういなかった。ニヤニヤ聞いていた男爵が割り込んだ。

「きみは上野《うえの》の美術学校で、嘘つきおカネと呼ばれていたそうだな」

「うん」

少女はケロリとしているが、勝郎はびっくりした。

「美術学校へ、きみが？」

「この子はそこのモデルで稼いでいた」

そうなのか……それで勝郎は腑に落ちた。妙に大人とのつきあいに馴れていたのはそのせいか。

「三年前から宮崎モデル研究所の斡旋《あっせん》でね。学生たちに聞かれるたびに出鱈目《でたらめ》な身の上話をデッチあげる。で、ついたあだ名が」

「嘘つきおカネ、でしょ。晴雨先生に聞いたのか」顔をしかめた。「先生が帰ったら口止めしなくちゃ」

エントランスを開けるとひんやりした風がはいってくる。

勝郎は少女を振りかえった。

「先生はお留守なのかい」

「うん。内弟子の阪本《さかもと》さんと、渋谷に行ってる。画材店ができたから絵の具を漁《あさ》るって」

伊藤晴雨……どんな絵を描くのか知らないが、やはりカネはそのモデル台に立つのだろう。よくいえば天真爛漫《てんしんらんまん》、わるくいえばすれっからしの少女だけど、いかにも魅力はある。細く白い襟筋を見下ろし、気になっていたことを聞いた。

「モデルは裸なのかい」

「そうだよ。脱ぐと十五銭よけいに貰えるんだよ！」

少女の声が弾む。ちなみにこのころの物価は、豆腐が百匁《ひゃくもんめ》四銭、もりそばなら八銭である。着衣のモデル料は年齢性別で幅は広いが、四十銭というところか。それが生まれたままの姿で立つだけで、五十五銭になったのだ。

エントランスから表に出ると、日は大きく傾いて前庭の草むらは黒ずみはじめていた。

「閣下も来るつもり？　勝郎兄さんの座敷にご用なんかないんでしょ」

「だが晩飯まで時間がある……」

男爵はちょっと考えた。

「ああ、在庫の記帳を頼まれていた。私は味噌蔵と醬油蔵を回るよ」

「じゃ、勝手口までいっしょね」

カサカサと乾いた音の主は、長くつづく敷石を駆ける枯れ葉たちであった。

その先の庭にはビワやらウメやらナシやら……果樹中心に植えられている。いつしか右につづく母屋の壁が様変わりしていた。海鼠壁から年季のはいった板羽目に変わったのだ。

「このあたりはもう先代参造さんの普請だよ。……台所の先から東棟で、ほら、聞こえるだろう」

「なにが」と問い返す必要はなかった。

女たちの嬌声が壁の向こうから響いてくる。角を右折すれば、三枚引きのガラス戸の中が台所だった。女衆の縄張りである。

立って調理できる流しが昨今の流行《はや》りだが、旧家のここでは昔ながらにしゃがんで包丁を使う板場や、煮炊きのための竈《かまど》が、広い土間に設けられていることだろう。軒から突き出た煙突が白い煙を吐きだしていた。

勝手口の前では井戸に屋根がかけられていた。ポンプを押していた中年の女が、男爵に向かって姉さん被りを外した。

「これはまあ閣下さま」

閣下に〝さま〟がついたが、カネは笑わない。噴き出しそうになった勝郎の手の中に爪を立てた。

鷹揚《おうよう》に挨拶を返した男爵は、しかしベレエを取ろうともしなかった。

「オヤ、こんな場所まで珍しく」

ガラス戸から顔を出した婆さんに、勝郎は見覚えがある。

「お島さん、時間になったら母屋の食堂に飯をたのむよ。記者さんの分もいっしょだ」

やはりこの梅干し婆さんが、お島さんだった。

「今夜は井田くんも呼ぶ」

「すると御前さまは……ああ、いずれ長屋門へお出ましなんだね」

のみこみ顔でこくこくとうなずく。

「あそこなら、あとあとの面倒がなくて助かりますけどね。でも滴嬢ちゃんは身の置き場がなさそうだね」

カネがひょいと口をはさんだ。

「あたいの部屋に泊まるって」

「あんた、うちに来てまだ三日でしょうが。お嬢さんともうそんな昵懇《じっこん》に？」

島婆さんの白い目なぞ、カネは蚊に刺されたほども気にしない。

「同い年だからすぐ親友になったの」

「まあいいだろう。仲よきことは美しきかな」

武者小路実篤《むしゃのこうじさねあつ》みたいな口をきいて、男爵は背中を見せた。クスノキの手前に土蔵が軒を接しているのだ。

距離が開くとお島はすぐ口にした。

「居候でも華族さまは、天下泰平だね。……記者さんのお座敷はどちらです」

検問されたみたいで、一寸《ちょっと》うろたえるとカネがすぐ助け船を出す。

「あたいが案内するから。お島さんに手間かけさせないよ」

「だったら頼みましょ。いっとくけど、東棟は楽屋が近いから芝居もんの出入りが多いよ」

「はい、心得てます」

「そうかい。……ああもう、歌枝に手を抜かれて忙しいったらありゃしない」

お島は、それがいいたかったらしい。

「明日は早くから舞台の上を片づけなくては。女だってのに力仕事で腕がつっちまうよ」

カネが解説してくれた。

「舞台はふだん使わないから、倉庫代わりにガラクタが押し込んであるの」

たちまちお島に睨まれた。

「ガラクタという言いぐさがあるかい。守泉代々の家具だの軸だの人形だの、きちんと並べてあるんだからね」

「つまりガラクタ」

声を落としたので、台所にもどる婆さんには聞こえなかったようだ。

東棟の外れで騒ぎが突発する

1

「勝郎兄さん、こっち」

手招きしたカネは、東棟に沿った南下りの坂を歩きだす。手入れされた母屋の前庭と違って、広いばかりで生活臭芬々《ふんぷん》の雑然としたスペースである。

「お勝手を通り抜けてもいいけど、煮炊きの時間は殺気立ってる。台所を知らない男なんか邪魔なだけよ」

もちろん勝郎は知らない。諺にいわく「男子厨房に入らず」なのだ。このあたりは女たちの本丸であった。

左手には一段高い物干し場に乾き損ねた敷布が残されており、洗い張りした着物の長い生地が竹ヒゴに支えられて揺れている。

思い出したようにカネは話した。

「お島さんて、姉妹なの」

「え、誰と?」

「歌枝さんと。腹違いだけどね」

勝郎は目を丸くした。

「種はおなじで、借金漬けの士族さま。お島さんを儲けた最初の奥方とは別れたの。吾輩は男が欲しかったって」

「だが二度目の奥さんも」

「そう。やっぱり女を生んでしまった……だけど歌枝さんて賢いし手先が器用なんだ。お祖父さんのお仕込みで書道の名人というか……芸人かな？」

おかしなことをいう。

「嘘か本当か、子どものころ米粒にいろは四十八文字書き込んだって！」

眉唾ながら感心していると、

「あのね、お島さんもね。昔は御前さまの女だったのよ」

「えっ」

この娘にはいちいち驚かされる。よほど勝郎の表情は見ものだったらしい。

「そんな顔しないで。梅干しにも花の季節があったの、当たり前でしょ。今のあたいみたいにさ」

スーッと勝郎を見上げる。十代も半ばの少女の肌に、勝郎はドキリとした。

「お島さんがあたいの年だったら……兄さんどんな気分になる？　抱いてみたい？」

綻びかけた白梅の花をほろ苦く見返すと、少女はパッと離れた。

「わあソノ気になった！　男はみんな和田平助《わだへいすけ》！」

「コラッ」

斜面を下るにつれ、鶏の声が聞こえ馬の嘶《いなな》きが混じる。

左の鶏舎では鶏どもが羽ばたいていて、右の階下では六頭もの馬が飼養されていた。斜面に建つ東棟がいつの間にか二階建てになっていた。

「このあたりを世話するのは男の人たちよ」

「門番兼用かい、平さん」

「源《げん》さんという人もいる」また笑った。

「源平合戦みたい。源さんはちょっぴり判官《はんがん》に似ているし」

　源《みなもとの》九郎義経《くろうよしつね》のことだ。

「口説きたかったけどもう所帯持ち。それもおかみさんは十四歳でさ。チェッ」

　真顔の舌打なので、勝郎は笑った。

「若いな。天勝《てんかつ》も顔負けだ」

　松井須磨子亡きあと、女性の花形筆頭は奇術師松旭斎《しょうきょくさい》天勝だが、彼女が師匠天《てんいち》　と褥を共にしたのは十五歳のときである。

　ただしこの時代若い娘が結ばれるのに、いちいち芸人をひきあいに出す必要はない。庶民が娘を早く嫁にやるのは口減らしのためであり、急いで嫁をとるのは労働力確保のためだ。嫁は鶏や馬どうように〝やる〟〝とる〟モノでしかなかった。

　日清日露の両戦役に勝利して、アジア唯一の一等国になったつもりの日本の、それが現実なのである。

　勝郎は新聞記者の知識を開陳しようとした。

「十三歳以上で互いの合意があれば、どんな猥褻《わいせつ》行為をしても罪にならないよ。ただし相談づくでなく無理強いしたときは……」

「ああ、強姦ね」

　少女はそんな言葉を知っており、勝郎は気勢を削がれた。

「馬小屋の先に階段があるよ。そこから上がろう」

　スタスタと東棟に近づいて行く。

馬たちは見知らぬ人間が現れても知らぬ顔だが、銀座に通勤する都会人はそうはゆかない。獣の体臭と飼い葉の匂いが一体となって、勝郎の顔をしかめさせる。

秋田から上京したというカネは、平気なものだ。

「よっ、諸君元気かね」

片手をあげて挨拶を送っている。

「馬は小さいのがまだ二頭いるけど、別口だから小屋も別」

「別口?」

「うん。二年前、守泉家が呼んだ曲馬団が潰れてね。先代の参造さまが一式引き取ったの。芸をみせていた白い犬と子どもの調教師を……あ、こっちこっち」

左右を厚い壁で仕切られ、たっぷり幅をとった階段が造られていた。緋毛氈《ひもうせん》がいっぱいに敷きつめてある。

「あさっての芝居の客は、この階段を上るんだ。木戸銭はとらないからテケツはないの。なんてわかった顔してるけど、あたいも上るのはじめてなのさ」

毛氈を踏むと駒下駄の足音が変わった。

はじめての階段を、この子はなぜすらすらと案内できるんだ?

上がりきると、左右に広い廊下——というか通路が走っている。正面は板壁だが右手に進めば連続するガラス窓越しに西日が廊下を暖めていた。左も広幅の廊下だが、すぐ手前に別な通路が口を開けており、紫の暖簾《のれん》がかかっていた。上がってきた階段の左側になるわけで、暖簾には守泉家の定紋が描かれていた。

「楽屋かな」

物おじしないカネが暖簾を分けてみる。

「そうらしい。奥深いや……役者はここに寝泊まりするんだ」

暖簾前の廊下の先は、下り階段になっていた。勾配もゆるい。客を舞台にみちびく動線と思われた。なんとも複雑な構造だ。

もうこのあたりで勝郎は、頭の中に描いていた「むの字屋敷」の見取り図を破り去っている。

（こんなの、わからん！）

煩悶する勝郎に比べれば、カネは太平楽だ。

緋毛氈の階段を上がりきったあたり、壁に沿って大型の下足棚が並び、八切りされた新聞紙が棚の上に用意されていた。その一枚にくるんだ駒下駄を抱いて、カネは得々と案内した。

「わかる？　勝郎兄さん。窓のある廊下には座敷がならんでるけど、左へ下りて行くと客席や舞台の下手に出るの……」

カネの言葉がだしぬけに切れ、表情の変化が勝郎を一驚させた。

この野放図な少女がはじめて見せた、驚愕と疑念の爆発であったから。

『な、なんなのっ。滴、あんたかい……。ちょっとオ！　誰だってんだ！　ヤイ返事しやがれ！　きゃあっ』

2

「きゃあっ」

悲鳴をあげたカネは、危うくもとの緋毛氈へ転げ落ちそうになる。

「危ない！」

やっとの思いで勝郎が少女を抱き止めると、

「カピ、落ち着けったら！」

暖簾を割って甲高い若者の声が飛び出てきた。少年とも少女ともつかない声にかぶって、
うわんわんわん！　狂的な犬の咆哮《ほうこう》――むしろ悲鳴に近い絶叫であった。

パシンと音をたてて、暖簾を吊っていた短い竿《さお》が吹っ飛ぶ。紫の布が宙を舞うと、その色彩を真っ二つに裂いて白い犬が出現した。

鼻先を突風に襲われ、カネはまた階段から足を踏み外しそうだ。人間なら低学年の小学生ほどある大型犬であった。

「待てってのに、カピ！」

叱咤の主は縞の着物の裾を乱した少年だ。手に革の紐があり、張りつめた長い紐の一端は白犬の首輪につながれている。

犬はふたりを追い越し、窓が並んだ右の廊下まで走ったが、少年に全力でブレーキをかけられ、ようやく落ち着きを取り戻そうとしていた。

ハッ、ハッ、ハッ。

静まった犬の様子を見定めながら少年は紐を巻いてゆく。

「よし、カピ。じっとしてるんだ」

ゆっくり犬との距離を詰める少年は、髪をみじかく刈り上げている。乱れたザンギリ頭だが、キリリと引き締まった美貌を間近に見て、勝郎はあっとなった。

（中村静禰！）

階段の上がり口で固まっていたカネと勝郎に、少年は深々と一礼した。

「驚かせて申し訳ありません。突然暴れはじめて……これまでなかったことなので、油断しました。

お許しください」

「あの子……あなたの犬？」

恐る恐る首をのばしたカネが、おとなしくなった犬を見る。

「いえ、このお屋敷に飼われている犬なんです」

「聞いてる、滴に」

カネが手を叩いた。

「曲馬団から引き取られたのね。『家なき児《こ》』のショーを演じたチームまるごと」

『家なき児』は、菊池幽芳《きくちゆうほう》がマローの原作を明治の日本人向けにアレンジ、名犬カピと薄幸の少年レミを主人公に、子女の涙をしぼった児童文学である。守泉家が招いた曲馬団で売り物の舞台であった。

「よくご承知ですね」色白の少年が微笑すると、美少女といいたい艶《あで》やかさだ。

想像の中で前髪立ての鬘《かつら》をかぶせた勝郎は確信した。廊下にもどって言葉を改めた。

「あなた、静禰丈《じょう》じゃないんですか？『なかむら座』の」

「ご存じでしたか。丈と呼ばれるほどの役者ではございませんが」

うっすら顔を赤らめた少年が首肯した。

「こちらの舞台に立たせていただく、中村静禰でございます。お見知りおきを」

「いや、名乗り遅れました、帝国新報の」

懐《ふところ》の名刺を探していると、制された。

「存じていますとも。可能勝郎さま……いつかも取材にいらした記者さまですね」

じれったそうに、カネが口を挟んだ。

「あたい、佐々木カネだよ！」

「もちろん承知しているよ」

静禰が愛想よく応じた。

「伊藤晴雨先生の秘蔵っ子だったね、きみ」

晴雨なら舞台美術家だから面識があるだろう。秘蔵っ子の意味はわからなかったが、静かだったカピがこのとき軽く吠えた。

暖簾が落ちたままの楽屋口から、小柄な男の子が笛を手に飛び出てきた。

「カピ！」

白い犬は尻尾をちぎれるようにふって、男の子にじゃれついた。

「こらカピ！　お兄さんが止めてくれなかったら、大騒ぎになってたんだぞ」

足を舐めていたカピだが、少年が笛を口にあてると、とたんに居住まいを正してワンと鳴いた。

「オレにじゃない、中村の兄さんに！」

また笛を吹いた――と見えたが勝郎には聞こえない。

だがカピの耳には届いたようだ。頭《こうべ》を垂れて静禰に向かい小さく鳴いた。

「わかったよ」美少年が微笑した。

「レミも勘弁しておやり。……もう犬笛を落とすんじゃないぞ」

叱られて少年は首を縮めた。役名がそのまま通称になっているのか。

なるほど、犬笛だったかと勝郎は納得した。人間の可聴範囲を外れた音を出して、犬の訓練や叱責に使う笛である。

「ごめん。カピが逃げたはずみにオレも手を滑らせた」

楽屋の奥で女の声がした。

「静禰、どこなの！」

「いけね」

静禰が舌を出すと、年相応にやんちゃな男の子の顔になった。

「おふくろが探してる。おいら行くぜ！」

楽屋に走り込み、レミとカピももつれるように追いかけていった。……と思ったら、レミだけもどって、落ちた暖簾をかけ直しカネと勝郎に頭を下げてから、またけたたましく走って消えた。

さすがのカネもぽかんとして見送るばかりだった。

3

「細長いけど確かに瓢箪《ひょうたん》形だ……こっちにお尻をむけてるな」

勝郎が感想を洩らした。

廊下を右に進み窓から見下ろして、池の所在がやっとわかった。

ガラス越しでそれも、西日のまぶしさで見えにくいのだが、いかにも瓢箪池であった。廊下から見下ろすと芝居の客席が、順序よく積み上げた枡《ます》になっていて、二階のレベルまでせり上がっている。

そういえば、男爵が言い訳じみたことをいっていた。

「『むの字屋敷』は見下ろして目立つ瓦屋根《かわらやね》に限るからね。舞台の屋根は瓦葺きだが客席は藁葺《わらぶ》きだ……『む』の勘定に入れないでくれ」

その勘定外のスペースがここだろう。木造の民家には珍しい大型空間に屋根が被さって、それを支える柱はたくましく、一間間隔の列柱となっていた。ガラスと板壁が交互に柱の間を埋めて、外気を遮断している。池はそのガラスの向こうに隠見した。水面を織る縮緬《ちりめん》状態の波が陽光を金粉のように砕いていた。

「わかった?」

カネはしたり顔だ。頭の中で図面をひき直しながら、勝郎はぼやいている。

「よくわからんが、少しわかった」

瓢箪池は、屋敷に東・北・西の三方から囲まれているのだ。元来が武蔵野の台地から南の多摩川に向かう傾斜地だった。地形を利用して、客席から舞台の眺望は格別である。

階下の枡席は、舞台に近いほど低くなる。客席の中ほどに大型の囲炉裏《いろり》が切られた程度だが、祭礼の季節は秋ときまっているので我慢できる。

むろん暖房なんてない。客席の中ほどに大型の囲炉裏が切られた程度だが、祭礼の季節は秋ときまっているので我慢できる。

客席の定員は百人とちんまりとした小屋だが、芝居道楽が建てただけに、東京の目ぼしい劇場を知っている勝郎も感心した。

今は緞帳《どんちょう》がおりているので舞台は窺えないが、下手の袖には仮設できる花道のスペースまである。

(これなら奈落もありそうだ)

回り舞台があってもおかしくない……。

そこまで考えた勝郎だが、すぐ否定した。

ここは常設の舞台ではない。いくら守泉家の財力でも、年に一度の舞台のため盆を回転させる人を雇ってはおけまい。電動で回す大仕掛けはこの郊外ではまだ無理だ。

しかし照明はどうだろう。今なら白熱電球がある。自然光頼みだった江戸時代ではないのだ。音響技術もそうだ。下座《げざ》で鉦《かね》や太鼓と鳴り物を動員して雨や風を聞かせたころとは違う工夫があっていい。蓄音機という文明の利器もある。アメリカ帰りの男爵なら、なにか考えがありはしないか。帝劇とまではゆかないにせよ、きっとなにか……。

勝郎はあさっての芝居が楽しみになった。

帝国新報に書くネタなら山ほどありそうだ。

——この時点で勝郎の頭から、三日つづいた「むの字屋敷」の凶兆なぞ、百パーセントケシ飛んでいた。

「なんかさあ」カネの声が聞こえた。

「瓢箪池の水の色って濃いね……血みたいな色だよ。ウン、そう思う」

まるで彼女の後ろに誰かがいて、会話しているような間があいたので、勝郎は思わずカネを見た。

誰もいない。静禰たちが去ったので、座敷の並ぶ廊下はガランとしていた。

不審げな表情の勝郎に、カネが声をかけてきた。

「〝ホ〟の二番間なら、こっちだよ」

柱に小さな蒲鉾《かまぼこ》板みたいな標識が打ちつけてある。一区画が六畳間を三組づつ、障子で仕切って構成してあるのだ。

「僕は真ん中の六畳か。両隣に誰かくるのかい」

なにげなく尋ねると、返答に妙な間があいた。

「えっとね。お客さんが多いときは、一番も三番もみんな使うけど、今日の〝ホ〟は記者さんだけ……あ、また！」カネの叫びに勝郎は驚いた。

「なんだ、なにがまただ！」

「誰か不意にわめくから……あっ」

『あっ』

『カネちゃん、口に出さないでね。傍《そば》に誰かいますんでしょう』

『だってあんまり不意打ちなんだもん、声が！』

『どういうことでしょう。わたくしなにもいっておりませんのに…………きゃっ、わたくしにも聞こえましてよ！』

『ほらっ、あたいでもない、滴でもない、別な誰かの声なんだよ、キョウケンビョウ……』

『なんですって』

『だから！……』

「狂・犬・病！」

思わず叫んだカネは、あわてて自分の口を押さえていた。

「な……なんだって」

勝郎は耳がおかしくなったかと驚いた。

狂犬病、一名を恐水病という。罹患《りかん》した動物（イヌが代表的だがヒトもかかる）が、水を極度に恐れることからこの名前がついた。

予《あらかじ》めワクチンを接種していればともかく、無防備な状態で発症すれば、ほとんど一〇〇パーセントの確率で死ぬ。勝郎は震え上がった。

「確かに狂犬病と聞こえたぜ！」

だがどうしたことか、カネはきょとんとして反問した。

「あたいそんなこといった？……あ、〝ホ〟の二番間はこっちだよ」

すいすい先に立って障子を開けてくれた。

「はい、どうぞ」

二番間だから三室ある〝ホ〟の真ん中というわけで、カバンや合財袋もちゃんと到着している。押し入れや納戸はないので、奥の壁に沿って夜具も座布団も積まれていた。その一枚を畳に置いて、世話女房みたいな顔つきのカネだ。

そんな少女を胡乱《うろん》な目で見た勝郎は、腰を落としもせずいった。

「厠《かわや》はどっち?」

「えっとね。ここが〝ホ〟でしょう。〝ニ〟も三部屋が組になってるの。それに並んで〝ハ〟〝ロ〟〝イ〟は十畳敷の二間づつ。わかる? その先を右折すれば、WCの板戸があるよ」

「かなり遠いな。いってくる」

「いってらっしゃーい」

大袈裟に手をふるカネを背中にして、足音高く歩きだしたが実は尿意なんてない。厠の前で反転して、今度は抜き足差し足で〝ホ〟の二番間へ引き返した。

いつの間にか廊下と二番間の間には障子が閉じられていた。

女の子ふたりのヒソヒソ話が漏れてくる――カネと滴だ。たぶん滴は一番か三番の座敷にいたのだろう。

「誰なんだろ、さっき狂犬病って叫んだのは」

途方に暮れたカネの声を聞いたところで、勝郎が一息に障子を開けた。

「僕ではないことは、確かだぜ」

少女たちはあっと声をあげて勝郎を見た。

ようやく特殊設定が紹介される

1

「勝郎兄さん」「記者さん！」

ふたりとも目を丸くしている。

いくら世馴れた口を利いていても、事件の修羅場に鍛えられた新聞記者の前では、他愛なく女の子の地金を見せてしまった。

その前へ座布団を引き寄せた勝郎は、むんずと大胡座《あぐら》をかいた。

「おかしいおかしいと思っていたんだ。屋敷へきて三日にしかならないカネくんが、十年前から住んでるような顔で案内する。そうかと思えば、ときたまおかしな間をあけて僕と問答した。……長屋門に顔を出した滴さんが、血塗《まみ》れの鶏を見てビクともしなかったのも不審極まる。カネくんに予《あらかじ》め教えられたとしか考えられない。きみたちは、なにか……目に見えない糸でつながっているんじゃないのか」

「つながっているって、どういうことでございましょう」

滴がおそるおそる尋ねると、勝郎は口をへの字に曲げた。

「そいつを聞きたいんだ。方法は見当もつかないが、他人に窺い知れない手段で、連絡をとりあってるんじゃないか、きみたちは」

「ふーん。方法はわからないんだ……でもカンは流石《さすが》だよ」

気を取り直したカネは、ふだんの口調にもどっている。

「わからん。降参だ、この通り」

正直に勝郎は両手をあげた。優位に立たせてやればカネのことだ、いい気になって白状する――と踏んだのだが、そこは滴がブレーキ役を買って出た。

「カネちゃん、用心なさいませよ。新聞記者なんてすれっからしでおいでだもの。うっかり口を滑らせたら、あることないこと書き立てますわよ」

勝郎はあわてて座布団から滑り降りた。

「いやいや、滴さん。決してそんなことは」

ブンとかぶりをふって言い添えた。

「きみたちの損になるような振る舞いは絶対にしない。誓うよ、お嬢さんたち。神にでも仏にでもマホメットにでも」

「その軽はずみな調子が、信用できませんのよ」

よほど情けない顔になったとみえる。カネが噴き出した。

「滴、勘弁してあげようよ。あたいたち別段悪事を……」

そこでフッとカネの言葉が切れた。

勝郎からすれば、まるで電池の切れた懐中電灯だ。

『……働いているわけじゃなし』

『アーア、カネは甘いんだ』

『だってさ。こんなに内緒話がつづくとさ。たまには大声で怒鳴りたくなるじゃない。それにホラ、さっきの「狂犬病」の声だってさ。記者さんの意見を聞くのも無駄じゃないと思うよ』

『まあそうですわね。その疑問は確かにございます！』

ここで滴は大きくうなずき、勝郎の顔を正面から見た。

「ようございます」

だしぬけに顔を向けられてびっくりした。

「な、なにがいいんです……あ！」

勝郎は滴とカネを公平に見た。

「今のみじかい時間に、あなたたちは暗黙のうちに互いの意思を疎通させた。そうなんだね」

カネがニコリとした。

「さすが勝郎兄さん。わかったんだ」

「わかるとも。西洋でもまだ研究がはじまって間がないがテレパシーというヤツだよ」

「テレ……そんな名前がついてるの？　あたいたちみたいに声を使わず、思ったことを伝える力に」

「朝日だの毎日だの大新聞では取り上げない。胡散《うさん》臭いと思うだろうが、わが帝国新報は少々違う。そんなインチキじみたネタにこそ、意外と真実が転がっているものさ。ましてテレパシーの研究はケンブリッジ大学のマイヤース教授がはじめている、世界的なお墨付があるんだよ。ちょっと待ってくれ」

膝でズリズリ移動した勝郎は、カバンから万年筆を取り出した。

「さあ、聴かせてもらおうじゃないか、ふたりを結ぶテレパシーの秘密！」

「カタカナ文字ではピンとこないよ」

カネが文句をつけた。

「あたいたちは、『以心伝心』と呼んでる」

「名前はどうだっていい。きみたちがそれでいいのなら」

そこでいったん口を閉じた勝郎は、いまさらのようにふたりの顔を見比べた。もう日が沈む時刻だろう。〝ホ〟の二番間はめっきり暗くなっていた。障子越しに六畳を明るませていた陽光が消えている。

夕闇に浮き上がった少女ふたりの顔。共に小さめで白く、つぶらな目と赤い唇。極端に違う衣装や髪形を除けば、瓜二つといってもおかしくない。

「きみたち、もしかしたら双子じゃないのか」

「当たった」

ケラケラ笑ったカネの桃割は揺れるが、滴のマーガレットはそよとも動かない。

2

説明を聞き終えて、記者は腕組みした。

「やはりそうか……だが、きみたちは、まったく別な家で育ったんじゃないか」

「うん。あたいの母ちゃんは町の酌婦だし、滴の家は髪結床」

「共通しているのは秋田の海に面した漁師町に住んで、父親を早く亡くした……そのふたつでしたわ」

カネと滴が、こもごも話しはじめた。

「あたいたちが学校を出たころに、お互いの母ちゃんが娘たちに教えたんだ。旅先で陣痛に見舞われた女が産み落とした双子……つまりあたいたちのことを」

「佐々木家と苫米地家で、仲良く養子にした話……母親同士が親友だったので、早く纏《まと》まったみたいですわ」

「それで……きみたちの実のお母さんはどうしたんだ」

「わからない」カネは頭をふった。

「芸人の一座が引き取ったとか、町医者が最後の面倒を見たとか……親の間でも覚えていることがまちまちなんだ」

「確かなのは、どちらの家でもそれなりに娘を育て上げたことですわね」

「東京へ出たのも母ちゃん同士が相談したから。……でもうちは、じいちゃんが長い患いなんで、今はその世話に国へ帰ってる。伊藤先生のおかげで、あたいは自分の食い扶持《ぶち》を稼ぐようになったしね」

「なるほど」

万年筆を走らせていた手を止めて、勝郎は顔をあげた。

「そんなきみたちの間で『以心伝心』が成立するようになったのは……生まれてからずっとなのかい」

少女たちは顔を見合わせた。

「そうじゃないよ。こんなおかしな芸に気づいたのは、三年ぐらい前だったかな」

「わたくしはせいぜい二年でございますわ」

「ああ。滴は遅かったもんな、あれがきたのは」

「アレってなんだね」

問い返すと、ふたり揃って顔を赤らめた。

「いやなカネちゃん。そんなことまで話さなくたって」

「ごめん、口が滑った」

額に皺を集めて勝郎も、ふたりの反応を見て納得した。

「前後してきみたちは一人前の女になった。それからテレパシーによる会話が成立したというわけか。……だいぶわかってきたが、意味不明なのは『狂犬病』だな」

「うん、それだよ」

カネがうなずいた。

「なぜそんな言葉が出てきたのか、思い出せない」

「口にしたのは、カネちゃんが最初だよ」

滴がいい、カネもうなずく。

「そうみたいだ。まるで頭の中に吹き込まれたみたいに、『狂犬病だったらどうしよう……』そんな声が聞こえてきたのさ」

いつもの蓮っ葉な調子は消えて、真剣な面持ちである。

「声、といっていいのかね？」

勝郎に確かめられて、カネはしょっぱい顔になった。

「うーん。耳に届くのとは違ってさ。頭蓋骨にじかに響いたよ。いつも滴とかわす『以心伝心』みたいに」

カネの視線を受けて、滴は否定した。

「でもわたくしではございません。狂犬病という言葉は知っていますけど、それがどんな病気なのかは一向に」

「僕は知っている」勝郎がいった。

「商売柄、知らなくてすむことじゃない。世界的に広まっている恐ろしい病気だ。人間が発症すれば、九九・九パーセントの確率で死ぬ」

「まっ」

「ヤダ！」

少女たちが息を呑んだ。

「近年では日露戦争後、樺太《からふと》からきた犬の症例にはじまったというんだが、記録によればそれ以前に別口があったんだ。東海から関東にかけて、山梨では罹患《りかん》して死んだ犬がいる。さいわい伝染力は弱いし、ヒト同士ではめったなことで罹らない。頭部や顔を噛まれたらべつだが、足ならばヴィルスが体内に侵入しても、伝染の速度がおそいから発症前にワクチンが間に合う」

ふたりはホッとした様子だ。

「それにしても心配だな。どこのどいつが狂犬病だなんて口走ったのか……なぜ双子でもないのに、テレパシーが届いたのか？　だいたい守泉家で犬といえば、あの白い大型犬だけだろう」

「カピだよ、曲馬団にいた」

「おとなしくて賢くて、レミくんがよく躾《しつ》けていますのよ。今では歌枝さんまで、お散歩の用心棒に借り出したりして」

曲馬団から二頭のポニーといっしょに引き取られた、役名そのままが通称になった少年が、レミである。

ふだん大人しいカピなのに、瓢簞《ひょうたん》池を見て暴れだした——恐ろしい疑惑に駆られて、勝郎がぶるっと体を震わせたとき、女の声がした。

「お嬢さま……おいででしょうか」

滴が応じた。

「お竹さん？　わたくしならここよ。記者さんのお座敷」

「まあ、まあ、よござんした」

廊下を隔てる障子が開いた。小腰をかがめて座敷にはいったお竹さんは、勝郎が見覚えのある出っ歯の女性だ。苗字は河口《かわぐち》だそうだ。玉電ではよそ行きの銘仙だったが、今は割烹着を身につけている。はいる早々ひょいと手をのばした。竿縁天井《さおぶちてんじょう》から浅い皿をかぶった白熱電灯がブラ下がっていて、そのスイッチをひねると座敷は見違えるほど明るくなった。

お竹は畳に膝を落として口上を述べた。

「お客さま。お食事の支度が整っております。どうぞお越しいただきますように……」

「や、お手数をかけます。場所はどこだったかな」

「母屋にご用意いたしました」

「わたくしどもの食事は別ですわね」

滴が確かめると、お竹は曖昧《あいまい》にうなずいた。

「はい。ですが御前さまが仰るには、お嬢さまもできるだけ早く食堂に来て、お酒の相手をするように、と」

「……はあ」

お酢を舐めたような顔つきの滴が、カネと視線を交わした。カネの口調はあけすけだった。

「滴ちゃんがくるのを見計らって、長屋門にしけこむつもりよ、御前さま」

「わかっておりますわ」

通う先は自分の母親なのだから、滴でなくとも大きな溜息をつくのは当然だ。そんな少女たちの会話を、お竹は見事に聞かないふりでいた。

可能記者が深夜の迷子になる

1

少女たちとの会話と違って、大人三人を相手の会食はまことに肩の凝るひとときで、矢場《やば》通いの自慢話など聞かされる方の顔が赤くなったが、これも取材のうちである。それに振る舞われたのはちゃんとした西洋料理で、安月給取りの勝郎としては感涙にむせんだっていい。

巷《ちまた》では『コロッケの唄』が氾濫している。

♪ワイフもらって嬉しかったが♪いつも出てくるおかずはコロッケ……

大正の平均的モダンライフがこれであった。

今日もコロッケ、明日もコロッケ。

まして勝郎ときたらまだワイフをもらうゆとりもないありさまだ。

食卓ではお竹さんともうひとり、先ほど母屋の雑巾がけで見かけたお松さんが給仕役だ。台所で采配をふるう梅干し婆さんを加えれば、ぴったし松竹梅だなと、勝郎はくだらないことを考えている。

その様子を見て取ったか、余介が声をあげた。

「歌枝はどうしたのかね」

「さあ……」

「台所にはおいでになりませんでしたよ」

顔を見合わせるお松とお竹に代わって、男爵が遠慮のない答えを返した。

「外へ出たんじゃないですか。今夜もあたくしは縁がなさそうだと零《こぼ》していましたよ。いずれ御前さまはあちらを親子丼にする気でおいでだろうとか……」

「親子丼？」

聞き返そうとした御前さまだが、すぐ表情を苦笑に変えている。

なにかいおうとしたようだが、滴が顔を見せたので口を濁した。

「馬鹿な。わしが……」

「おお、きてくれたか。気の利かん女たちでは座が盛り上がらん。……では後はよしなに、な」

そそくさと席を立つ余介に、どこへゆくか尋ねる野暮天はいない。むしろ勝郎は荷が軽くなっていた。

淡いピンクのブラウスを着込んだ滴の姿は、そこにいるだけで灯がともったようだ。

なるほど、守泉家のご当主が養女にしたわけだ。当然のことだが、鼻息を荒くしているのは、モボの井田である。さっきの手ひどいふられっぷりを、本人はもうきれいに忘れている。滴も滴であの騒ぎなどなかったように振る舞っていた。

デザートを配る滴に先んじて、井田は男爵に声をかけた。

「カウンターのボトルが欠伸《あくび》していますよ、閣下」

男爵はにやりとした。

「さっきからラベルを見比べていたね。いいだろう、記者さんも舌なめずりのご様子だし……」

お見通しだ。

誰の指示でもなくカウンターに入る滴と、凭《もた》れの高いカウンター椅子につく男爵と井田春雄。ふたりにならって勝郎ものこりの一脚に腰を下ろした。

「なにをお作りいたしますか」

手慣れたものだ。養父のお仕込みだろう。いつの間にか滴の前には、シェーカーやミキシンググラスが並んでいる。お松がアイスペールに山盛りの氷をワゴンに載せてきた。肌寒い季節なので台所から運んできても、溶ける気遣いはない。

「私はハイボールを願うとしよう」

「ぼくにはスクリュードライバーね」

モボを気取るだけに、オーダーする春雄の口調は滑らかだ。

「滴ちゃんもお飲みよ。アルコールぬきならいいんじゃないの」

「ああ、バヤリースならカウンターの下だよ」

男爵が助言した。「私のアメリカみやげが残っている……おっと、サイドボードの下にあるのは猟銃だ。開けちゃ駄目」

勝郎がびっくりすると、モボが一寸《ちよつと》得意になった。

「ぼくはいじらせてもらったことがありますよ。レミントンの水平二連銃！」

男爵は苦笑した。

「こういう危なっかしいのがいるから、ふだんは鍵をかけている……オレンジはカウンターの下だよ、バヤリースというブランド」

バヤリースはまだ日本で直販されていない。おいてけぼりを喰いそうになった勝郎も、急いでオーダーした。

「ブラッディマリー、お願いします」

男爵が笑った。

「血染めのメアリーか。穏やかじゃない注文だね」

ウオッカベースでトマトジュースたっぷりのカクテルだが、近世英国で宗教弾圧を強行した女王の名がつけられている。

勝郎の背後で食器の音がつづいた。用済みの食器を下げるらしい。カウンターを出た滴が、手伝いかたがた女たちをねぎらう様子に勝郎は滴を見直した。

（いいお嬢さんだ……若干気は強いが）

そのとき春雄の手が素早く動いたのに気づいた。

自分と滴に配られたグラスを取り替えた……。まだ滴がオレンジのスライスを添える前だ。おなじ形のタンブラーで、色もオレンジジュースそのままだから区別がつかない。無味無臭無色のウオッカならではの芸当だった。

異名は女殺しのスクリュードライバー。マドラー代わりにネジ回しを攪拌《かくはん》に使った故事からこう呼ばれる。

ハラハラして見ていたら、カウンターにもどった滴は、平然として春雄のグラスと入れ換えた。本物のオレンジジュースは滴にもどったわけだから、勝郎は小さく笑った。少女はちゃんと気配を察していたのだ。春雄は渋面をつくり、男爵は無音の拍手を送っていた。

トマトジュースに彩られレモンとセロリで飾られた血塗《ちまみ》れの女帝は、勝郎を満悦させた。すすめ上手な男爵に乗せられ近頃になく酒が進んだ。ロハという安心感も手伝って、弱いつもりのない勝郎だが出来上がってきた。

男爵の求めに応じた滴が、食堂の一隅に置かれたオルガンを弾きながら、亡き松井須磨子がこめた情緒そのままに歌いはじめた――『ゴンドラの唄』。

命みじかし　恋せよ乙女

紅き唇　褪せぬ間に
熱き血潮の　冷えぬ間に……

歌い終えた滴が、しみじみとした口調で呟いたことを、酔った勝郎なのにはっきり記憶している。

「わたくしはどんな殿方と巡り会えるかしら」

思わず勝郎は滴を見た。つい若者の熱っぽい目になったかも知れない。

滴も勝郎を見返した。残念なことに少女の目は水のように冷えていた。

夜は深まり、勝郎の酔いも深まった。

部屋まで送るという滴の申し出を断って食堂を出ると、酔いが怒濤《どとう》の勢いで押し寄せてきた。

考えてみれば往きは北棟から東棟へ外を回ったから、〝ホ〟の二番間と食堂の間はお竹さんの案内で一度歩いたに過ぎない。たちまち帝国新報の記者は足を向ける先に迷った。

誰でもいい、人が通ったら尋ねよう。

そんなことを考えているうちに、自分がどの棟のどの階を移動中なのか、完璧に判断不能に陥った。

使ったことのない階段をヨタヨタ下りて、下りた先をヒョイと曲がって……くたびれ果てて柱にかかった札を見た。

〝ヌ〟だった。僕の座敷じゃないみたいだ……

ちょっと違うかも。

実際にはちょっとどころではないのに、考える暇なんかない。その中にへたり込んだ。布団を敷く暇なぞあるもんか。

（いやに狭いな）

なぜだかそこは家具と家具の間らしかったが、まともに考える余裕がない。あっという間に爆睡してしまった。

2

クション。

われながら可愛いくしゃみであった。

布団を体にかけたのに、その布団がやたら薄い代物だった。

（さぶい……）

ハクショーイ！

今夜最大飛距離の鼻水を飛ばし、目を覚ます。布団ではなく、唐草模様の特大の風呂敷であった。寒いはずだ。

それに暗い。廊下にともっている三十ワット程度の電球の明かりがさしこむだけだ。しかも左右には黒い物体が聳《そび》えている。しみじみと見つめて理解した。僕は戸棚と縁台の谷間に、挟まって眠っていたらしい。

そうだ、ここは〝ホ〟じゃなかった。少しは正気にもどって、左に立ちはだかる戸棚を検分する。ガラスに模様がエッチングされていた。三本の木と楕円形。真ん中が盛り上がっている。へそか？いやそうじゃない、三本の木は『森』だ、楕円形は池だ……真ん中のへそは水が湧いてる印で『泉』だ！

わかったわかった。これは守泉のマークだ。

ひとりで笑いながら上体を起こした勝郎は、今度は右を見た。笑いが止まった。

縁台に裸の女性が仰臥《ぎょうが》していた。マネキンみたいに動く気配がない。それどころか、苦悶にゆがんだ表情、首筋にむごたらしくついた指の圧迫痕！

ヒクッ！

猛烈なしゃっくりが出た。

ヒクッ……ヒクッ……ヒクッ！

勝郎はナマの扼殺死体を目の当たりにする、貴重な体験を味わった。

「うわあっ……！」

ぺたんと強烈に尻餅をついた。それに応じたように死体の手がダラリと落ちて拳を開いた。その指先でおでこを撫でられた気がして、勝郎は四つん這いになっている。懐《ふところ》からなにかこぼれたみたいな気もするが、知るか、そんなもん！

3

『たすけてーっ、カネちゃあん！』

『今ゆく！　そこはどの座敷なの！……いてっ、畜生！』

『どうしたの！』

『おでこをぶつけた、柱に！』

『柱ならようございます！　わたくしの顔の前には、井田春雄の唇が……いやあっ』

『だからあ！　柱に座敷の番号札がかかってるだろ！』

『〝ヲ〟！　ワ行の〝ヲ〟！　早くきてーっ』

『わーった、あたいがゆくまで貞操を守れ！』

『いわれなくても誰がこんなメガネブタに……放してください、放せってば！』

4

「放せメガネブタ！」

そんな金切り声が廊下から聞こえたけれど、他人の悲鳴にかかわるゆとりがない。

「わわわ、わあっ」

顔の前を両手でかき回すゼスチュアで、障子を引き開け廊下へまろび出た。斜めに傾いた障子はなんとか倒れずにすんでいる。

「誰か、きてくれーっ」

同時に三間ほど離れた左手で、別な悲鳴があがっている。こっちは女性だ。

「きてください、助けてーっ」

若い女の声だったから、動転していた勝郎もついその方向を見た。

(滴さん！)

少女が廊下でもがいていた。大きく開け放された障子、柱の根元にしがみついた滴は、彼女をひきずりこもうとする男の腕に、必死で逆らっていた。ブラウスの胸が開き白い肩が剝《む》き出しだった。

「イヤだあ！」

食堂で見せた楚々《そそ》たる風情はどこへやらだが、誰も駆けつける気配がない……いや、そうではなかった、ひとりいた。

「滴！　いま行く！」

勝郎の背後から足音が近づいた。声は届かなくても「以心伝心」がある。カネだけは滴の危機を察知できたのだ。

勝郎の頭のネジがやっと回転した。助けなくては！

「痴《し》れ者！」

大時代な台詞《せりふ》を発して突っ走り、腕の主の眉間を蹴飛ばした。うつぶせで滴の足首を摑んでいたそいつは、ギャアとわめいて仰向けになった。

見た顔だぞと勝郎が酔眼をこすろうとすると、おそまきながら飛び込んだカネが、「兄さんでかした！」口で勝郎をほめながら、足で痴漢の股ぐらを踏みつける。容赦のない打撃であった。

「うぎゃ」

もう一度声をしぼった男は、メガネを飛ばし両足を突っ張らせて動かなくなる。

「ありがと……帝国新報さん、カネちゃん」

敷居にお尻を落とした滴が顔をあげた。ボタンが飛んでブラウスの右肩が飛び出ている。まさに間一髪であった。

反射的に勝郎が目を背け、カネが急いで襟をなおしてやる。

「あたいの部屋にもどろ……針も糸もあるから……うう、風邪ひいちまう」

あわてて帯を締め直した。臙脂《えんじ》色の寝間着姿だ。布団の中で滴の「以心伝心」を受けたに相違ない。

カネの手にすがってようやく滴が立ち上がる――その間、勝郎は気絶した井田春雄を呆れ顔で見下ろしていた。

「男爵閣下はいなかったのか」

肩を気にしながら滴が答えた。

「さっきお別れしましたの。レミくんに用があると仰って……」

「あーあ。モボの奴、滴とふたりになったらとたんにこの騒ぎかよ。こんな奴に誘われてついてゆくお嬢さまもわりいんだぜ」

「カネちゃんの部屋ならこっちだって、連れて行かれたんだもの。わたくしもこの棟は不案内で……それでうっかり」

そのとき「くう……」と小さないびきが聞こえて三人を失笑させた。寝息の主は春雄だったから。

「こんな奴ほっとこう、早く！」

廊下を曲がったとたんに上り階段が見え、勝郎は改めて驚いている。

(僕はいったい、どこに迷いこんでいたんだ)

滴はまだ気がかりな様子だ。

「大丈夫かしら。すけべモボ」

「気にすることないって。あんなやつ死なないだけでもオンの字だよ」

その「死なない」という言葉が、引き金になったのだ。

「うわっ」

奇声を発した勝郎に、少女ふたりがたまげている。

「おかしな声出すなっての」

「いかがなさいまして、帝国新報さま」

当の勝郎は淡い白熱灯の下で棒立ちであった。

「間違いない、死んでいた……」

話の見えないカネも滴も面食らうだけだが、ようやく記憶の糸をつなぎ合わせた勝郎は、地団駄ふみそうになっている。

「〝ヌ〟の座敷で、女が殺されていた！」

カネも滴もポカンとするほかない。

「寝ぼけてるのか、勝郎兄さん」

「しっかりなさいませ」

ふだんはおっとりして見える勝郎も、憤然とした。

「知らせようと廊下に出たら、さっきの騒ぎにぶつかったんだ」

「じゃあそれはどこなのさ！……そうか、〝ヌ〟なんだね！」

「でしたらここですわよ」

柱の木札を見上げて滴がいう。まさに三人は今、勝郎が死体を目撃した座敷――というかガラクタ置き場の前に立っていた。

「ここだ……」勝郎は呻いた。

見覚えがある。敷居から外れた障子が傾いていた。

「どこよ、その死体は」

声だけは威勢はいいが、カネは滴の背中に隠れている。

焦れた勝郎が障子を廊下へ引き倒した。

「ほらっ、あそこだ！　縁台があるだろう、女がそこで……」

声が宙ぶらりんになって途切れた。

なんとも間の抜けた沈黙が、〝ヌ〟の二番間にとぐろを巻く。

滴の蔭から首をのばしてカネがいった。

「どこに？」

一度は絶句した勝郎だったが、見覚えのある唐草模様に気づいて、勢いをとりもどした。死体にかけた記憶はないが、風呂敷は人体そのままに盛り上がって見えたのだ。「その……下でございますか」

滴が顔だけ突き出している。こうなれば騎虎《きこ》の勢いであった。

「そうだ、これっ！」

風呂敷をひんむいた。

「ええっ」

「福兵衛《ふくべえ》さまじゃございませんか！」

勝郎は言葉を失った。縁台に長々とねそべっていたのは、ひょろりと長く竹を編んだ素通しの籠である。人体に見立てたのだろう、顔にあたる場所に鬼の絵が張ってあった。

「なんだ、これ」

勝郎は後の言葉が出てこない。

「なんだも神田《かんだ》もあるもんか！」

カネは怒鳴るのと笑うのがいっしょになった器用な女の子だ。

「瓢箪《ひょうたん》祭の、これが祭の主役なんだ！」

「ふだんは舞台裏の納屋に安置していますのに……誰が持ち出したのでしょうねえ……」

ひょうたんは瓢《ふくべ》だ……ああ、だから福兵衛てことか……。

「酔っぱらうとこんな竹籠が、女に見えるんだねえ……」

「平助さまでいらっしゃる……」

少女ふたりが笑いを噛み殺していた。

帝国新報記者可能勝郎、生まれてこの方、これほど恥ずかしい思いに陥ったのははじめてである。

明智〝探偵小僧〟が登場する

1

「わるかったね、可能勝郎くん」

男爵が率直に頭を下げた。

「あの若者がそこまでバカをやるとは思わなかったよ。記者くんが駆けつけなかったら、滴さんは傷物にされていた」

外聞を憚《はばか》ってか明くる日の男爵は、勝郎をふたたび食堂に招いていた。

「春雄くんは焦っているのさ。長く病院暮らしの父親に催促されたらしい」

息子が守泉家の娘を嫁にする日を、待ちかねているという。

法学士だが役所は部長止まりだった井田氏にすれば、名家との縁組は願ってもない玉の輿《こし》（という には男女あべこべだが）のはずだ。

「小娘相手になにを躊躇《ためら》っている。男ならシャッキリせい、組み伏せてしまえば、女ごときすぐ片がつく。それが井田氏の口癖でね。亡くなった夫人も腕力で口説いていた……つまり強姦。本来なら刑法第百七十七条の罪に該当する。医者の不養生というが法律家はなんというのかね」

食後のコーヒーを楽しみながら、男爵は苦笑した。

「彼の昨夜の行動はつまり親孝行ですか」

相槌《あいづち》を打つ勝郎だが、本人の気分は最悪だ。取材二日目、それももう昼をすぎたのに、深刻な二日酔いで意気があがらない。午前中の勝郎は布団にもぐりっ放しであった。

その間に「なかむら座」の用意も整い、じきに舞台稽古が開始される。記者としてはぜひとも静穏に密着取材したいのに……。

「しかし、昨夜はなぜレミくんのところへ、あの時間に」

男爵がスッと真顔になった。

「それなんだが。実は深夜のあの時刻に、駐在の巡査が訪ねてきた」

余介の請願で守泉家の門前――といっても井田邸から更に数軒離れた先――に、駐在所ができていた。家族持ちの警官が常住するのだから、いわば家つきの用心棒だ。巡査の名は近藤伊織《こんどういおり》といい、結婚して二年である。

ここまでは勝郎も調査の範疇《はんちゅう》だから知っていた。

「内密の知らせでね。井田家の飼犬だったチワワがしばらく行方不明だった。スザンヌという名前のことは話しただろう。そいつが昨日、付近の川の下流で溺死体として見つかった。狂犬病の可能性があるので解剖したところ果たして患畜と判明した」

「ほう！」勝郎が声をあげた。

神奈川県内で狂犬病が発生したニュースは、彼も聞いていた。

「それで近藤くんは、犬を飼った家を総点検していたのさ」

確かに緊急を要する事件であった。

「守泉にもカピがいる」

「存じています」

そのカピなら、昨日瓢簞《ひょうたん》池の付近で暴れた――とまでは勝郎は語らなかった。死んだスザンヌがカピと接触していたならともかく、口にするにはことは重大だ。とっさにそう判断していた。

「さいわいカピとスザンヌの間に、接触はなかった。だいたいカピはレミくん以外の人間になつかない。せいぜい歌枝さんだけだ」

「そうですか」

それならよかったとは思うものの、ではカピが池を見て暴れた理由はなんだ。またカネと滴の「以心伝心」に割り込んだ何者かの思念――『狂犬病』はどこから、誰が発したというのだろう。

このとき食堂のドアが無遠慮に開いた。

「おお、記者さんか。ゆうべは武勇伝だったらしいな」

当主守泉余介氏である。普段着に兵児帯《へこおび》を締めた無造作な姿が西郷隆盛《さいごうたかもり》を連想させられる。

ぎしっと椅子のひとつを軋ませて、余介は苦い顔だった。

「どうも井田春雄の評判はいまひとつだ……男爵閣下としてはどう思われるかな」

「閣下」という言葉のニュアンスに面白くないものを感じて、勝郎はふたりを見比べた。余介から見れば使用人といえる男爵を、ことさら閣下呼ばわりするのが厭味《いやみ》に聞こえたからだ。

もっとも大人《たいじん》の風格をかもす余介に、そんな底意はなさそうだし、男爵も意に介さない風だから、勝郎は軽く反省した。

このクラスの人物に比較すると、僕の器量はちっぽけだと思ったのだ。

余介が男爵に尋ねていた。

「そうだ。歌枝を知らないかね」

「知りませんよ」口辺に皮肉っぽい笑みを浮かべていた。「御前に放り出されて、どこかでスネているんじゃないですか」

「うむ……閣下もそう思うか」

「思いますな。女を何人囲おうとそれは男の器量だが、女同士の争いになってはいりない。お嬢さんも心配しているでしょう」

ずけずけといわれたが、余介は反論しなかった。

「滴もなあ……早急に婿をとれそうもないか……このままでは重荷になってきた」

どういうことだろう。冷えきったコーヒーを喉に流して、勝郎は聞き耳をたてている。

なんとも形容しにくい表情で、余介が囁《ささや》いた。

「お島に聞かされたよ。村の中に噂が流れとるらしい。わしが滴を抱いたのではないかという……」

コーヒーを噴き出しそうになった。

その様子をジロリと見て、余介が苦笑いした。

「そんな噂が立つのは、わしの不徳のいたすところだが……閣下はどうかね。お笑いになるかね」

「聞かれても挨拶に困りますな。まあそれだけ、御前の精力絶倫に定評があるのでしょうね。冗談はぬきで」

まともに返した男爵に、余介も大まじめだ。

「ゆらが聞きつけたらひと騒ぎだ。あれが娘に寄せる気持ちは本物だからな。滴を幸せにすると仰るなら……それがわしとゆらの約束だった」

彼なりに真剣な口調は疑えない。余介はふと溜息をついていた。

「跡継ぎを作るなら、やはり女ではなく男を養子にすべきだったよ……たとえば中村静爾みたいな」

「確かにいい少年ですが」

男爵がかぶりをふった。

「『なかむら座』があるでしょう。旅役者が守泉家の息子になるなんて、まさか」

笑おうとした男爵の前に、御前は厚ぼったい掌《てのひら》を拡げた。

「ところがそうじゃない。これは父親の松之丞の言葉なんだが」

きつい目で勝郎をふりむいた。

「他言無用だよ」

「え……はい」

「中村静爾は今年限りで役者をやめる」

「ええっ」青天の霹靂《へきれき》であった。

2

これには男爵も目をまるくした。

「新国劇の沢正が、ひきぬく話を蒸し返したとか?」

「そうではなくて……」

余介もどう話せばいいか迷っている。

「そもそも静爾くんに芝居と別な道を歩かせたい。こういうのだ」

「ほう……わかりませんなあ」

あまりものに驚きそうもない男爵も、これには腕組みしてしまった。

微妙な表情の余介が、話をつづけた。

「親父どのは、むしろホクホク顔だったがね。あの子が役者をやめるならもっけの幸い、ぜひとも守泉の名字をなのってもらおう。こういいだした」

むろん参造のことだ。歌舞伎ファンの老人としてはたとえ役者でなくなっても、静爾を孫の座に据えるのは嬉しいに違いない。超特大のネタを耳にした勝郎が万年筆を出そうとしたのは当然だが、とたんに余介の声がかかった。

「可能さん。あんたまさか、帝国新報の水の手を止めるつもりはあるまいね」

大きな声ではなかったが、これが貫禄というものだろう。おなかの底にズシンと響いて、記者を狼狽させた。

「と、とんでもない」

「それなら結構」

小さく顎をひいて、西郷譲りの福相にもどる。

どんどんとドアをノックする音が聞こえた。法華太鼓をたたくみたいな調子だが、そのリズムでわかったらしい。

「お松か。なにか用かね」

「玄関先にお客さまですが」

余介と男爵が顔を見合わせた。

「まだ若い殿方がおふたりで……明智《あけち》と名乗っていらっしゃいます」

「アケチ?」

顔を見合わせるふたりに、急いで勝郎が説明する。

「僕が呼んだんです」つい頭をかいてしまった。

「職権濫用だったかな。ふたりとも中村静禰の大ファアンなんで、明日は『なかむら座』の芝居が見られるといったら、飛んできたようです」

余介は鷹揚《おうよう》だった。

「まあよろしい。明智というのは、あの探偵少年のことだね。帝国新報の記事も見たし、手記も読んどるよ」

さすが新しもの好きの御前さまだ。説明の必要がなさそうで、勝郎は安心した。

「きみ向きの事件があると、電話で知らせたせいもあります」

「ああ、三日前からのアレか」

つづけて起きた凶兆のことだ。勝郎自身が目撃しただけに、血塗《ちまみ》れの鶏の奇妙な出現が気にかかっていた。犯人の出入りがわからない怪事件である。

なお電話のサービスが東京・横浜間で開始されたのは明治二十三（一八九〇）年だった。はじめはもっぱら役所間の連絡用であったが、大正にはいって民間の利用が活発になる。電話同士の接続はむろん人の手を介しており、電話交換手といえばこの時代の女性の花形職業であった。

「なるほど」余介は苦笑している。「探偵小僧を呼ぶ恰好の口実になったか」

「先走ったでしょうか」

勝郎は恐縮したが、余介はまったく気にかけていない。

「構わないよ。若者の好奇心を満たすほどのこともなさそうだが」

「ありがとうございます」

お許しが出たので、勝郎は扉越しに返答した。

「あげてやってください。……僕の部屋の、ええと〝ホ〟の二番間に通して。すぐ行くと伝えてくれますか」

「かしこまりました」

お松の気配が消えた。

「明智というのが少年の名字だったか」男爵も好意的に微笑していた。

「体験談を連載してるってね。探偵小僧と呼ばれて評判らしいが……ふたりもいたのかい、その少年は」

「いえ、新聞で取り上げた明智くんとは別に、北海道から上京した分家の少年がいましてね。その子が助手顔でついて回っています」

勝郎は少々きまり悪そうだ。

「まるで子どもの探偵ごっこですよ。もっとも明智くんはこの春に中学を卒業して、実際に警察を悩ませた事件をいくつも解いています」

余介は素直に感心した。

「大したものだ……だが残念だね」

「は？」

「今日はまだ呪いの兆しがない」

「はあ……そういえばありませんね」

なんのことかと思ったが、なるほど今日――四日目の不吉な知らせは、まだ届いていなかった。

男爵が髯《ひげ》をぞろりと撫でた。

「そんなもの、ないに越したことはありませんよ」

「それもそうか。女たちは呪いや祟りが好きだからな。歌枝なぞがっかりしとるんじゃないか」

名前を口にして思い出したようだ。

「あいつまだスネて帰ってこないのかい、大田原さん」

男爵がこわばった笑いを洩らす。

「御前さまの女のことまで知りませんよ」

「そういいなさんな。……ゆうべ屋敷を出ていったのは確かなのかね」

「お島さんが平さんに念を押してましたな。東門を締める前に風呂敷包みひとつ背負って出ていったそうです。で、それっきり」

平さんが頑固一徹の門番ということは、勝郎もかねて聞いていた。それだけに守泉家では参造のころから、安心してふたつの門を預けているようだ。現に余介も納得していた。

「そうか。あの男がいったのなら、そうだろう。あれは矢場女《やばおんな》だったから、そのころの知り合いを訪ねて、遊び呆けているのかな」

「たまには情をかけてやってはどうです。長屋門にばかり足を向けないで」

男爵はずけずけといったが、余介の返答はつれなかった。

「情というならゆらの気持ちこそ本物だよ」

「いや、ゆらさんとの仲に水をさす気はないんだが……」

いいながら視線を投げてきたので、男爵の意を汲んだ勝郎は座を引き上げることにした。男女の話に深入りするつもりなぞさらさらなかったし、そろそろ明智少年たちが座敷に案内されるころだ。

3

廊下に出ると、遙か遠くから物音や人のざわめきが流れてくる。舞台稽古の騒音なのだろう。取材を申しいれたのだが、遅かったらしい。「本番をどうぞ」と、松之丞に丁重に断られてしまった。今日一日で舞台回りの整備、装置の飾りつけ、照明の仕込み、そして舞台を使った立ち稽古と、明日を控えてやるべきことが山盛りのはずだ。

母屋から東棟にはいり騒音が増したが、じき耳が慣れてきた。ガラス窓越しの西日が右半身を暖めてくれる。

座敷の中から若い男女の笑声があがったのには驚いた。女の声はカネだ。男の声は明智少年たちだろうが、カネと顔見知りのはずはない。それなのにホの間の障子を開けると、少年少女がいりまじって、なんの屈託もなく笑いあっている。

「あらお帰り、勝郎兄さん」

桃割の黄八丈姿がこっちを向いた。座敷の主みたいに納まっている。呆れたもんだと思いながら勝郎が座ろうとすると、小柄な方の少年が素早く座布団を敷いてくれた。絣《かすり》の着物に小倉《こくら》の袴姿ではじめて見る顔だが、詰襟の学生服を着込んだもうひとりは、顔見知りの明智少年であった。

「お邪魔しています」

礼儀正しく膝を揃える。それにならう絣の男の子を、勝郎に引き合わせた。

「うちの縁者で通称ゴロちゃん。……こちらは帝国新報の記者さんで可能勝郎さんだよ」

「よろしくお願いします」

座布団から滑りおりたゴロちゃんが、頭を下げる。ハキハキしながらも分を心得た挙措で、勝郎は大いに好感を抱いた。

雰囲気は共通しているが本家と分家の違いか、顔の印象に差があった。本家は中卒で分家は在学中だから探偵小僧より年下のはずだが、愛嬌のある本家に比べゴロちゃんは細面のエキゾチックな容貌で、実年齢より大人びて見える。

「記者呼ばわりはやめてくれ。名前で呼んでよ」

勝郎は砕けた調子で切り出した。

「早速だけど、三日前からこの屋敷は呪われている。……そいつを相談する予定だったが、もうきみがしゃべりまくったんだろう」

カネを見たら、ウンウンとうなずいている。

明智少年が顔を綻ばせた。

「この人、すごく話上手なんです。玄妙寺の撞木《しゅもく》から鶏の話まで、みんな聞かせてもらいました」

「つまりおしゃべりってことでしょ？」

カネが突っ込むと、

「そうだよ」

軽く応じられてふくれて見せたのが、ちょっと可愛い。

「明智くん。あたいにだって名前あるのよ、名前で呼んで」

「じゃあそうする。カネくん」

改めて名乗ろうとしたのに、先に呼ばれて目をぱちぱちさせた。

「え……あたいもう名乗ったかしらん」

「さっき案内してくれたお松さんが、きみに声をかけただろ。カネさあんって」

今度答えたのはゴロちゃんの方だ。明智少年に負けず頭の回転も記憶力もよさそうで、さすがのカネが押されている。

「あ……ああ、そうだった。エートあたいなんの話をしてたんだっけ」

「このお屋敷に呪いがかかってる話だよ」

次は明智少年に答えられた。男の子ふたりに挟まって右を向いたり左を見たり、カネは忙しい。同年配の気安さは、勝郎が見ても微笑ましい光景だった。おしゃまな少女もまだ子供だと印象を改めながら、話題を受けた。

「そう、僕もそのことを御前さまや男爵閣下と話していたが、あいにく今日は呪いの兆しがなくってね」

「呪いがかけられてるのは、明日の『皿屋敷』の舞台にですね」

カネの説明が行き届いているようで、勝郎も話しやすい。

「そうだよ。歌舞伎の『皿屋敷』といっても、今回は『なかむら座』の剣劇に組み込まれているんだが……」

「でも怪談の段取りは残っているのよね」

カネが幽霊の手つきをして見せた。「一まーい……二まーい」

「ああ。井戸の場面はそのままだ。だから下働きの連中は男も女も怖がってる。舞台にかけたらきっとよくないことが起きるって。その兆しが昨日まで三日つづいた……」

「いずれ今日も起きますよ」

サラリと明智にいわれて、勝郎は目を大きくした。

「縁起でもない……そりゃきみの予言か？」

「いえ、予言というより」

なにかいおうとした明智が、廊下に足音が聞こえたので口を噤《つぐ》んだ。

「ごめんくださいまし……」

顔を見せたのはお竹さんだった。盆に急須と茶碗を載せている。

「みなさん、こちらにいらしたんですか。お茶のお支度が遅くなりましたねえ」

積まれた布団の蔭からちゃぶ台をひっぱり出すと、慣れた手つきで折り畳まれた脚を引き出した。ちゃぶ台は明治のころ工夫された座卓である。大正にはいると一家団欒《だんらん》の象徴的な家具として、本格的な普及がはじまっていた。

自分の座布団をひきずった四人が、湯飲みの並んだちゃぶ台の周囲に移動する。それを見定めてお竹は腰を浮かせた。

「まだ時間はございますが、いずれお食事はここにお持ちいたします。ようございますか？」

汗が滲んだお竹の額に気がついて、勝郎は急いで答えた。

「あ、ああ。そう願うよ」

この忙しい中に新しい客まで呼び込んで——といわれた気になったのだが、カネはどこ吹く風である。

「もうひとり、こっちに滴さんの分もお願い！」

開けっ放しの笑顔で片手拝みされたから、お竹も仕方なさそうに笑みをつくる。

「はいはい、畏《かしこ》まりました」

出て行こうとしてから、声を落とした。

「みなさん、ご用心なすってくださいよ」

「どういうこと」聞き返すカネに、お竹の返事はこうだ。

「口座敷の唐紙が、斜めに三尺ばかり破られていたんですよ。あたしがお掃除したときは毛ほどの傷もなかったのに」

口座敷は東棟と母屋をつなぐとば口にあるから、そう呼ばれている。外部の者がそうたやすく近づける場所ではなかった。

4

お竹が去った後の勝郎は、顔をこわばらせている。まさに探偵小僧が予告した通りではないか。

「明智くん、どうしてわかったの？」

「もしぼくが犯人なら、あと一押しと考えるはずですから。ね、ゴロちゃん」

同意を求められた弟分の少年は、袴の埃を払い落としていた。

「ウン、賛成」

勝郎は、ふたりを見比べた。

「まるできみたち、事件の犯人を知ってるみたいだな」

「ええ、まあ、そんなもんです」

明智の返答に、勝郎とカネがたまげた。

「ちょっときみ！　探偵小僧くん！」

少年より年下のはずだが、カネは遠慮というものを知らない女の子だ。

「犯人は誰なの。ね、あたいにだけ教えてよ……」

明智にすり寄ろうとして、あわてて離れた。

廊下からまた足音が聞こえたのだ。お竹がもどってきたのかと思ったが、今度現れたのは滴であった。

秋桜《コスモス》をあしらった意匠のブラウスに、草色のスカートを穿《は》いた少女は、昨日から勝郎が会う度にモダンな洋装に着替えている。

「ごめんなさい、遅くなって。取ってきたわよ、カネちゃん」

小わきに抱いたチョコレート色の紙箱をちゃぶ台に載せた。浅いがひと抱えもある大ぶりな箱だ。

「なんだい、こりゃあ」

「大田原さんが、御前さま……いけない、お父さまに頼んで、アメリカから取り寄せた遊び道具なの。わたくしが喜ぶだろうって。今はわたくしより、カネちゃんが喜んでいますのよ」

勝郎が箱に印刷されたアルファベットを読もうとした。

「バ……バガー……」

「バガテル。フランスのどこかのお城の名前ですって。このお城のパーティではじめて披露された遊戯なの、ほら」

カネが代わって解説する。

箱から現れたのは、頭部をまるくデザインされた長方形の木製の盤だ。全体がスモークブラウンに塗られて、盤面にはびっしり金属の針が植え込まれていた。ところどころ丸い窪みもつけられていた。なにをどうやって遊ぶのか勝郎には見当もつかなかったが、明智が子どもっぽい歓声をあげた。

「これがバガテルなんだね、『少年倶楽部』の口絵で見た！」

「アメリカではピンボールっていいますのよ……このバットで玉をつっつくの。ハイ、ビー玉ね」

滴が千代紙を張った小箱を傾けると、白や赤や模様いりの、各種ビー玉がちゃぶ台の上に転がった。

「おっとっと」

畳に零《こぼ》れ落ちそうな玉を、カネが袖でせき止めている。

もとをただせばビー玉はラムネの栓代わりなのだが、このごろではビー玉単独で遊ぶ子どもが増えており、大人の勝郎も見慣れていた。

盤の右下の区画にビー玉を置いた滴が、小さな撞木の先端で突いてみせた。

わずかに傾斜しているので、盤の頭部にまで転がった玉はやがてコロコロと落ちてくる。だが途中で釘に遮られて思いがけない角度で弾かれ、黄色く塗られた窪みのひとつに落ちて、動きを止めた。

「十てーん！」

声を張り上げる滴に負けず、カネが大声になる。

「こっちの青い窪みには30と書いてあるでしょ。この穴へ落ちたら三十点なんだ」

「釘で囲った区画もあるよ」

ゴロちゃんが指摘すると、兄貴分の明智は盤面をじっくり観察していた。

「5と書いてある。そうか、玉がはいりやすいから、こっちは点数が低いんだ」

全員がたちまちルールを理解して、代わりばんこに玉をはじき出した。こうなると大人の勝郎に出る幕がない。今さら探偵小僧から犯人を聞き出すのも野暮と見物しているうちに、自分の番がまわってきた。

スコンとバットをあてると、盤面トップの赤い窪みに向かって玉が突進する。見れば窪みの下に100とある。

「うおっ、百点だ！　行けーっ」

喜んだのも束の間で、窪みを囲った釘に弾かれ一気に転落、あえなく最下部の溝に落ちてしまった。

「残念！」

「ま、記者さんたらお子さまみたい」

滴に笑われたとき、廊下に足音が聞こえた。もう食事かと思ったが時間的に早すぎる。足音は〝ホ〟の間の前を通過していった。北から南へ——。

（舞台に行くのか？　誰だ）

それなら僕も取材させてもらいたい。今になって職業意識で立ち上がると、カネも首を傾げている。

「誰だった？」

障子を開けると袖からビー玉がひとつ、廊下に落ちた。さっきせき止めたとき、袖に絡んでいたと見える。

「いけない」

ビー玉は見えない足音を追いかけるように、コロコロコロコロと転げて行った。

「むの字屋敷」に隠れ家がある

1

「こら待て！」

大袈裟なカネだった。尻端折《しりはしょ》りせんばかりの勢いでビー玉を追いかける。知らん顔もできず勝郎は後を追った。

右手の窓はすぐに尽き板戸になる。左は外に下りる階段だが玉はそっちに向かわなかった。わずかながら廊下に傾斜があり、床板の溝が絶好のレールになっていた。カネも意地になっている。

「人間をバカにするのか、やい、ビー公！　わっいけない」

玉を蹴飛ばしてしまった。

左に下がった暖簾《のれん》をくぐったと思ったが違った。その先へ更につづく壁の手すりにチョンとのっていた。木製の樋《とい》みたいな形だから、これまたあつらえ向きの滑り台だ。

「待ちゃれ、あのここな無礼者！」

活動写真の字幕みたいな台詞《せりふ》を吐くカネを、勝郎が追った。気づけば〝ホ〟の間にいた三人がつづいていたので、笑ってしまう。

探検のつもりもあるのだろう、好奇心丸出しで少年たちが肩を並べていた——この冗談半分の追っかけっこが、屋敷のもうひとつの顔の発見につながってゆく。

そのまま進めば舞台に向かう下り階段らしく、金槌《かなづち》の音や人のざわめきが流れてきた。

瞬間、勝郎の記憶細胞が刺激を受けた。

（この階段、僕は上り下りしているぞ）

それ以上考えつづけることができなかった。突然ビー玉が視界から消えたからだが、理由はすぐにわかった。

左につづく壁と見えたのが実は板戸で、手前が少し開いていた。鉄道の転轍機を操作したみたいに、玉はその隙間に消えたのだ。

躊躇《ちゅうちょ》を知らないカネだから、板壁みたいな戸を開け放つ――その先に現れたのは左へ曲がってゆく下り階段だ。

「まっ、なにがあるんでしょう、こんな道はじめて！」

調子はずれな声をあげたのは滴である。

屋敷の住人が知らない通路を、他の面々が知るはずもない。勝郎がかがめて見ると下り階段がしばらくつづいた先に、小さな溜まり場が見えた。通路はまだのびている様子で、終点はどこなのかその先は暗くて見えないが、ビー玉も薄暗がりに消えてしまった。

なにやら怪物の胎内めぐりみたいで、勝郎は思わず足を止めたが、カネときたら天下無敵だ。

「待ちゃがれ、ビー公！」

階段を踏んでドタドタと駆け下りていった――しばらくすると遠い向こうから、シャンシャンシャンシャンとかすかに鈴の鳴る音が這い上がってきた。

「なんでございましょう……」

勝郎の肩越しに、滴がこわごわ先を見やっていた。

後に少年たちもつづいたので押し出される形で、勝郎まで溜まり場に下りてしまった。階段の途中で通路の向きが変わるので、その角の溜まり場――まるでお休み処みたいにベンチが設けてある。

「凝ってる」

ゴロちゃんが呟いた。

庭園に立つ四阿《あずまや》の風情で、天井《てんじょう》の桟が唐傘の骨みたいに放射状にはられて、中央の一番高い位置に穴が空いていた。

「ああ……暖房するとき煙出しに使うんだな」

明智がひとりでうなずいている。

してみるとこの通路は、秘密の抜け穴でもなんでもなく、四六時中人が通っているに違いなかった。

ゴロちゃんが明智と囁《ささや》き交わした。

「右へ曲がったら、暖簾のかかってた楽屋の中にはいるのか」

「違うよ兄さん、下り階段だから楽屋の下をくぐってつづくんじゃない？」

「ああ、省線の万世橋《まんせいばし》駅みたいに立体交差してるんだ」

見回したが左右は板壁に囲われている。

勝郎が声をあげた。

「ここは〝む〟なんだ！」

「どういうことでございますか」

滴に尋ねられ、少年たちも、勝郎を見た。一寸《ちよつと》いい気分だ。

「『むの字屋敷』の結び目じゃないか？　左側のクルッと巻いた部分だよ。入り組んだ廊下と階段で結び目になって、そこへ蓋するみたいに楽屋ができた」

ゴロちゃんが拍手した。

「記者さん、頭いい！」

「建て増しする内に、こんなおかしな恰好になりましたのね！」

ふだんは冷たい感じの滴まで子どもっぽく喜んだ。

「ねじれていても、普通の階段で廊下さ。さっき誰か通ったから戸が少し開いていたんだ」

明智がみんなを急がせた。

「ゆこう……カネちゃんが焦れてる」

小走りに傾斜を下りてゆくと、左右に小窓が穿《うが》たれた長い廊下になった。ビー玉がレール代わりにした手すりが、やはり窓の下を通っている。外はすっかり日が陰っていて、ゴロちゃんが囁いた。

「ボクたち、心太《ところてん》の箱の中にいるみたいだ」

「うまい」

明智が笑うと、滴が噴き出した。こうして見れば明るいお嬢さんでしかない。男爵に見せた表情より、印象がずっと可愛い。

左の窓から和風の庭が見える。目立つ石組みも水盤もないが、穏やかな緑が連なっていた。正面は家の二階分くらいある高さの崖だ。

「あんなところに段差があるね」ゴロちゃんは物見高い。

「あの上はどこへつづくのかな。……あ、そうか、東棟に沿った空き地だ」

明智が賛成した。

「段差の上に出れば、ゆるい上り坂が見えるよ、きっと」

ふたりとも方向音痴ではないようだが、焦れたカネが廊下の突き当たりから声をかけてきた。

「なに道草食ってるの。こっちよ！」

勝郎は驚いた。カネが立っているのは瀟洒《しょうしゃ》な冠木《かぶき》門の軒先だったからだ。

「どこの家？」

さすがのゴロちゃんも間の抜けた疑問を発した。

屋敷の中の廊下を辿っていたつもりが、ふいに凝った意匠の門が現れたのだ。上品な筆遣いの扁額「銀月荘」が軒先に掲げられ、透かし格子戸の奥には、落ち着いた玄関が静まり返っている。

「ビー玉はこの筒に落ちてた」

カネがえんえんと自分を翻弄した玉を摘んでいる。手すりが尽きた先の門の外壁に、鈴で飾られた竹の籠がブラ下がっていた。

「籠に落ちると鈴が鳴る仕掛けですのね」

「家の中の人に、落ちましたよーって知らせるわけ？　だったらここ、本当はなにが転げてくる溝なんだろ……きゃっ」

悲鳴をあげたカネが手近にいた明智に飛びついた。門灯に火がはいり、玄関から現れた人影が格子戸を開けたのだ。

2

「お待たせいたしました」

姿を見せたのは大型の白い帽子を頭に載せた、三十代の女性であった。帽子だけではない、白づくめの活動的な服を着込んでいる。

（これは――看護婦さんか？）

病院ならともかく一般的な家で見かける姿ではないから、勝郎も目をぱちくりした。女性は静かに微笑しながらも、小首をかしげている。

「あの……どちらさまでしょうか」

「え、ええっと」

カネだってへどもどした。ビー玉を追いかけたらこの家に着いたとはいいにくいだろう。さすがにみんなもじもじしていると、思いがけぬ助け船が看護婦の背後に現れた。髯《ひげ》もじゃの男爵であった。

「お揃いじゃないか。おお、滴さんまでこの陋屋《ろうおく》に？　痛み入るね……類子《るいこ》さん、かまわないよ。通しておあげ」

「かしこまりました」

類子と呼ばれた看護婦は従順で、行動に淀みがなかった。

門を抜け玄関にみんなを招じ入れる。三和土《たたき》からわずかに上がって取次ぎの間へとてきぱき案内する。あまりにスムーズな流れ作業なので、勝郎が質問する間もない。男爵は〝陋屋〟と謙遜したが、とんでもない。この書院建築が陋屋なら勝郎のアパートは鉋屑《かんなくず》の寄せ集めだ。

床の間に違い棚をそなえた上座を背に、彼は悠然と座した。髯もじゃのルパシカ姿が妙に似合ってみえるのは、海外旅行に慣れた男爵の風貌のためか。渡米したときはダイビングや射撃まで修業したと聞く。

座敷に備えられたのはもちろんちゃぶ台ではない。艶々《つやつや》した黒檀の巨大な座卓だ。勝郎たちはおずおずとそれを囲んだ。

「うひゃ」

おかしな声をあげたのは、座布団の厚みをもてあましてひっくり返ったカネである。おかげで全員が噴き出し緊張がほぐれた。

男爵の近くに座を占めた滴が、口を切った。

「ここは男爵さまの家なのですか。わたくし、父からなにも聞かされておりませんでしたわ」

カネもどうやらふだんにもどっていた。

「閣下のお部屋……というか仕事場は、長屋門と聞いてたけど」

滴がうなずいている。

「母とわたくしのお隣が、閣下の研究室ですの。それなのにこんな風雅な屋敷までおありですのね」

男爵が笑って答えた。

「あいにくこの『銀月荘』の主人は私じゃない」

水屋の前でお茶の支度をしている類子に声をかけた。

「どんな調子かね」

なんのことだ？　五人が互いに顔を見交わす。類子はそっと微笑んだ。

「とてもよろしいようですわ。若いお客さまとお聞きして、もうすぐそこまで」

「そりゃあよかった」

髯を揺らせて男爵は立ち上がった。

「さあ、遠慮することはない」

一方の襖《ふすま》をひいた。重たげな三枚引きの襖なのに敷居の擦れる音もしない。

和服の女性が膝を突いていた。その姿を見ると同時に勝郎がハッと胸を衝かれたのは——自分でも不思議であった。

緋色の鹿子《かのこ》絞りが鮮やかな結綿《ゆいわた》の髪、大島紬《おおしまつむぎ》に縮緬《ちりめん》の名古屋帯《なごやおび》を締めた女性は、いかにも良家の子女が客の前で改まった風情だ。さして豪奢《ごうしゃ》でも流行を追うようにも見えないのに、なぜだろう……勝郎の琴線を奇妙に震わせ、収まりのつかぬ感情を膨れあがらせたのは。チョンガー（独り者）がハートを恋の矢に射抜かれたのとも違う。ひたすら男の保護本能をかきたてられた気がして、勝郎は茫然としていた。後ろに居並ぶ少年少女たちは声もない。

男爵はにこやかだった。

「紹介しよう。私の妹で、この家の主でもある」

「大田原銀子《ぎんこ》と申します」

挨拶されて、またも胸の片隅をしめつけられた。適度にしめりけを帯びた良質の綿――そんな風合いの声であった。

客を代表して勝郎は応じたが、カネは舌をもつれさせた。

「恐れ入ります……とっ、突然におうかがい、いたしましてっ」

クスリと笑う声が聞こえた。銀子である。

「いいのよオ。みなさん、お兄ちゃんのお友達でしょ。だったらあたしのお友達。そうでしょ、お兄ちゃん」

いささか調子っ外れながら、愛らしく小首をかしげた。男爵がうなずいた。

「その通りだよ、銀子」

素っ気ないもののいいだが慈愛に満ち、短いやりとりの中に情愛を確認した思いで、ちょっと羨《うらや》ましい。勝郎はひとりッ子なのだ。

ゴロちゃんも素直な笑顔で男爵と銀子を眺めていた。

――が。

滴とカネの反応はなぜか違っているようだった。

『おかしいと思いません、カネちゃん』

『ウン、思う……なんだか、ヘン』

『だって結綿は、はたちになるかならないか、若い娘の髪形でございましょう?』

『そうだよ。だけどこの銀子って女の人、いったいいくつなの!』

「ご兄妹なんですね？」

明智が探るような口ぶりになっていた。

「そうだよ。似ていないかね？　髯をのばすまではそっくりといわれたんだが」男爵は微笑した。

「そんなのわかりっこないですよ。閣下はもじゃもじゃなのに、妹さんはこんなにきれいで……」

勝郎は語尾を濁した。ようやく気づきはじめた……。

銀子は確かに美しい女性であった。大袈裟かも知れないが、直視すれば目が潰れそうなほどろうたけた——あやかしでも取りついたような、人外の妖美を思わせる整った目鼻立ちであったのに、だが熟視すれば明らかである。

しっとりときめ細かな肌ながら、目尻に口元に、さざ波に似た小じわが漂っていた。男爵はいう。

「銀子は妹だが、異国では姉と呼ばれるケースもある」

聞き間違いかと思った。

「日本では古来から、先に生まれたほうが妹、あるいは弟とされている。銀子と私、大田原金彦《かねひこ》は双子なのだよ。滴さんやカネくんと違い、異性として産み落とされた——つまり二卵性双生児だ」

勝郎をはじめ客の全員が呆気にとられた。

ではこのルパシカ姿の髯男と、愁いを秘めた楚々《そそ》たる彼女は、おない年というのか！

当の銀子はまったく悪びれたところがなかった。

「お兄ちゃんどうよう、よろしくお願いいたします」

ニコリとすると目が細くなり、目尻の皺は隠しようがなかった。

3

――浮世離れした銀子と呼ぶこの女性《にょしょう》。

自分がなん歳なのか、時代は大正なん年なのか、「銀月荘」の外界がどうなっているのか。そんな世俗の雑事は、彼女にとってすべてどうでもよいことであったのだ。欧亜を舞台に繰り広げられた世界大戦さえ、彼女は関心の他に違いない。

「ピンポンに夢中だったときもあるが、今の銀子が興味を抱くのは、百人一首だね」

男爵が話した通り、取札を前にしたときの彼女は圧倒的な強さを見せた。

母親に鍛えられた滴も歯がたたない。記憶力抜群の明智がいい線までいったが、天真爛漫《てんしんらんまん》に楽しむ銀子の敵ではなかった。

惜しいところで敗れれば身を揉むように悔しがり、競り勝ったときの開けっ広げな喜びぶりは、当面の敵さえ笑ってしまうほど無邪気さを剝《む》き出しにした。

はじめの内こそ、彼女の実年齢を知って腰が引けていたみんなも、全身全霊で楽しみ尽くす銀子のペースに巻き込まれ、お松が食事の支度で顔をみせるまで、時間を忘れて興じてしまった。

「みなさま、もうお部屋にお帰りにならないと」

冷静に見守っていた類子に注意され、勝郎たちが長い帰りの廊下を辿りはじめたころ、窓の外はとうに闇に沈んでいた。

右に望む庭に明かりはなく、東棟の近くに設けられた大棟門の明かりが、高い位置に見えるだけだ。はしゃぎ大笑いしすぎた反動か、帰り道はみんな無口になっていた。

通路の電灯はうすぐらかったが、月が出たとみえ夜空は燻銀《いぶしぎん》に似て底光りしている。

「さっきの傘天井……あそこからはじまる長い廊下……なぜ階段にしないのかと思ったけど……」

ゴロちゃんが呟いている。淡い闇が漂う空間では小声だがよく通った。

「『銀月荘』に食事を運ぶためなんだね、あの台車で」

「ああ」

誰も応じないので、明智が相槌《あいづち》を打った。

「あのお休み処みたいな場所で、食事を積み替えるんだな」

お松に押されて到着したワゴンには二段重ねの重箱が三組のっていた。女相撲が務まるような体格のお松に相応《ふさわ》しい、大型の台車であった。

「おかしな造りですこと。東棟とこの廊下がぶっ違いですもの……記者さんが仰る〝む〟なんですね」

〝む〟とするには「銀月荘」にいたる長い廊下が余計だけれど、男爵の解説では屋根を亜鉛引きのトタンで葺《ふ》いているので、瓦屋根《かわらやね》の屋敷とは断絶して見えるらしい。

階上の空間に建て増しした楽屋が拳固みたいに座り込んでいるので、いっそう結び目の形になるのだ。

「通路の形だけ見ればイスカの嘴《くちばし》だよ。ぶっ違いなのは餌の松ぼっくりをつつきやすくするためだって」

もの知りの明智が解説すると、勝郎は男爵に聞いた話を披露した。

「この敷地は北に段差があり、南を国分寺崖線《がいせん》が走って川の対岸と隔てられている。使い道に困った守泉家から、先代の大田原男爵が譲ってもらった。格安で銀子さんの住まいとして……」

「隔離されてるんだね」

遠慮のないゴロちゃんの言葉を、勝郎は肯定した。

「十五歳のころ熱病にかかって、彼女の心は成長を止めた。先代はそんな病気の娘を、表に出したくなかったのさ。……守泉家が投機で危ない橋を渡ったとき、大田原家は蔭に回ってリポートした。それ以来の腐れ縁だと男爵が笑っていた」

「表に出さないって……あんなきれいな人なのに」

子どもだから純粋なのだろう、ゴロちゃんは本気で憤慨している。

勝郎が苦笑した。「今はまだいいけど、十年後二十年後のことを考えてごらん」

「それもそうですね……」

明智がうなずいた。

「六十歳、七十歳になっても、十代の乙女ではなあ……」

「……」

誰もなにもいえない内に上り勾配がきつくなった。傘天井のお休み処に到着すると、誰ともなくベンチに腰を落とした。帰りはずっと上り坂がつづいたのだ。

ひと息いれた勝郎が、聞きそびれていた一件を問いかけた。

「明智くん。例の呪いの話なんだが……調べもしないのにもう答えを見つけたのかい?」

「はい」

あっさりした返答に、カネも滴も目を見張った。明智はこともなげだった。

「ぼくたちが聞いた情報が確かなら、答えの鍵は鶏です。短い間に出現した鶏の死体」

「うん」勝郎が真剣な顔でうなずく。

「人力車からの視野が崖で遮られた。そのときしか鶏は出現できない……だがそれは不可能だった……」

「なぜ、不可能なんです？」

繰り返し情景を反芻した勝郎だから、明智の問いに即答した。

「時間的にも数分で短かったし、門の左手には歌枝さんと『なかむら座』の女性ふたりがいた。だったら鶏を門にブラ下げた犯人は、三叉路を右へ抜けるしかない。その道はあいにく滴さんが塞いでいた」

「アラ」

滴が目を見張った。

「それでは呪いの死骸を吊るした者の、逃げ場がありませんのね！　ええ、間違いなくわたくしは、あの道で自転車をおさらいしてましてよ。誰ともすれ違っていませんわ」

帰り道で奇妙に無口だったカネが、このときばかりは明智を睨んだ。

「だったら犯人はどこへ消えたのよ。……ハテサテ曲者《くせもの》は天を翔《か》けたか地に潜ったか！」

講釈師そこのけにうたいあげたが、明智は軽い調子で返してきた。

「大もとが違ってる。門の前は三叉路じゃなくて、十字路なんだから」

勝郎が抗議した。「待ってくれ、明智くん。もう一本の道なんて、どこにあった？」

「門の中です」

「はあ？」

「門の扉は壁でも崖でもありません。扉を開ければ四本目の道が現れます。潜り戸でもいい、人ひとり通れるなら立派な道でしょう」

勝郎はまだ呑み込めない。

「すると、犯人は門の内部にいた？」

「はい。鶏の死体を手に戸を潜りぬけ、扉にひっかけるだけ。三十秒でできますね」

勝郎はむろん、滴もカネも呆気にとられている。

「それでは犯人は、中にいた平さんだの男爵だの、お父さまにだって見られてしまいますわよ」

「いいんです。その人たちがみんな犯人と考えれば。主犯はむろん御前さま……滴さんのお父上だと想像するけどね」

絶句した三人が、ベンチで固まってしまった。

4

明智〝探偵小僧〟の謎解きはつづく。

「棺桶が運ばれたのも座敷の襖が破られたのも、おなじだよ。守泉家当主の企みと考えればいいんだ」

応じる言葉がない三人に向かって、

「では最初から、ぼくの考えを話してみるよ。まず玄妙寺の撞木《しゅもく》の綱が切れたのは、誰のせいでもない。そう考えることにした。つまり偶発事故だった。でも迷信深い村の人たちは、芝居へ組み込んだ『皿屋敷』の祟りと噂したらしい……そう聞いてゴロちゃんがいったんだ」

あとはゴロちゃんが交代した。

「そんな噂が耳に入れば、守泉家の御前さまはどう思うかな？　以前から守泉家のご主人は、旧弊な考えを世田谷村から追い出したい。そう考えておいでだったでしょう」

ゴロちゃんが勝郎を見た。

「う、うん。よく知ってるな」

明智が失笑した。

「という記事が帝国新報に出てたもの。可能勝郎の署名入りで」

「そうだったか……忘れていた」当人がおでこを押さえている。

「それでボク、そんな御前さまならどう対処するか想像したんです。くだらないと否定するだけでは、決して噂は消えやしない。それなら一段と怪しげな呪いの兆しをバラまこう。なのに舞台はちゃんと無事に終わるんだ……そんな事実をつきつければ、噂がいかにバカげていたか、村のみんなも納得するだろうってね」

「なるほど！」

ガクンと顎を落としそうなほど、勝郎は深々とうなずいている。

にこにこと明智少年がしめくくった。

「『むの字屋敷』の呪いと聞いて、それがぼくたちの出した結論です。後は舞台公演を首尾よく勤め上げるのを期待するだけ……」

「まああまあ、帝国新報さん、お嬢さんたち！」

前方からお竹さんの、半分べそをかいてる声が飛んできた。階段の上で今にも泣きだしそうだ。

「さんざんお待ちしたんですよ！　食事のお支度は整っています。とっととときてくださらないと、ご飯もおつゆもお煮つけもぜんぶ冷めてしまいます！　お客さんたちのせいですからねっ」

出っ歯から唾を飛ばしている。

恐縮した一同が急いで〝ホ〟の二番間に座ると、お竹の手さばきは慣れたものだ。板敷きの一隅に豆炭のコンロを据えて冷えたおつゆを温め直し、煮つけにお出汁《だし》を加えて熱々に味を調えた。

五人が十分に満足したのをみはからって、膳を廊下に出したお竹は、またたく間に寝具をのべてくれる。

勝郎たち男性は二番間に、少女ふたりは離れた座敷だったが、風呂にはいって就寝するまでのひとき、五人にはもう一度額を集める時間が残されていた。

そこでようやく勝郎は、かねて気にかけていた疑問をカネにぶつけることができた。

「……なあ。なにかいいたいことを隠してないか？　帰り道、どうしてあんなに無口でいたんだ。きみらしくない」

「ウー」

水を向けられたが、カネは土瓶みたいに口を尖らせて、滴を横目で見るだけだ。

双子は「以心伝心」の仲である。一方が隠してももうひとりには筒抜けのはずだ。

そう考えた勝郎は、カネをほっておいて滴に尋ねた。

「お嬢さんならわかるんじゃないか。カネくんの考えが」

「……ええ……はい」

なま返事してから、ちいさな声をもらす。

「でもわたくしたちのカン違いなら、銀子さんに申し訳なくて……」

「だから、それはどういうこと」

寝具の枕元で勝郎が膝を進めたとき、思いがけない方角から声があがった。ゴロちゃんである。

「それ、銀子さんのおなかに、赤ちゃんがいるってことですか」

勝郎は天井から下がっている電球が、破裂する錯覚に襲われた。

カネはしゃっくりみたいな声で、ゴロちゃんを睨《ね》めつけた。

5

「なぜ、そう、思ったの！」

「……えっと。ボク、百人一首の途中で厠《かわや》へ行ったでしょう。その帰り道に小さな喫煙コーナーがあったんです」

厠へ行くには廊下を一度折れる必要がある。角の短い上り階段がコーナーへ導き、そこの北向きの掃きだし窓の外には洒落た洋風の露台があったという。

「なんだか沙翁《シェイクスピア》の『ロミオとジュリエット』みたいで、ボク見物するつもりでそこの籐椅子に座っていたんです。季節外れの家具だけど、凭《もた》れが扇子みたいに広がってて、とても落ち着いたから」

遊び疲れでボンヤリと窓越しに露台を眺めていたらしい。

すると階段の下に人の気配がした。厠へ向かおうとする銀子と追ってきた類子であった。椅子の背凭れのせいで、ゴロちゃんには気づかなかったのだ。

「類子さんが心配そうにいたわっていました。銀子さん、急な吐き気で座敷を出たらしいよ。ふたりの会話が聞こえてきて、ボクその場で動けなくなりました。

『騒ぎ疲れたみたい。おなかの子に障るかしら』

『誰にもいってはダメよ……いつだってあなたは日が暮れると、この窓に向って「お慕いしてます」というんだから』

なれなれしい口調だからボクびっくりしたけど、銀子さんは平気で答えてました。

『だってそうなんですもの……私の気持ちは』

そこでまた銀子さんが口を押さえたので、類子さん、いそいで銀子さんを厠に連れてゆきました。

……ねえ、あれ悪阻《つわり》っていうんじゃないんですか」

全員が石になっていた。

ようやくカネが口を開いた。

「あたいは銀子さんがしょちゅうおなかを撫でるのが気になってた。その度に、類子さんが怖い顔して、そいでヘンだと気がついたよ」

さしもの探偵小僧も推理の埒外であったに相違ない。虚を衝かれたように黙り込んでいる。……やおら勝郎が呟いた。

「男爵はご存じなんだろうか。いやそれよりも……そもそも相手の男は誰なんだ？」

答える者がいるはずはなかった。

『番町皿屋敷』に幽霊がいない

1

その夜、勝郎は夢を見た。

なんとも後味の悪い夢だった。結綿《ゆいわた》の赤い手絡《てがら》が畳に落ち、白い少女が黒い影に押し倒されていた。少女——と呼んでいいのだろう。実年齢は四十歳近いのに、悶《もだ》えている銀子は俗世と無縁に可憐な乙女であったから。

勝郎は猛然と腹をたてていた。汚れを知らぬ彼女を孕《はら》ませた黒い悪党に。

「この野郎！」

口汚く罵倒した勝郎は、自分の声で目がさめた。

障子が明るく光っている。とっくに朝となっていたが、廊下の窓は西向きで直射日光がはいらず寝過ごしてしまったようだ。見れば明智少年もゴロちゃんもいない。用済みとなった布団二組は丁寧に畳んであった。

いそいで洗面をすませたが、ふたりは見当たらない。

取材用に愛機のコダックを抱えて探していると、台所でお竹さんをみつけた。

ふたりはとうに簡単な朝げをすませ、「むの字屋敷」探検と称し出かけていた。

「どこへ行ったのかな」

招待したのはわが帝国新報だから知らん顔もできないが、瓢簞祭《ひょうたん》——（正しくは福兵衛祭だったか）の準備に気もそぞろのお竹さんは、

「北のお庭じゃありませんかね」

それ以上は関心がない模様だ。

「お竹！　ちょっときておくれ！」

お島さんの神経質な声が聞こえたのをしおに、彼女はそそくさと消えてしまった。お茶漬けで腹をくちくした勝郎は、ともあれ勝手口から北に出てみた。右手に果樹林が広がり渋柿が出迎えてくれた。屋敷の下見壁が漆喰《しっくい》に変わると、堂々たる庇屋根のエントランスが目にはいる。石造りのポーチに水が撒かれ、扉は八の字に開いて、いつでも客を招きいれる用意ができていた。

通りすがりに覗くと拭き掃除をする女たちはいたが、少年ふたりの姿はない。忙しげな雰囲気に押されていると、東門の方角からどん、どん、どん！と、腹の底にひびく和太鼓の音が流れてきた。

それで気がついた。

昨日までなかった櫓《やぐら》が、土蔵をバックに聳《そび》えている。櫓の上で威勢よく撥《ばち》を揮《ふる》う祭半纏《まつりばんてん》の若者は、源田忠《げんだただし》といった。東門をくぐって訪れる客を正面から迎える好位置だろう。

浮きたつ太鼓のリズムに乗せられるように、何人かの客が果樹林を回り込んでやってくる。案内役を務める女性に見覚えがあった。歌枝たちといっしょに長屋門に現れた「なかむら座」の女だ。もうひとりいた娘の姿はない。

勝郎に気づいた彼女は、丁重に頭を下げた。

「中村かずらでございます。本日はどうぞよろしく、お引き立てのほどお願い申しあげます」

名乗られて気がついた。座頭の松之丞の女房——ということは静禰の母親であったか。

思い出して答礼すると、笑顔のかずらはしっかり者の印象で、手際よく客たちを案内していった。

舞台の客なら東棟の階段が入り口だが、この時間は祭の招待客らしく、それなりの服装でエントランスに吞み込まれてゆく。世田谷村でも格式ある家柄の人々だ。母屋に抱かれた瓢箪池が会場なので東棟の階段ではなく正面の出入口を使うと見える。

滞在三日目になって勝郎も、ようやく屋敷の全体像がのみこめてきた。

西の方角で犬の声が聞こえた。

長屋門が見えるあたりまでくると、遠く小暗い森——屋敷神を祀ったあたりから、レミ少年がリードで牽《ひ》いたカピを連れて出てくるのが見えた。

左手の洋風庭園で壁泉を補修していた平さんが、大声をかける。

「坊主！　カピがなにかカンづいたか」

少年は首をふっていた。

「ダメでした。でもあそこなら、人がはいりこめますね」

男の胴間声と子どもの高い声なので、勝郎の耳にもよく届いた。

近づく勝郎に気づいた平さんは律儀に鉢巻をとり、レミも遠くから会釈《えしゃく》した様子だ。

「なんの話だい」

「あの子、祠《ほこら》まで行ってきたのか。なにかあったの」

「いえね、こないだの吹き降りで、土塀が崩れやしてね」

平さんが説明した。外回りの管理全体が彼の仕事らしい。

「御前さまには、泉の水漏れを先に直せといわれてるんですが……なにせ歌枝の奴が……おっと」言いなおした。

「歌枝さんがあれっきり帰ってこないんで」

「夕暮れだったんだろ。間違いなく彼女だった？」

念を押すと、ぶすっとした答えがもどった。

「屋敷の女で洗い髪はひとりきりですからね。人の出入りはあっしの係なんで、思い出したのが崩れた塀ですよ。あいつ塀の穴から帰ったんじゃないかと……」

「平さアん！」

母屋の方から、滴が小走りに駆けてきた。

「男爵さまに『なかむら座』が急用なの！　どこにおいでかご存じ？」

昨日とはまた違ったハイカラな洋装で、花柄のローウェストのドレスだった。

平さんが塩辛声を張り上げた。

「閣下なら坊ちゃんたちと一緒に、仕事部屋ですぜ！」

なんだそうかと、勝郎はホッとした。探すともなく探していた少年たちは、男爵の研究室を見学しているらしい。

表門に接した長屋には、居宅が二戸用意されていた。門に近い苫米地家と、男爵の研究室兼個室である。丈の高い床下を倉庫代わりにしているので、一見二階建てだが実際は平屋だ。庭からは階段を設けてそれぞれの玄関に上がるようにできていた。

「ゆらさんは耳ざといんで、男爵閣下との境に一尺余りの詰め物をして聞こえないよう気を配りましたよ。絹より高くつきやしたがね」

防音材のことだろう。開設準備中のラジオという代物について、取材したことのある勝郎は、多少の知識を仕入れている。

おなじ余介の妾《めかけ》でも、ゆらには敬称を惜しまない。守泉家の女ふたりの序列が想像できるというものだ。

研究室へ上がっていった滴は、腕をとらんばかりに男爵を引きずり出してきた。

「待ってくれ……中は散らかしたままなんだ」

閉口する男爵を、少女が一喝した。

「みなさん楽屋で大変ですの！　事と次第によっては、舞台の幕を上げられませんわ！」

その声の内容が勝郎を愕然とさせた。

（幕が上がらない？）

いったいなにが起きたというのだろう。

2

滴に引っ張られながら、振り向いた男爵が怒鳴った。

「明智くん、頼む！　電源だけでも確実に落としてくれ！」

階段で呆気にとられていた少年たちに、勝郎は駆け寄った。

「我々もゆこう！」

「でも滴さんは、男爵に声をかけただけですから……ゴロちゃん、電源がどこかわかるね」

「うん。ちょっと待って」

分別顔の明智に比べゴロちゃんは行動派だ。取って返す彼を追い階段を駆けあがった勝郎は、男爵の研究室なるものに目を見張った。

蓄音機が大小さまざま、旧式な蠟管タイプ（エジソンが発明した原形だろう）まで並んでおり、無数のコードが壁やら天井を這い回っていた。最新型のマイクロホン（と思う）が穴だらけの本体をスプリングで保持され、その隣には大型のラッパが鎌首をもたげていた。蓄音機のパーツに違いない。

踏台に上がったゴロちゃんが、壁に掛かった陶器の箱の紐をひくと、蓋がパカリと開いた。同時にあちこちで点滅していた機器のランプが音もなく消える。天井《てんじょう》の明かりはそのままだから電気系統が違うのだ。

飛び下りた少年が促した。

「記者さん、お待たせ」

階段の下で明智が苛立っていた。

「まさかと思うけど呪いが関係したのなら……」

ゴロちゃんの頬も紅潮した。

「そうか！　ボクらの謎解きは間違っていたことになる、行かなくちゃ！」

行先は見当がついている。「なかむら座」の楽屋だ。

三人は夢中で走った。東棟の緋毛氈《ひもうせん》の階段を駆け上がり、紫色の暖簾《のれん》の前でやっと一息ついた。

さすがに喘いでいると、暖簾越しにカネの声が聞こえた。

「それじゃ舞台に出られるわけ、ない！」

（えっ。誰が）

声を頼りに障子を開ける。

不作法を止める者とてなかった。

楽屋は暗鬱《あんうつ》な空気に塗り込められていた。

正面で押し黙っているのは守泉余介だった。いつも磊落《らいらく》な笑顔を見せている御前さまが、今日ばかりは口をへの字に結んでタバコをくわえていた。先端の灰は今にも座布団に落ちそうだ。

その前に座した中村松之丞のがっちりした背中が、気のせいか縮んで見える。座頭をはさんで頭《こうべ》を垂れているのは、静爾とかずらであった。

なにがどうなったのか、しばらく見当もつかなかった。やおら口を開いたのは、廊下際で胡座《あぐら》をかいていた男爵である。

「……せめて、なあ」

嘆くとも憤るともつかない口調だ。

「せめて昨日、教えてくれていたらなあ……」

「申し訳ございません……」

絞り出すような声を漏らしたのは、かずらだった。

「本人としましては、舞台を務め終わるまで自分の胸におさめておく覚悟だったと存じます」

(本人というのは?)

座を見渡した勝郎はあたりをつけた。

劇団を背負う中村家は四人いるが、そのひとり——静禰の姉にあたる雪栄の顔がない。

『皿屋敷』で殺されるお菊の役を演じることになっていた。一昨日長屋門の前でかずらと連れ立っていた娘がそうだ。

「黙って痛みを堪《こら》えていたのは、役者としては美談だろうが……」

はじめて耳にする柔らかな口調に、勝郎は声の主を見た。

まろやかな風采は学者のようだ。純白のダブルスーツを着こなしたメガネの中年紳士である。ソフトな外見に拘《かか》わらず、彼はきびしい言葉を継いだ。

「患者として下の下です。開業したばかりの当院から、早々に死亡届けを出すところだった。うちの評判などどうでもいいが、あたら若い命を虫様突起炎《ちゅうようとっきえん》ごときで散らすのは、医師として痛恨の極みだからね」

雪栄は盲腸炎を発症していた！　手術によって早急に快方に向かう炎症だが、治療が後手に回れば命にかかわる。

医師の言葉に勝郎は納得した。

朝食をとっていたとき下働きの女たちが話していた。「はるばる市内から、世田谷くんだりまできてくれたんだよ、尼崎《あまがさき》とおっしゃる名高い博士さまが」

だがその先生を前に、余介は渋い表情を崩さない。

「ともあれ急場は凌《しの》げたわけですな。……で、忌憚《きたん》のないところいかがです。少々強いクスリを使ってでも、役者を舞台にたたせることは……」

みなまでいわせなかった。尼崎はピシリと釘を刺した。

「私は医者です。人殺しになる気は毛頭ありません」

「……」

さすがの御前さまが二の句を継げなかった。憤懣《ふんまん》を彼は「なかむら座」の三人に向けた。

「先生はああ仰る。だが客は間違いなく満席になる。守泉の名に賭けて、必ず芝居はやってもらいますぞ」

御前さまはやり場のない怒りをもてあまして、蒼白であった。

——明智少年の推理は正しかった。呪いの数々を演出したのは彼なのだ。

煽っておいた上で完璧な舞台を見せてやれば、村人たちの迷妄は消える……知識階級に属する彼の狙いは尊大ながら一理ある。勝郎もそう思っていた。

だが目は逆に出た。

役者の中から重病人が出た、それも『皿屋敷』のお菊当人が。勝郎でさえ（祟りか）とヒヤリとしたほどだ。まして迷信深い年寄りたちが耳にすれば、噂は百倍千倍に膨れあがるに違いない。

そうさせないためには、舞台の幕を立派に開けて見せねばならなかった。

「なかむら座」の三人が沈黙する間に、尼崎は立ち上がった。

「病院に帰らせていただく。倅《せがれ》に看護を任せてきたが、体力がどん底の患者だ、私がそばにいるべきです」

医師としてこの場にいる意味はない。言外にそう匂わせた尼崎は、御前さま——余介に一礼したきり、せわしげに背を見せていた。

あとにやり場のない静寂が淀んだ。

沈黙をやぶったのは、余介だ。彼はいっそう硬い語気になっている。

「どうお考えだ、『なかむら座』は。念を押すが『皿屋敷』の場面だけ外すなぞ、姑息な逃げは許されんよ。噂に尾ひれがつくだけだからね」

「御前、時間が惜しい。福兵衛祭の合間を縫って、改めて善後策を……」

男爵のとりなす口調に、余介は頑なだった。

「お言葉だが大田原さん。ここから先は『なかむら座』の問題だ。そうでしょうが。……わしとしては約定通り、今日の舞台を上々の出来で見させていただく。それ以外に道はないからね」

それでも男爵は追いすがった。

「無理に舞台に立たせて、万一お菊役に大事があっては」

「それは松之丞さんに考えてもらいましょう。場合によっては、尼崎先生の反対を押し切ってでも」

そこで余介は苦々しく笑った。

「むろん守泉家としては、そんな楽屋裏は一切与《あず》り知らんことだ。詰まるところ女役者ひとりの問題ではないかね」

かずらの肩が震えたことに、勝郎は気づいた。余介のいう女役者の母親である。

やおら松之丞が咳払いした。見えたのは彼の喉仏だったが、それが不自然なくらい大きく上下した……怒ってるな、座頭。なにをいいだすかと固唾を呑んだとき、一瞬早く口を開いたのは静禰であった。

「畏《かしこ》まりました、御前さま。本日の舞台は確かに、当『なかむら座』が真心こめて務めさせていただきます」

3

松之丞とかずらが驚いたように振り向いたとき、廊下からお島の声がかかった。

「福兵衛祭の刻限でございますよ、御前さま」

声に応じて余介が立ち、男爵に顎をしゃくった。

「大田原さん、祭が待っとる。行きますかな」

言葉遣いは丁寧でも有無をいわせぬ響がある。それでも男爵は逡《しゅん》巡《じゅん》した。

「しかし……話の決着がまだ」

「もうついとります。予定通り夕方五時半から幕を上げてもらえばよろしい。ではくれぐれも頼みましたよ」

お島が開けた障子の向こうへ、貫禄たっぷりな御前さまの後ろ姿が去ってゆく。その後を追う男爵――大田原金彦は心もとない足どりだ。対等に振る舞っているようでも、所詮は親の代からの居候《いそうろう》ということなのだ。

そのふたりをお島が追いかけてゆく。

三人の足音が遠くなるのを待って、障子を念入りに閉ざした静禰が、居住まいを正し、両手をついて深々と頭を下げている。

「カネさん、滴さん。お願いです。どうか『なかむら座』を助けてください」

緊張に満ちた顔が上がった。

『ど、どういうことだい、静禰さん！』

『経緯はお聞きになった通りです。倒れた姉にかわって、おふたりに菊役をお願いいたします……なにとぞ、なにとぞ！』

『あーっ、静禰さん！　あたいたちの「以心伝心」に割り込んでる！』

『そんなことってございますの！』

『だって滴ちゃん、現にこうして静禰さんの言葉が聞こえてるもン！　そうか、あたいわかった。あのとき「狂犬病では」と心配したのは、やはり静禰さんだったんだ！』

『ああ、カネさんに感づかれていたのか。今ごろ謝っても遅いけど、おいらこれまでふたりの「以心伝心」を聞いていたんです。聞いて――というのは可笑《おか》しいかな。耳ではなくじかにおいらの胸の中で谺《こだま》していたんだから』

『えッと、その、なんといったらいいかな。あーあ、滴なんて口もきけずに驚いてる……いったいいつからなのさ、あたいたちのこと、立ち聞きしていたのは！』

『それもカネさんが推測した通りだよ。おいらが大人になったとき』

『えっ』

『エエーッ』

どうにも明智たちは落ち着かない。ひたすら静禰とカネと滴の様子を見比べているだけだったから。

不自然な長い沈黙の間中、静禰はキッとしてふたりの少女を見つめつづけた。カネはあたふたと目を泳がせ、滴は上目遣いに静禰を見返して、まるで互いの間に忙しく意思の交流が図られているみたいだ。

「以心伝心」の秘密を知る勝郎にはそう推測できたが、明智家の少年たちには想像のほかであったろう。

事情は座頭たちもおなじはずだ。倅の申し入れをどう解釈すべきか当惑するふたりに、静禰は微笑してみせた。

「心配しなくていいんだ。この場はおいらが収めるから、父さんたちは尼崎病院を見舞ってよ。舞台の心配はしないで養生するよう伝えてほしい。その一言が姉さんにはどんな薬よか効くはずだ……いいから、急いで」

松之丞とかずらが要領を得ないまま座敷を出たあと、静禰は秘密をぶちまけた。勝郎はもとより少年たちにも、すべてを知らせようと決心していたのだ。

「これは記者さん――可能勝郎さんだけ、ご承知だった秘密です」

そんな前ぶれにはじまって、「以心伝心」と呼ばれる奇妙な絆が、カネと滴の間で結ばれていたこと。しかもふたりだけではなく、静禰まで交流ができたこと。

目をまるくしている少年たちに、彼は告げた。

「理由はさっぱりわかりません。でもこの力を使えば、素人《しろうと》のおふたりにも舞台に立ってもらえると考えたんです」

「あ……」「そういうことかい！」

滴とカネがいっしょになって叫んでいる。

「姉は早変わりのふた役でお菊と亡霊に扮する予定でした。そんな千妻のような早業《はやわざ》を、素人さんにお願いするのは無理だ。でも瓜二つの顔を持つあなたたちなら、ふたりで一役が務められます。……その代わり舞台にいる間は、おいらが細かな芝居まで『以心伝心』で伝えます。カネさんも滴さんも操り人形になったつもりで、お菊と幽霊を演じてください」

カネが答えた。

「殺されるお菊と、亡霊になったお菊。だったら、あたいが井戸に吊るされて、殺される役なんだね？」

静禰が首をふった。

「そっちは滴さんに頼みたい」

「まあ……わたくしが吊るされるんですの」

「ちょっと可哀相」

カネが異議を申し立てた。

「縛られて吊るされるんだろ。あたいなら平気だけど、滴ちゃんには我慢できないと思うぜ」

すらっといったが、勝郎は少しひっかかった。

(縛られるのが平気とはどういうことだ)

質問をはさむ暇はなく、滴の予想外な返答があった。

「わたくしお引き受けいたしますわ。谷崎潤一郎《たにざきじゅんいちろう》の『少年』を読んでおりますの」

あ……勝郎は内心うなずいていた。

「振り袖の女の子が縛られていじめられますの。わたくしあの小説をワクワクして読みましてよ」

ゴロちゃんが明智に聞いていた。

「読んでる？」

「いや、もっと探偵小説っぽいのは知ってるけど」

「ボクもだよ。プロバビリティの殺人の話なら読んだ」

勝郎はどちらも読んでいた。蓋然性の話はまだしも、滴は被虐加虐の花園まで覗き込んでいる。カネだったら「つまり変態」と一言で片づけそうだが、こんなお嬢さんがねえ……なんだか照れくさくて、勝郎はもじもじした。時代は動いているらしい……。

静禰の説明がつづいた。

「縛られてるだけのお菊なら芝居の必要はないけど、幽霊のお菊は難しいもの。照明や音の演出はくわわるけど、それなりに演技してもらわなきゃ」

「あ、そうか。あたい、講釈師の『皿屋敷』なら知ってるよ。こう体をくねらせてやればいいんだよね。『いちまーい……にまーい……』」

ぷっと噴き出したのはゴロちゃんだ。カネが憤然とした。

「なにが可笑しいんだよっ」

静禰も苦笑しながら、間にはいった。

「やりすぎだ、カネさん。臭い芝居は通に笑われる」

憧れていた美少年の言葉だから、カネはいっぺんにしょげてしまった。

「だったらどうすりゃいいのさ」

「抑えればいい。泣いたりわめいたりするのは人間だからね。死んだお菊なら、まるで墓石になったみたいに、視線を一カ所に釘付けにして、声を出すのも口を小さく動かすだけで」

「かぶりつきの客にも聞こえないよ！」

「そうじゃない、カネちゃん」

静禰がはじめてカネをちゃん付けした。

「お客さまを信用しようよ。賭けてもいい、お客さまは咳ひとつ立てず、きみを見つめているはずだ。聞こえないならなおのこと固唾を呑んで、台詞《せりふ》を聞くため身を乗り出してくる。だから最初の『一枚』は、声が小さければ小さいほどいいんだ。お客さまに集中してもらうためにね」

「ふうん！」

カネが唸った。

「それが芝居するってことなのか……逆なのか、面白いや」

耳をそばだてて聞いていた明智も、このとき大きな息をついている。

勝郎もゴロちゃんもおなじ思いだった。

（静禰はもう人形たちを操りはじめている。あとは彼にまかせればいい……）

このとき障子を震わせそうな勢いで、大太鼓が高鳴りはじめた。舞台に向かう廊下や窓を隔てた瓢簞池、その畔に集まった村の有力者たちによる、福兵衛祭のスタートであった。

女の死体が福兵衛に変身する

1

太鼓・横笛・鉦《かね》にまじって、浮き立つ祭と違う重みのある鐘の音《ね》が、和囃子《わばやし》の要所を締めるように刻まれていた。

渾身——といっていいだろう、静禰の演出がつづく中を、勝郎は気を遣いながら退出した。障子が軋まないよう座敷を後に、暖簾《のれん》を潜って廊下に出る。

後ろに明智少年たちがつづいた。

静禰に耳打ちされた用件が、勝郎にあった。

「なかむら座」の面々が、通し稽古のため舞台に集まる時間だ。全員が雪栄の急病を知っている。どんな善後策を講じるのか不安でやりきれないはずだ。座員たちに少しでも早く、安心してもらう必要があった。事態の推移を説明する役として、勝郎が依頼をうけたのである。

劇団を密着取材したことがある記者なので、一座のみんなと顔見知りだ。唐突な代役の起用も、彼ならスムーズに伝えてくれるだろうと、信頼されたわけだが——。

その自分の後に、少年たちまでつづいたのには、面食らった。

「福兵衛祭を見学するのかい」

舞台へ下りる階段まできて尋ねると、意外な答えがもどってきた。

「違いますよ。ぼくたちは探偵のつづき」

「探偵って、それはもう終わっているだろう」

凶兆を演出したのは守泉家の御前さま。それがわかった今、探偵少年の出番はない。そう指摘したつもりでいたが、明智は首をふった。

「もっと大変な現場を目撃したじゃないですか、記者さんは」

まだピンとこなかった
「まさか……酔いどれた僕が見た夢のことか」

「そうですよ。それとも可能さん、あの死体は夢だったと、本気で考えてるんですか」

勝郎はたじたじとした。下り階段の問答だから、先に下りる勝郎の顔は明智少年より低い。いっそう押され気味である。

「そんなことはないさ。今でもあれは夢じゃない。そう確信している……おっと、待ってくれよ」

手をあげて追及にストップをかけた。

「現場には、死体ではなく福兵衛人形が仰向けになっていた……これに関してはカネくんや滴さんというシラフの証人がいたんだぜ」

遠くで鳴っていた太鼓が、このときハタとやんだ。

無音の中で勝郎はしゃべった。

「大型の家具にはさまれた狭い場所で、簡単にすり替えられるだろうか。死体を隠すだけならともかく、福兵衛にすり替えた意味もわからない」

瓢簞《ひょうたん》池では、荘重な声音で誦経《ずきょう》がはじまった。美声とはいいにくいが、玄妙寺の住職の有り難い経文で、福兵衛祭の口火が切られたのだ。

明智がニコリとした。

「……でもぼくたちは可能さんが朝寝坊している間に、その〝意味〟を発見しました」

「どういうこと……わっ」

勝郎は階段を踏み外しそうになった。

「その説明をする前に、この札を見てもらおうよ」

ゴロちゃんは、一尺ほどの木の札を手にしていた。

「ああ、そうだね。可能さん、これをゴロちゃんが見つけたんです」

なにも書かれていない札を裏返すと「リ・ヌ・ル・ヲ」と記されていた。

「階段の下り口に白木の札がかかっていました。なにも書いてないのは変だと思って裏返したら」

勝郎が軽く口笛を吹いた。

「階段下の座敷の案内か！」

座敷とはいってもカネにいわせれば、ガラクタ置き場にされていたのだが。

「はい。でも昨日からの模様替えで、座敷はもとの舞台になっていました。その間はこの札に用がないから、裏返してあったんです」

「うーん」

今度は唸り声をあげた。

（そうか……それじゃあ死体があった現場は、もうまるごと消えちまったのか」

舞台が使われるのは年になん日かの催しのときだけである。ほとんどの期間は広い空間を区分けして、雑魚寝《ざこね》の追込み部屋あるいは納戸代わりに利用されていたのだ。

最初の日に説明された覚えはあるが、酔いどれたあげくそのひと部屋に転がりこみ、実はそこが舞台の上とも知らずに眠りこけた……。

「だとすれば、錯覚じゃなかったと、証明することもできやしない。そもそも殺されていた女をどうやったら福兵衛にすり替えることができたんだ」

2

問答に手間取っていた三人は、やっと階段を下りきっている。

酔ったときは廊下に見えたその場所が、区切った柱がない今は舞台の一部になっていた。壁と思い込んでいた右手も、あのとき、手触りで確かめれば緞帳《どんちょう》の裏地であったのだ。

上演時にこの緞帳が上がれば、定員百人の客席が目の前に現れる。客席から見れば、勝郎たちは下手の袖から登場した形である。

勝郎はつくづくとあのときの〝ヌ〟の座敷を眺めまわした。

むろんいまでは〝リ〟〝ヌ〟〝ル〟〝ヲ〟の区分はない。柱、障子、壁、欄間。すべてが解体可能であったのだ。

廊下＝下手袖を移動しながら、明智は解説した。

「どれも細部までリアルに造られた大道具でした。見えない所から止木《しぎ》で支えていたんです。しかも舞台だからこそ、死体と福兵衛をすり替える芸当ができました……」

それは？　とばかりに勝郎が明智を見つめたとき、遠くから声がかかった。

上手で囁《ささや》き交わしていた座員が、勝郎たちに気づいていた。

「帝国新報の記者さんだね？　座頭たちと一緒じゃなかったのか」

ひとりが声を張ると、全員がぞろぞろと移動してきた。「なかむら座」の半纏《はんてん》姿もあれば侍に扮した役者もいるが、揃って不安げな目つきの座員ばかりだ。

「可能勝郎です、静禰さんの依頼で参上しました。安心してください、舞台は予定通りです！　午後五時半に開演いたします」

おおっと声をあげる者が何人かいた。

「そら見ろ！　座頭や静禰ちゃんが俺たちを放っておくもんか！」

涙目で口走る若い男もいる。

心配を見てとった勝郎はまず座員を安心させ、それから静禰に依頼されていた今日の段取りを、順序よく話しはじめた。

伝え終えてもどってくると、明智たちは下手袖から舞台の奥に移動していた。座員相手に一気にしゃべった勝郎はまだ息を弾ませている。

「待たせたね。さっきの話だ、つづきを聞きたい」

少年たちは余裕で勝郎を迎えた。現場を検分して死体のすり替えに自信を得た様子である。

「回り舞台が使われたんです」

答えを聞いて勝郎は少々悔しげだ。

その場にしゃがみ、舞台を割って走る曲線の一部を撫でた——曲線に囲われた内部が回り舞台になる。芝居の用語で〝盆〟と呼ばれるからくりだ。

「やっぱりこいつか……殺陣《たて》に盆を使うと、たった今芝居の連中に聞かされた。動力は曲馬団から買ったポニーを使うって。ちゃんと二馬力のエンジンが用意できていたんだ」

立ち上がった勝郎が見回した。

今はガランとした舞台だが、滞在の初日はまだ盆の上が、〝ヌ〟と〝ル〟の座敷に装われていたのだ。回り舞台の装置は大半が二杯飾り（背中合わせに二つのセットが組まれること）である。盆を回転させれば表裏別な場面に変化させられる。一昨日までは表の舞台をさらに半分に区切り、下手を

〝ヌ〟上手を〝ル〟の座敷に使ったわけだが、舞台をクルリと回せば、その裏にはおなじスペースのガラクタ置き場があった――いわば四杯飾りだったとすれば？

勝郎は、大型のガラス棚と縁台にはさまれて眠っていた。縁台にこれといった特徴はなく、ガラス棚の中は覚えていない。ただ確実だったのは、三本の木と泉のマークがあったことだ。

「だけどそれ、守泉家の家紋ですよね。あちこちの家具に、おなじマークがついててもおかしくありません」

いわれるまでもなかった。

滴とモボの騒ぎが〝ヲ〟で起きた間に、舞台が半回転したことを知らない勝郎が、死体のつもりで福兵衛を少女たちに見せてしまった……。

「それに違いない」

勝郎も承伏した。

「縁台から死体の手が落ちた……記者さん、そういってましたね」

「いった。その手が僕に触った……まだ少し体温がのこってた」

思い出すと、背筋を寒けが這い上がる。

生々しい記憶の再現に、勝郎ばかりかゴロちゃんまで青い顔だが、明智は落ち着いていた。

「死後硬直がもっとも早いのは下の顎です。まだ腕は自由に動きます。体温の降下もこれからでした。……可能記者さんは、死んだ直後の死体に出合ったんです」

「そうなるな」

答えながら記事にはどう書くか考えているから、一種の職業病だ。

（僕は新鮮な死体に接触した……よせよ、気色わりい！　おまけに僕は、その後おそるおそるその女の顔を覗いた――）

ゴロちゃんがヒョイと尋ねてきた。

「それでその女の人の顔、覚えてます？」

「わあっ」

答える代わりに大声をあげてしまった。

舞台の天井《てんじょう》からバトンを下ろしていた座員が驚いて、勝郎を振りかえった。

苦悶にみちた女の形相が爆発的に蘇り、同時にまざまざと思い出していた。白い首に残る指の痕。

（顔なんか覚えているもんか。確実なのは彼女が殺されていたことだけだ！）

奈落と納屋に裏方が控える

1

「舞台の邪魔だ、奈落に下りよう」

「はい、動力確認のためにもね！」

明智に促されてゴロちゃんは元気だ。まったくこの少年は、いつだってゼンマイを一杯に巻き上げたみたいに、潑剌《はつらつ》としている。

奈落は勝郎の予想以上にたっぷ（これも芝居からの言葉かな。高さの意味だ）があり広かったが、湿った土の匂いがきつい。

芝居の舞台のため造成したのではなく、自然の地形を利用したのである。多摩川寄りの傾斜地は吹き抜けで、何本もの杉丸太が頭上の舞台を支えていた。淙々《そうそう》と遠くに水の音は聞こえるが、藁葺《わらぶ》きの納屋が軒を連ねて見通しはきかない。牛や馬が通れるくらいの道があり、川に下ってゆけるようだ。

外光の入る奈落では、回り舞台を駆動する小柄な二馬力が轡《くつわ》を並べ飼い葉をもぐもぐやっていた。馬体は華奢《きゃしゃ》でも賢そうな目で近づく人間を観察している。曲馬団育ちで人間にすぐ馴染みそうだが、動物に慣れない勝郎と明智はおっかなびっくりだ。

北の大地で牧場を遊び場にしていたゴロちゃんは別格である。馬にもそれがわかるとみえ、今にも長い顔をすり寄せてきそうだ。

レミ少年が二頭の世話をしていたが、人間には無愛想で、なんの反応も見せず、鬣《たてがみ》を手入れしてやっていた。

それでも黙ったままでは悪いと思ったか、独り言みたいに口をきいた。

「舞台に出るわけじゃないのに、動物はカンがいいからね。出番とわかって興奮してら」

ブラシを替えて、次は馬体を丁寧に刷《は》いてゆく。

「九州の由布院《ゆふいん》温泉には馬専用のお湯があるらしいけど、世田谷でそんな贅沢はさせられない、ごめんな。でも今日はよろしくたのむぜ」

勝郎たちにではなく馬に話しかけている。

「いつものように、カピがお前たちに切っ掛けを出すからね」

曲馬団のステージでは、カピの声を合図にレミを乗せたこの二頭が、走ったり踊ったりしたそうだ。踊る――というのも可笑《おか》しいが、訓練されていた馬たちは、楽隊が演奏する曲にあわせて後足で立って跳ねたという。

実際には馬上のレミが犬笛を吹いて、カピを制御しているのだが、人と犬と馬が一体になってステージを駆けめぐる演技は、曲馬団の売り物のひとつであったという。

「見てみたかったなあ」

ゴロちゃんは目を輝かせたが、レミはかぶりをふった。

「今では馬もカピも年とったし、オレだってカンが鈍ったもんな」

「カピはどうしたの」

明智にきかれたレミは不安げだ。

「だるそうなんだ……家で休ませてる」

家というのも可笑しいが、納屋のひとつがカピ用の小屋で、レミも一緒に寝泊まりしていた。曲馬団からの慣習で文字通りひとりと一匹は家族だったのだ。

「一昨夜もずっと回り舞台の訓練かい」

なにげなく尋ねた勝郎は、少し驚いた。

「いけないの？」

少年のトゲのある言葉に刺激されて、勝郎は改めて考える——僕が見つけた女はあの直前に殺された——そんなことができた奴は誰だ？

レミはまだ勝郎の質問にこだわっていた。

「音が聞こえた？　うるさかった？」

「いや、そうじゃないんだが」

意外なほどレミは神経質なのだ。特徴のない瘦せぎすな少年である。容貌も平凡で別れた瞬間にもう忘れてしまうほど印象に残らない彼であった。ゴロちゃんより年下だろうが、ここへ落ち着くまでどんな人生の悲哀を舐めてきたものか。

穏やかに馬の手入れをする少年——それは牧歌的な風景画なのだが——絵の中の人間は、牧歌的とは縁が遠そうだ。

冷え冷えとした風が吹いた。奈落の南には向い合わせになった納屋がある。その間を抜けて川に下りる通路には、細長く瓦屋根《かわらやね》がかけてある。それを見やって勝郎が思い当たった。

（そうか……この通路の屋根が〝む〟の上に突き出た縦棒に当たるんだ）

軽い調子で明智がレミに尋ねている。

「盆の稽古ってさ」

「……」

レミがブラシの手を止めた。

「一昨日は舞台を片づける前から試していたの？　家具が載ってて重かっただろうね」

「本番なら、二杯も三杯も飾ってる。おなじことさ」

「静彌くんにでも頼まれて訓練してた？」

「違うよ。盆を回すの久しぶりだから、うまくゆくか心配だった。それでみんなが寝静まったあとで」

「何時ごろだったのかな」できるだけさりげない明智の質問ぶりだ。

「月が傾いていたから、夜中すぎだろ」

（……それなら時間は合う）

問答を耳にした勝郎はもう一度考える。〝ヌ〟の座敷の死体の消失については、だんだんと理屈が合ってきた……。それはあまりに偶発的なトリックであったらしい。

「坊主、ここにいたか」

聞き覚えのある塩辛声が近づいた。平さんだった。

2

平さんははじめて見る半纏《はんてん》の男を従えて、納屋のあいだから現れた。瓦屋根をのせた川に向かう道だ。

半纏が背負った印は守泉家ではなかったから、下請けの人夫だろう。一回り老いている相手に平さんは横柄な口をきいた。

「捨ててあった砂利は、目分量でどのくれえだ」

「へえ。十貫目（約四十キロ）もあったと思いやす」

平さんが今度は、レミに尋ねた。

「ここ二、三日、遅くまで奈落にいたっけな。坊主」

「はい、いました」

「川砂利を運び込んだときも、いたかい」

「この人が砂利を運ぶのに、川と行き来してましたね。オレ見てます」

奈落が吹き抜けだから、納屋の出入りもよく見える。

「なんべん往復したか、覚えてるかね」

無理なことを聞くと勝郎は思ったが、すらすらとレミは答えた。「五回です」

平さんも即答されると思わなかったろう、目を大きくした。

「だってオレ、稽古の目安にしてたから。その人が納屋と川を往復するのが五分くらい。だからカピにいったんです。あと三十分、犬笛を試すぞって」

犬と時間の約束をするのも可笑しいが、少年はいつもこうらしい。カピをどこまでも家族扱いしている。

「それで昨夜この人が五回往復するのを見ていました」

「その都度ちゃんと砂利を背負っていたかい」

平さんの声音は厳しかったが、レミは断言した。

「もちろんですよ。重そうだった。あの背負《しょ》い子、ひと袋で十貫目はありますね」

彼の言葉を耳にした人夫は、目に見えてホッとしていた。

だが平さんは、レミの答えに納得できないようだ。

「気に入らねえな……するとあの砂利はどこから湧いて出やがった」

「なにかあったかい、平さん」

ぼやきを耳にして、勝郎が記者根性で嘴《くちばし》をいれる。

「あのネコでさ」

平さんが指したのは、納屋の前にポツンと置かれた一輪車だ。うずくまったネコみたいな荷台に砂利が盛り上がっていた。

「昨日の仕事仕舞いにはカラでした。それが気づいてみればこうだ」

平さんは鼻を鳴らした。

「誰に聞いてもこんな所に捨てた奴はいねえ」

「だからなにかズルしたと思ったのか」

そういわれて平さんは苦笑した。人夫は懸命に首をふっている。

「ま、考えてみりゃここまで運んで捨てるなんて、間尺にあわねえ話だった」

「……平さん」

レミ少年が声をかけてきた。

「でも福兵衛は間に合ったんでしょう？」

「それはそうだ。今日の福兵衛さまはちゃんと筵《むしろ》にくるんであった。重さもずっしりだ。手順はみんな承知だから、気の利く奴がこさえたんだろう……竹籠なら多めに準備してあったからな。もう筏《いかだ》にのせてある」

レミはにこりとした。「後は沈めるだけだね」

勝郎には、なんの話かわからない。少年たちもポカンとしている。

「だったら問題ないと思うけど……それでも平さん、怒るのかい」

「あ？」

役目に忠実な平さんも、思い直したようだ。

「砂利が足りなくて籠がスカスカではまずいけど、砂利が余ったのなら、このおじさんが余分に運んだってことだから、いいじゃない？」

口数が少ないと思ったレミなのに、弁舌は意外とさわやかだ。平さんがやりこめられている。

「そうだな。祭に差し支えなかったから良しとするか」

顎をしゃくると、人夫は頭を下げながら納屋の間に消えたので、勝郎が尋ねた。

「フクベエってなんだ？」

レミに聞いたつもりだが、平さんが答えた。

「竹で編んだ魚籠《びく》はご存じですね？　そいつのうーんとでっかい奴を、祭に使いやす」

「あっ、あれか！」

死体にすり代わっていた瓢簞《ひようたん》形の籠だった。

「……その籠に川砂利を詰め込み沈めます。泉がいつまでも湧きだすようにお祈りする儀式でさぁ」

明治末に調べたところ瓢簞池の深さは三丈（およそ九メートル）もあり、倒立した円錐の形にくぼんでいた。途中で大きくくびれているというから、これまた上下逆さまの瓢簞を連想させる。池の中ほどで福兵衛を沈めると、湧き水の守護神として鎮座するのだという。

「はじまったようですぜ。ご入水が！」

平さんが声をはずませる。

和囃子《わばやし》に法螺貝《ほらがい》まで参加して、急調子に楽の音《ね》が盛り上がっていた。

「奈落を抜ければ見られるの？」

好奇心の塊《かたまり》みたいなゴロちゃんが目を輝かせると、レミが教えた。

「東棟に上った方が早い」

「じゃあこっちだ」

奈落を抜けると、楽屋を支える柱がダイナミックに並んでいる。その先には、あたりに不似合いな建仁寺垣が連なっていた。人が通れるくらいの小道が、垣と左手の崖の間に設けられており、高台に上るため急な階段が造られていた。

勝郎たちが階段を上ってゆくと、池の方から男衆のダミ声まじりの歌がはじまった。

「あれが福兵衛祭の歌でさあ」

平さんの説明を囃すように、歌声が盛り上がってゆく。

ヤーレンボコボコ　ドコニワク
ヤーレン　ボコボコスッチョイナ
さてもわれらの　フクベエさまよ
尽きぬ泉の　みなそこめぐり
村人守るヒョウタン池を
エイ　みそなわせ　みそなわせ
ヤーレン　ボコボコスッチョイナ

女の正体は謎に包まれる

1

歌に誘われるように急な階段を上がりきるとそこは庭——といっては褒めすぎだが、雑多に使われている空き地だった。

左手に長々とつづく東棟に近づけば緋毛氈《ひもうせん》の階段はすぐわかった。上がると廊下が左右に走っている。北の母屋に向かって進むと連続するガラス窓から、瓢簞《ひょうたん》池が望まれた。

大きな竹籠が筏《いかだ》にのせられている。筏から池の両岸に綱がはられ、家紋を背負った大勢が力を合わせて牽《ひ》いてゆく最中であった。

歌声に送られ移動した筏は、竹籠に詰め込まれた川砂利の自重により、池のほぼ中央で沈没する。

二重の窓越しだが水音も届き、しぶきが上がるのが見えた。入水した福兵衛はたちまちに姿を消す。

赤い水草の揺らめきに覆われ、勝郎が二度三度瞬《まばた》きするうちに愛嬌ある姿は見えなくなった。

三十人あまりもいるだろうか。祭半纏《まつりばんてん》の善男善女はしわぶきひとつ立てず、敬虔な面持ちで見入っていた。

福兵衛を弔うように、法螺貝《ほらがい》が腹の底まで染み渡る音色を奏でる。

「……終わった」

なんとなく名残惜しい気分で窓ガラスから額を離した勝郎は、明智少年とゴロちゃんの様子に気がついた。

ふたりの恐ろしいほど真剣な表情。

「どうした？」

声をかけたが探偵小僧たちは返事もしない。うなずきあったと思うと、ダッと廊下を駆け戻ってゆく。

「おい、どこへ……」

勝郎の声は聞こえていないみたいだ。

意味がわからず追いかけてゆくと、ふたりは毛氈の階段を駆け下りていった。なにをそんなに急いでいるんだ？　まごつきながら勝郎も順路を逆走した。被った鳥打ち帽が吹っ飛びそうだ。

奈落への下り口までもどったが、ふたりは下に見当たらない。

「平さーん」

あれ、どこかで少年の声がした。

平さんは建仁寺垣に並ぶ大棟門の戸締りを検分していた。垣根は下から斜面を這い上がって、「むの字屋敷」と「銀月荘」とを画然とわけている。

ああ、これが昨夜庭越しに見えた崖の上の門か。

「むの字屋敷」の東南の一角が馬蹄《ばてい》形にえぐられ、そこが先代大田原男爵が譲られた土地というわけだ。

いつの間にか駆け寄っていた明智たちが、平さんと話していた。

「うんにゃ。あっしが門を締めた後は、誰も出入りできっこねえ」

東門の話のようだ。

納得しない様子の少年たちに、平さんは苛立っていた。

「お疑いなら坊ちゃん、お島に聞いてみなせえ。あの婆さんなら、水場の出入りをネズミ一匹でも見逃しゃしない。この忙しい最中に女手がひとつでも欠けりゃあ、入れ歯が飛び出るほどがなりやすって！」

剣幕に恐れをなした少年たちは、それ以上の追及をあきらめていた。

そのふたりを置き去りにして、平さんはこっちにくる。勝郎を認めると愛想のいい笑顔を拵《こしら》えた。

その手に大ぶりな鍵が摑まれていたので尋ねた。

「あそこの門も、やはり平さんが管理しているの」

「さようです。あっしは親の代から守泉の門番でして。『銀月荘』の庭に下りる門もまかされておりやす」

胸を張ったみたいだ。役目を誇りで裏打ちしている。

「あの門の鍵は一本だけ？」

「いえ、もう一本は御前さまが持っておいでです」

「滅多な者が『銀月荘』に近づかない用心だね」

「へえ。男爵さまはたいてい母屋においでですして、あそこは女ふたりの所帯でございますから」

「門番は大事なお役目だ。ご苦労さま」

ねぎらってやると、平さんは嬉しそうに去って行った。

少年たちはまだ門に残っており、門扉の窓から『銀月荘』を見下ろしていた。大棟門の扉には縦格子を嵌《は》めた窓が穿《うが》ってあるのだ。近づいた勝郎が声をかけた。

「なにを確かめていたんだい」

すると明智は答えた。

「記者さんの話の裏を取りたかったんです」

「僕の？」

まごつくと、ゴロちゃんはじれったそうだ。

「ほら、可能さんがみつけた、女の人の死体だよ」

2

勝郎は鳥打ち帽越しに頭をかいた。

少年たちが池に沈む福兵衛を見て、なぜ急いで行動を起こしたのか……その意味がやっとわかったのだ。

明智が思考したであろう筋道を、大至急で辿ってみる。

・一昨日の夜、女は死んでいた。
・勝郎が井田と滴の騒ぎに巻き込まれた間に、死体は回り舞台に乗せられて、彼の視界から消えた。いれ代わったのはカラだった福兵衛である。
・その死体はどうなったのか。「むの字屋敷」の敷地に埋めた？　広い地所だから可能だろうが、歌枝の匂いを追って嗅ぎ回ったカピがいる。犬の嗅覚をだますことができただろうか。
・ここで勝郎は、少年たちとおなじ結論に辿り着いていた。福兵衛に詰め込まれたのは川砂利だけではなく、死体もいっしょだった……。

「あまった砂利の重さは、女の人の体重とおなじくらいだったからね」

勝郎が確かめると、明智はうなずいた。

「はい……深さ十メートル近い水の中です。重りのついた籠に詰め込まれて、浮き上がる心配もありません」

だがゴロちゃんの顔色は冴えない。

「……それなら屋敷で働いていた女の人の、誰かが顔を見せなくなったはずだ。ボクそう考えたんだけど」

そこから先は勝郎も知っている。その疑問を平さんは、はっきり否定した。当然次にくる疑問を勝郎は口にした。

「男爵の話では歌枝さんが一昨日から姿を消しているんだぜ」

「はい、それはボクも知っています」

「でもその人なら、一昨日の晩になって東門から出て行った……平さんが証言してるんですよ」

「それを見送ってから、門を締めたとはっきり覚えてる。そういったって」

少年たちが口々に弁じたてた。

もっともである。

勝郎が死体を目撃したのは、一昨日の深夜だ。もしあの死体が歌枝——守泉余介の妾《めかけ》だったとすれば、鎖された門を彼女はどう潜って帰ってきたのだろうか。

「平さんに頼んで、門限すぎた後にこっそりいれてもらったとか」

勝郎はいったが、明智に即座に否定された。

「そう考えて尋ねたけど、ダメでした。あのおじさん、仕事に誇りを持ってます。そんないい加減な人じゃないみたいです」

「いや、そこはそれ、大人の智恵を働かせて……」

色仕掛けもあるといいたかったが、相手が子どもだから明言は避けた。するとゴロちゃんに「流し目を使ったとか？」と軽くいわれてしまった。

3

世の中がハイカラになると、子どもまでこまっしゃくれるのかよ。憮然としていたら、

「あのオ」

少し離れた場所から、若い男が声をかけてきた。人のよさそうな丸顔に、愛嬌のある笑みを湛《たた》えている。

奈落の方から上がってきたらしいが、勝手が違うという様子で立ち止まっていた。尻からげした浴衣《ゆかた》姿に赤いちゃんちゃんこを羽織り、腕に荒縄の束をかけているという、わけのわからない風采だ。だいたいこの寒空に浴衣一枚なんてどうかしている。

得体の知れない人物は、満面に笑みを湛えていた。

「すいません。道に迷いました……いや、ここは道じゃないな……とにかく迷子になりまして……舞台はどっちの方向でしたっけ」

間が抜けたことを聞いてくる。

勝郎たちが返事するより先に、つづいて階段を上ってきたレミが声をかけた。

「阪本《さかもと》さん！」

清掃するつもりらしく、モップを下げている。顔見知りのようだ。

「舞台なら反対ですよ。階段を下りなくちゃあ」

「あ、そいつはどうも」

頭を下げておきながら、やっぱり反対の方角に行こうとするから、全員がびっくりした。「逆です！」ゴロちゃんに叱られたが、浴衣の若者はにこやかに応じた。

「いえ、舞台へ行くんじゃないんです」

「はぁ？」

「師匠のいいつけで、ぼつぼつアトリエの準備をしとけって」

なんのことやら。大人ひとり子ども三人が困っていると、阪本はきまりわるそうだ。

「いえね、師匠に聞いたんですよ。アトリエはどっちでしたかって……そしたら舞台のあべこべに行けって。大雑把な教え方するんですよ、ねえ」

同意を求められても困るが、勝郎は思い出していた。

「師匠と仰ると、伊藤晴雨先生ですか」

「はあい……」ヘンに間延びした声だった。

「私は弟子の阪本牙城《がじよう》といいまして……ハイ」

それなら、伊藤晴雨の門下になった画家と聞いていたが、駆け出しの噺家《はなしか》みたいだ。

それきり頭を下げて歩きだそうとしたのを、レミが呼び止めた。

「舞台の用はもうすんだの、阪本さん。伊藤先生が道具幕を描いてるんでしょう」

「ああ、師匠ときたら早い早い、三枚の幕、もう描いてしまったよ」

舞台で使う幕は種類が多い。定式幕や松羽目などは守泉家が常備していても、演目によって変更される道具幕――装置代わりに描かれた背景の幕――については、芝居の内容に合わせて伊藤画伯が描いたとみえる。

「いまその三枚の幕を、『なかむら座』の人たちが吊り上げて……上げて……ブワックショ！」

「風邪ひくよ、阪本さん。十月にその恰好はないだろう」

はるか年下のレミに叱られている。

まだグスグスやりながら、阪本はちゃんちゃんこを引っ張ってみせた。

「それでかずらさんに衣装を貸してもらった。還暦みたいだけどね。……ま、アトリエなら屋根があるから、少しはマシだろ……」

歩きかけたと思うと立ち止まった。

「えっと。アトリエはどっちだった？」

レミはもう匙《さじ》を投げている。

「『むの字屋敷』にアトリエなんかないよ！」

「そうそう、そうだったね。師匠が勝手にアトリエと呼んでるんだ……望楼の下の大広間、そこを借りて師匠が自分の画《え》を描くんだよ。注文がこなしきれない。舞台を終えたら、今晩中に描きあげるつもりなんだ……ええと、望楼はどう行けばいいんだった？」

「母屋の望楼ならこの東棟に沿って……」

レミに代わって明智が教えようとして、手をふられた。

「その望楼は、灯台みたいに生白い奴でしょ。そうじゃなくて、雑巾をつぎあわせたもうひとつの……」

にこにこしている癖に口は悪い。笑いながら明智がまた教えた。

「古い方の望楼なら西棟の南端ですよ。建物の中へはいるとややこしいから、この棟を回ってズーッと……」

懇切丁寧に手帖に図まで描いて説明した。どうにか納得したらしい。何度か頭を下げる度に抱えていた縄束の端が鼻をくすぐるので、隣のゴロちゃんまでくしゃみをした。

「や、失敬失敬」

荒縄を後生大事に抱え直して、阪本は飄々《ひょうひょう》とした足どりで東棟沿いの緩い坂をあがっていった。

見送ったゴロちゃんはふしぎそうだ。

「納屋から持ち出したのか。あんな縄、アトリエでなにに使うんだろう」

レミをふりむくと妙な笑い方をしている。

「伊藤先生が画の材料にするんでしょ」

その言葉の意味を摑みかねていると、東門に向かう坂の方から、男たちの声が流れてきた。

芝居の支度に屋敷が大騒ぎする

1

「いけない、準備がはじまる！」

レミは福兵衛祭を熟知しているようだ。勝手のわからない勝郎たちだが、すぐ目を見張ることになった。

荒々しい声につれて、坂の上に姿をみせた何人もの男たちが、てんでに掛矢《かけや》を揮《ふる》いはじめた。半纏《はんてん》を羽織った全員がねじり鉢巻で、中には赤ら顔もまじっている。一杯ひっかけた後らしい。

尋ねなくてもレミが解説してくれた。

「柱をたてて、幔幕《まんまく》を張りめぐらすんだよ、東門からそこの階段の上がり口まで」

「えっ、これからその工事をやるの？」

ゴロちゃんは驚き顔だが、レミは平気だ。

「当たり前だろ……もう時間だもの」

日の角度から見て、三時を大きくすぎていた。

福兵衛を見送った人たちが、母屋のエントランスから退出したころを見計らって、火急の工事がはじまったのだ。祭礼の掛け小屋設営と似た要領だろう。

「そうか、五時には芝居の客をいれるんだね！」

明智少年はさっきとおなじ小さな手帖を拡げていた。祭進行の時間割が記されているらしい。

「すると、あと一時間ばかりの間に」

「ウン、お客さんの動線を作るんだよ」

曲馬団にいたレミだから、そんな言葉を知っていた。

坂の上の男たちは目ざましい動きを見せている。各地でおなじ作業を繰り返している職人の集団に違いない。誰もが無駄なく役割を分担していた。立てた柱の間に張られてゆく幕には、守泉の家紋が描かれているはずだ。万事が流れるような動きで運ばれてゆく。

幔幕は客の通路の設営と、井戸や台所、厩舎の目隠しでもあるわけだ。

客入れが午後五時、百名の枡席《ますせき》を埋めるまで三十分、開幕は五時半と決まっていた。

終演には夜の帳《とばり》がおりている。客の帰路を照らすため、その用意も必要だろう。

「オレ、もう行くぜ。カピを奈落に連れてかなきゃ……記者さんたち、さっさと退散しないと、邪魔にされるよ！」

言い捨てたレミは勝郎たちの反応を待たず、駆けだしている。残された三人もぐずぐずしてはいられない。

そうだ、短い時間ではあるが幕を上げる前の、「なかむら座」のいわば素顔を取材しておこう……

勝郎は素早く明智たちに告げた。

「僕は舞台へゆく……きみたちはどうする？」

「『なかむら座』のみなさんに会います」

明智は即答した。

「ぼくの目配りが不足していた……今、思いつきました」

「え、どういうこと」

面食らったゴロちゃんに、探偵小僧が告げた。

「死んだ女の人の身元だよ。守泉家の女中さんたちじゃなく、旅芝居の人だったかも知れない」

そうか。勝郎も首肯した。

確かに一昨日の夜であれば、「なかむら座」の全員が楽屋に泊まり込んでいた。

中村かずら、雪栄の母娘を別にしても、女性の座員が四名参加していたのだ。

2

コダックを手に勝郎は、少年たちを連れて舞台に向かった。

記者の名前と顔は「なかむら座」のみんなに通っている。一昨日からの座員の動向を尋ねるなら、探偵小僧より勝郎の方が自然に確かめることができる。

明智の手帖によれば、舞台稽古は三時半から四時半までとなっていた。

三人つるんで、足早に緋毛氈《ひもうせん》の階段を上り、廊下に出た。暖簾《のれん》をくぐって楽屋経由で舞台に下りるコースもあるが、こちらの方が幅も広いしみんな歩き慣れている。

あの夜壁と見違えていた緞帳《どんちょう》は天井《てんじょう》まで上げられており、枡席の全貌が見える。天然の勾配に沿っているから最後尾の枡は母屋まで届いていた。左から流れ込む西日が劇場空間をあかあかと染めていた。

かぶりつきの客席からは、手をのばせば役者に届くほど舞台が近い。帝国劇場では絶対に得られない役者と観客の一体感が演出できる。

中央にいたのは車椅子の痩せこけた老人である。まだ紹介されたことはないが、芝居好きな先代の参造に違いない。老衰が進んで入院中のはずだが、今日一日は医師や看護婦付き添いで枡席についた様子だ。

客席は彼ら三人だけだが、舞台は喧騒の坩堝《るつぼ》と化していた。埃っぽい空気の中で幾人もの座員が立ち働いている。

道具幕を張っていた若者が、梯子《はしご》の上から舞台の上手に声をかけた。

「先生！　水平がとれてますかい」

あとずさりして仰いだ中年者が、「おう、上等上等、ご苦労さん！」と怒鳴り返した。若者の倍はありそうなドラ声だ。決して大柄ではないが、強烈な存在感を放っていた。横に幅広な顔でろくに髯《ひげ》も剃《そ》っておらず、蝦蟇《がま》を連想させるご面相だ。

明智が興味深そうに聞いてきた。

「あの人は？」

「伊藤晴雨先生だよ。沢田正二郎が一目置いている舞台美術家で、劇評家としても風俗考証家としても知られている」

「蝦蟇蛙みたいだ」

ゴロちゃんが遠慮のないことを呟く。勝郎は危うく失笑するところだ。誰の目にもそう見えるらしい。

「カネちゃんをモデルに描いてる人だね」

「ふうん」

明智が鼻を鳴らした。

（ヌードモデルにして……か。いいなあ）というニュアンスが聞き取れなくもない。少年の心情を透かし見て、勝郎は心中で苦笑している。実は彼だって、あのはねっ返りがイーゼルの前にすっぽんぽんで立つ姿を思い浮かべていた。

それにしても伊藤画伯は、背景に使う大きさの幕を一気に三枚も書いてのけたのか。墨一色ではあるが、大した筆勢であり筆力であった。しかも舞台がはねた後は、アトリエに籠もってなお自分の創作に励むという。今が盛りのアーティストとはいえ、大した精力の主である。

さて、手隙な座員に声をかけたいのだが、ふだんの取材ならトコトン食らいつく記者魂の勝郎も勝手が違った。稽古に入ればこのカオスも少しは収まると思ったが、どうも全体を通した稽古はのぞみ薄だ。座員にとっては万事承知の演目だから、新参の滴とカネだけの抜き稽古の予定らしかった。

小道具の刀を抱えて走る男だの、手鏡片手に髷《まげ》の刷毛先《はけさき》を揃える侍だの、峠の茶屋の柱を手直しする道具方だの、火事場騒ぎの様相にまごついていると、肩を叩かれた。

「おう、帝国新報さん……明智くんたちもいるね」

大田原男爵だった。

ベレエはそのままだが、ルパシカの代わりに菜っ葉色の作業服を着込み、太いケーブルを輪にして担いでいた。足元にどっかと置かれた金属製の大型トランクも含めて、甲斐甲斐しいいでたちである。これが爵位をもつ名士とは誰も想像できないだろう。

「私は照明と音響の相談役を務めてる」

「へえっ」

勝郎の反応が面白いらしく、髯を揺らした
「御前さまのいいつけでね。明かりも音も今風なハイカラな奴にしろとさ。まあ私も嫌いな道じゃないからせいぜい手伝っている……で、なんなのあんたたち。三人そろって探偵のつづきかい」

ちょうどよかった……勝郎がざっと説明すると、男爵は苦笑していた。

「つまり一昨日の死体は、記者くんの夢じゃなかった、現実だったと？」

「はい」

明智がうけあった。「その可能性が出てきたんです」

「簡単にいうが、探偵小僧くん。容易なことじゃない。この屋敷で殺人事件が起きた……きみはそういってるんだぜ」

髯面を突き出されたが、明智はひるまない。

「そう申しています」

「確信があるんだな、いい返事だ……屋敷にそれらしい女はいなかった。だから『なかむら座』を当たろうとした」

「はい」

「よしわかった。私が聞いてやるよ。……ホラ、あの人なら座員みんなの動きを摑んでいる」

下手に出ている黒襦子《くろれんじ》の張り物の蔭で、三味線を抱えた中村かずらが息子と話し合っていた。扮装も化粧も終えた少年武士田宮坊太郎の静爾である。剣戟《けんげき》場面の下座《げざ》についての話し合いだろうか。

黒襦子に隠れて舞台の伴奏を務めるのが下座だ。これまでは邦楽に限られていたが、ご時勢で演目によっては洋楽を取り入れるようになっていた。新しもの好きな御前さまとしては、洋風な劇伴がほしいのだと、男爵はいう。

「……だからといって、『なかむら座』にグランドピアノを導入できるはずもない。そこでこいつの出番さ」

男爵は足元のトランクに目をやった。

「今朝、明智くんたちに披露しただろう」

「蓄音機ですね！」

ゴロちゃんが目を輝かせた。

ポータブルというにはコンパクト化しきれていないが、一式を男爵が研究室から運んできたのだ。

「二台ある。私の選んだレコードで洋楽や擬音を聞かせるんだ。三味線との受け渡しがあるのでかずらさんと談合だ。そのときに尋ねてあげる」

思いがけぬ味方に、勝郎たち三人は揃って頭を下げた。

「お願いします！」

3

重たげにトランクを提げて下手に向かう男爵を目で追っていると、視界に滴が現れた。二階の楽屋から奥の階段を下りてきたのだ——といってもはじめはその女性が誰かわからなかった。

高島田に髪を結い紫の矢絣《やがすり》に高々と帯を締めた腰元の正体が滴なのだ。三日続きで洋装だった少女だから、化けっぷりも水際立つ。

勝郎の背後で、しゃっくりのような声が聞こえた。振りかえるといつも冷静な明智少年が、まじまじと滴を見つめており、だが彼女に視線を投げ返されると、あわてて目を背けている。その頬が赤らんで見えた。

探偵小僧の純情な一面を発見して、勝郎は微笑ましく感ずる。

ゴロちゃんの反応となると、率直きわまりない。

「ステキだ、滴さん。あんなに美人だったんだ！」

勝郎は噴き出しそうだ。その気持ちを代弁するみたいに、

「ゴロちゃんニブイぞ」

ズイと顔を突き出したのはカネである。こちらも見慣れたおきゃんな女の子ではない。滴どうよう腰元姿ではあるが、首から上の化粧が違う。

「わ、お化け」

ザンバラ髪が半面にかかった青白い顔にこしらえている。『四谷怪談』のお岩ほどにはおどろおどろしくなく、生前の美女の面影を残しているが、カネは不満顔だった。

「お化けじゃない、由緒正しい幽霊なの。旗本青山播磨《あおやまはりま》にかしずいた腰元のお菊だぞ」

「似たようなもんだよ、ね、兄ちゃん」

同意を求められたが、明智はもう視線を滴にもどしていた。

「うっぷ、明智くん、すっかり見とれてるよ、腰元の滴にさあ」

カネは愉快そうだが、当の滴はようやく少年の凝視に気づいたらしく今になって当惑していた。

「……明智さん」

化粧が届いていない耳たぶがほんのりと赤らみ、それを見たカネはびっくりしながら、にんまりしている。

『滴ちゃん、どうした!……なんて聞くまでもないか、ね、滴』

『……』

『あーあ、互いに一目惚れか!』

誰の耳にも届かない応酬は、現実の時間では一分とかからなかったが、さすがに勝郎だけは不自然な間合いを認めている。滴の華麗な変身をまのあたりにした少年の気持ちを想像できる程度には、大人であった。

小説か芝居にでもありそうな段取りだが、明智が探偵小僧である以前に、若い男の子という事実を確認できた勝郎は、そこはかとない安堵と少しばかりの焼き餅すら覚えていた。

「滴ちゃん、カネちゃん！」

静禰の声がする。下手から舞台へ、男爵と話しながらもどってきていた。

「参造さまがおいでだよ。役者としてご挨拶しておおき」

きょろきょろするカネに、勝郎が急いで耳打ちした。

「守泉家の先代だ、ホラかぶりつきに……」

やっとわかったらしい。

「いけね」

首をすくめたカネは、滴を追って駆けていった。裾からげのその恰好に、

（ひでぇ幽霊だ……）

苦笑して見送る勝郎に、男爵が近寄ってきた。

「かずらさんに確かめたよ。座員は全部異状ないそうだ。太鼓判を押してくれた」

「そうですか……」

せっかくの知らせだったが、勝郎は大いに落胆した。

照明の配線があるからとあわただしく上手に去る男爵を見送って、明智たちともども溜息をついた。

またこれで死体の主は身元不明になったわけだ。

「いやあ、参った参った」

肩にかかるザンバラ髪をうるさげに撥ね上げ、カネが早々にもどってきた。

「あの爺さん、棺桶に片足突っ込んでいるくせに、脂っこい目で静禰ちゃんを見てるんだ……『いい稚児《ちご》だ、いい稚児だ』それしかいわないのさ。御前さまに話して守泉家の跡継ぎにするつもりだぜ……ほら」

ホラといわれて、勝郎はかぶりつきを見た。車椅子から手をのばして、舞台でしゃがみこんだ静禰

の袴の裾をまさぐっている。

静禰の隣では潰し島田の女性がもじもじと佇んでいた。髪はそそけ襟に手拭いをかけたままだ。床山の仕事を中座した苦米地ゆらが、挨拶にきたのだろう。

一度遠目で見たきりの勝郎だが、当代の余介が歌枝を放っておいて、くびったけになるのも理解できた。儚《はかな》げだがどこまでも男についてゆくシンの強さが見て取れる。美人の才女だった歌枝とは、まるで違う印象だ。

だがその魅力も先代には通じない。所在なげな娘をよそにゆらは繰り返し頭を下げたが、参造はそっけなかった。もっぱら笑顔を向ける相手は静禰だけだ。

そんな有様を、白けた表情のカネが見ている。

『もういいよ、滴ちゃん。おっかさんだって忙しいんだ、爺の太鼓持ちは静禰にまかせりゃいい』

『そうさせて戴きましょ。先代さまは女よか男を口説くのが得手みたいですわね。静禰さん、あとはよしなに』

『枯れ木みたいなお年寄りが、おいらの正体知ったときは』

『心の臓が止まりますことよ』

「また内緒話か」

勝郎の醒めた声が聞こえたので、カネが見上げた。

「なんかいった？」

「『以心伝心』だろう……滴さんたちとなんの話を交わしたんだ」

明智がそうか、とうなずいた。

「いくらあたりが騒がしくても、受け答えできるんだ、便利だね」

カネは曖昧《あいまい》に笑ったが、先代の悪態をついていたともいえず話題を変える。

「それよか記者さん、女の身元はわかったの」

「ああ……」自然と落胆が顔に出た。

「男爵がたった今、かずらさんに確かめてくれた……座員の女に異状はなかったそうだ」

たちどころにその情報がふたりに伝わる。

『……だってさ、滴ちゃん静彌さん』

『えっ。それ、どういうこと』

『なんだい、静彌さん』

『おかしいよ、その話』

静彌の反応が真剣なので、カネはつい肉声で応じてしまった。

「どうおかしいっていうのさ」

その問いに答えようとしたのだろう、静彌がカネの方を見たときだ。松之丞の張りのある声が舞台一面に響いた。

「抜き稽古をはじめる。お菊役のふたり、それに静彌もきなさい」

座頭の貫禄というべきか。万事が自分流のカネさえ口を噤《つぐ》んで、あたふたと舞台の奥へ駆けていったので、それっきり話は中断した。

お菊が吊るし責めにあうのも、幽霊が出るのも井戸だ。ぎりぎり盆を避けた下手奥に、井戸枠が組まれている。背景は簡略化され一間幅の塀の張り物と松の木だけ。枠の内側はせりが四角な穴を開けている。役者だけでなく、男爵もかずらも急ぎ足で集まってきた。

照明音響ともに大事な役割を果たす場面であった。

稽古にはいれば少女たちは当分戻ってこれないだろう。

黙って待つほかない勝郎は憮然としたが、ゴロちゃんは陽気だ。

「仕方がないよ、可能記者さん。稽古の最中に事件の被害者を探すなんて、鰻《うなぎ》に梅干しみたいですよ」

「なんだい、そりゃ」

「食い合わせです。西瓜《すいか》に天ぷらでもいいけど、いっしょにやるのは無理ですって」

「そんなもんにたとえる方が無理だろ」

明智が苦笑している。さっきまで滴を目で追っていた少年だが、今はふだんの彼にもどっていた。

「それよか台所で聞いた話を思い出した。東門を締めるのは七時でしたね?」

勝郎に尋ねてくる。

「ああ。それがどうしたんだ」

「七時だったらこの季節、暗くなっていますね。……朝、食事どきにお竹さんが話していました。平さんが鳥目で困っているって」

夜盲症のことだ。それがどうしたと聞き返そうとして、勝郎は気がついた。

一昨日の夜、平さんは歌枝の出てゆく姿を認めている。それが本当に彼女と断言してよかったのか。

「門を鎖そうとしたときに、歌枝さんを見送っているんです。その時間ならもう暗くなっていた……鳥目の平さんは、本当に女の顔を確認できたでしょうか」

勝郎は硬直した。

4

これは重大な見落としであった。

抜き稽古が終わるのを待つより、それを確かめるのが先だ。客入れの時刻の前だから、平さんは長屋門のあたりにいるだろう。

「よし、平さんを探そう」

明智もゴロちゃんも異存はない。三人は急ぎ足で舞台を離れた。東棟から庭のようで空き地みたいなスペースに出て目を見張った。幔幕の通路がほぼ完成していたのだ。

職人たちに断って通路を横切り、母屋の前庭へ近道をした。祭の客はとうに姿を消していて、大勢の踏み荒らした跡をお松さんがせっせと清掃していた。

ここまでくる間に、三人は忙しく意見を交換している。

「平さんに会えたら、ぼくが聞きます」

明智がいうのだが、勝郎は躊躇《ためら》った。平さんと少年たちのやりとりを見ていたので、短兵急に質問をぶつけるのはどうかと思ったからだ。

するとゴロちゃんが口を挟んだ。

「平さんは、鳥目のこと聞かれたくないんじゃない？」

「どうして」明智に尋ねられてゴロちゃんは訳知り顔だ。

「そんな病気では、門番の役目に差し支えるもの。あのおじさんの性分では、知られたくないと思うんだ」

（なるほど）という顔の明智少年だった。

勝郎もゴロちゃんを見た。

分家は北海道で苦労したと聞く。もっともゴロちゃんの母が駆け落ち同然に北の土地を踏んだのは、彼を生むずっと前だ。地道な開拓より一攫千金《いっかくせんきん》をねらう気質の夫は、夢のかけらも手にしないまま事故死している。さいわい彼女には英語の素養があったから、夫に頼らずとも北海道を訪れる異国の人士の通訳とガイドで、生計をたてていたらしい。

……ここまでは勝郎も知っている。

だが、ゴロちゃんの誕生前後からは、なにも知らない。

わかっているのは、ゴロちゃんが尋常小学校を卒業したのと符丁を合わせるように、母親が病死したことだ。

すでに明智本家では、頑固者であった先代が没しており、分家の息子の帰郷に反対する者はいなくなっていた。孤児となったゴロちゃんは、伯母である明智の母に温かく迎え入れられて、今にいたっている。

大人なみの苦労を重ねたゴロちゃんだ。人の心の襞《ひだ》を読む力はいやおうなく身につけたに違いない。明智少年が年下の従兄弟《いとこ》に、なるほどという表情を見せたのも無理はなかった。とはいえ些細なことにこだわらないのが探偵小僧の美点で、帝国新報編集長みたいなすれっからしの大人に可愛がられる理由でもあった。

「あ……平さん、いました」

目ざとくゴロちゃんが見つけた。西洋庭園からもどるところなのか、平さんがせかせかと歩いてくる。もう提灯《ちょうちん》に火をいれているのは、庭木の枝が伸びて暗いので、夜盲の平さんとしては足元が頼りないらしい。

タバコをくわえた勝郎は、自然な足どりで近づいていった。

「平さん、ちょうどよかった」

足をとめた平さんは、大きく瞬《まばた》きした。

「帝国新報さんでしたか。なにかご用で」

「火がほしくてね」

提灯の火を借りてぷわっと煙を吐いてから、タバコの箱を差し出した。

「よかったら一本どうぞ」

「せっかくですが、庭では吸わねえことにしてます。お島婆さんの文句を聞き飽きてますんで」

「こりゃどうも」

出端をくじかれた形だが、平さんの視線が離れて立つ少年たちに注がれるのを見て、わざと声を落とした。

「坊主たちのお守りを、余介さんに頼まれてね」

「へ、そりゃご苦労さんで」

「ついでに歌枝さんの機嫌とりも頼まれたんだが……」

左右を見回してから、

「顔が見えなくてね……平さんはご承知かい」

「あの女なら、一昨日の晩に出て行ったきりでさあ」

「ああ、そんなことをお島さんもいってたが、確かかね」

平さんがじろりと勝郎を見た。

「記者の旦那。ひょっとしたらお竹あたりに聞きなすったか。なんせ通り名が火吹き竹で、口から先に生まれた女でしてね。あいつにかかると小さな火種が大事《おおごと》になる……」

そこでホロ苦い笑みを作った。

「もっともあっしの鳥目は本当だ。まあご安心を。そのことは御前さまも、先刻ご承知なんですから」

にやりとされてしまった。勝郎の本音をお見通しらしい。

「人体《にんてい》を見定めるのは、目ばかりじゃあござんせん。姿全体からこう……ややもやっと受ける気分がありやしてね。腰つき足どり身のこなし、もろもろの仕種からたとえ顔は見えなくても、ああ、お松だお竹だお島婆さんだ……そう決めつけて外したことのないあっしでさ。そのカンが耳元でいいますのさ。確かにあれは歌枝だったとね」

職人気質といえばいいのか。その自信の強烈さに圧倒された。

商売柄世間の裏表を見ている勝郎が、まるで反論できなかった。まして十代の少年たちに歯が立つはずもない。

「もうじきお客さまを呼び込む時間でさ。ほかにご用がないのなら、あっしはこのへんで。どうぞ帝国新報の旦那も坊ちゃんたちも、ごゆるりと『なかむら座』を楽しんでいっておくんなさい」

いわれるまま幔幕がつくった通路へ、すごすご引き返すほかはなかった。

これで疑問は、みごとに振り出しへもどったこととなる。

……死んでいた女は、いったい何者であったのか。

いやそもそもそんな死体は、存在しなかったのではあるまいか。

可能勝郎としては、絶対に認めたくない結論だったけれど——やはりあれは泥酔による僕の幻覚だったのか？

撥を揮う幼い人妻が狙われる

1

勝郎の迷いを少年たちは見て取っていた。

「ぼくは信じています」

背後で明智がポツンというと、ゴロちゃんが陽気に賛成した。

「そうですよ、記者さん！　細かい点までハッキリ覚えていたんだもの、酔いどれの妄想のわけ、ないです！」

酔いどれ当人としては恐れ入るほかなかった。

「それがぼくたちの出した結論です」探偵小僧が重ねて断言する。

「ありがとよ……」

白状すれば逃げ腰だった勝郎だが、ここまでいわれては踏ん張らぬわけにゆかない。心の中で褌《ふんどし》を締め直して少年ふたりにうなずき返したときだ。

天から強烈な太鼓の音が降ってきた。

どおん！

つづけざまに、これはいくらか弱い響だったが、
ドン！

反射的に三人は幔幕《まんまく》越しに、聳《そび》える櫓《やぐら》を仰いだ。

大太鼓に向き合っている源さんと、その対面で撥《ばち》を揮《ふる》うもうひとり。小作りな体ではあったがねじり鉢巻も勇ましく、法被《はっぴ》に腹掛け股引きと源さんどうよういなせに揃えた身ごしらえだ。

ゴロちゃんが「わあ」と叫んだ。腹掛け一枚では押さえきれない胸の隆起が、少年たちにはまぶしかったに違いない。

「女の子だよ！」

一打一打に渾身の力をこめている。肩にかかっていた三つ編みが背後に流れ、夕映えの空になびいた。

雲量は多くて風も出ている。左右の幕が波打って、また静まった。東門から客を入れるまで、三人が佇む通路に人影はない。幔幕の両側には守泉家の関係者が犇《ひしめ》いているというのに、ここは現在真空地帯であった。

三人とも声を抑えようとしない。幕の蔭に誰かいたとしても、降り注ぐ太鼓の音がカムフラージュしてくれる。

「あれは源さん——源田忠さんの女房で、スエさんだ」

勝郎の解説で、改めて少年たちは櫓を見上げた。

亭主と息の合った少女妻の姿が、むんむんした熱気を感じさせる。

小作農の三男だった源さんは、耕す農地がないまま海軍に身を投じ、大戦で膠州湾《こうしゅうわん》の封鎖作戦に参加した。

この時代の中国は、欧米列強に蚕食《さんしょく》されている。遅ればせだが日本も蚕《かいこ》の一匹に加わろうとした。大戦の敵国ドイツは中国の青島《チンタオ》に要塞を築いており、その攻略を目的とする膠州湾封鎖が日本海軍の作戦であった。

夜陰に隠密行動していた巡洋艦高千穂《たかちほ》が、敵に不意を衝かれて沈没する。水兵だった源さんが重傷を負ったのはその戦いだ。

廃兵となり世田谷村に帰郷した彼は、赤ちゃんのころから馴染みのスエと結ばれた。彼女も、名前でわかるとおり二男四女の末っ子で、家の食い扶持《ぶち》を減らすため早々に嫁に行かされる身だったのだ。

「だからもう女の子じゃない。母親にだってなれる一人前の女性なのさ」

勝郎は何気なく口走ったが、少年たちにはショックのようだ。

「いくつなんですか、あの子」

明智の質問に勝郎は微笑した。

「カネくんも対抗意識を燃やしていたよ。ひとつ下の十四歳だ」

「ぼくより下なのか……」

明智少年が唸った。

「とてもそんな年に見えません」と、ゴロちゃんは素直に感心している。

勝郎の目にはまだ幼く映るけれど、畑仕事で鍛えた肉づきのいい肢体の娘だった。「色の白いは七難隠す」というから浅黒い肌のスエは損しているはずだが、それ以上に目鼻立ちのクッキリした器量良しである。

櫓の上で全身を躍動させて撥を揮ううら若い人妻に、少年たちは、新しい感動を覚えていた。

2

「あの人がスエちゃん……さんか。朝の食事で名前を聞きました」

ゴロちゃんが洩らした。「ちゃん」を「さん」に言い換えたのは、彼なりに敬意を表したのだろうが、話の内容は穏やかではない。

「御前さまが目をつけてるって」

「えっ」勝郎も明智も驚いた。

「あの子をお妾《めかけ》さんにする?」

「流しで茶碗を洗ってたら、聞こえたんだ。村で少し渋皮の剝《む》けた子は、御前さまが味見するといってた。お竹さんて口が軽いんだね」

勝郎は、開明派の御前さまの正体を見た思いだ。

「梅干しお婆さんが愚痴ってた。また物入りだ、源さんの口を封じるのにいくらかかるとお考えだろ、御前さまはって。ボクがそばでお箸を洗っていたのにしゃべるんだよ。よほど子どもと思われたんだ」

「どう金がかかるといったんだい」

尋ねた明智に、ゴロちゃんはかぶりをふった。

「聞いたのはそこまで。お婆さんに追い払われたもん。男の子が水仕事なんかするもんじゃないって。そんなことには気がつくんだね」

男子厨房にはいらずの時代だった。

「でも、ふうん……そうかあ」

探偵小僧はしきりと感心している。

「そういう男と女の内緒ごとが発展して、殺人事件の動機になったりするんだ」

「だからこんな込み入った古い家は、油断できないね」

耳年増の少年たちである。

勝郎はここが真空地帯であることを感謝したくなった。

「よっ、ご両人！」

幕の向こうから若い男が声をかけた。やんやと囃す大勢の声が幕をあおる勢いだ。櫓のすぐ下にいるのだから客ではない。若夫婦を見知った近所の若者たちだろう。

撥の音が一瞬乱れ、源さんらしい厳しい声が飛んだ。

「スエ、気を散らすな！」

「はいっ」

少女が素直に応じたので、また喝采が起き——今度はすぐに静まった。

「からかうんじゃない」

渋い声がたしなめていた。

「眠い目をこすって毎晩稽古していたんだぞ。嫁の来手もないお前らがやっかむな！」

「うへえ……」

「ごもっともで」

首を縮めた若者たちの姿が目に見えるようだ。やがて悪気のない笑声を残して、大勢は去っていった。

幕に挟まれた通路で笑いを堪《こら》えていた明智たちが、このとき驚きの声を揃えた。

源さんの姿勢が変わり、手すり越しに彼の下半身が見えたのだ。右足は膝から下がなく、木製の義足がとりつけられていた。

「足をなくしたんだ」

少年たちはむろん、勝郎まで驚嘆していた。

「あの足で踏ん張って、太鼓を打ったのか」

「稽古を積んだはずだね！」

雲が割れたらしい。淀んでいた夕日が櫓を真っ向から照らした。渾身《こんしん》の撥さばきで汗をかいたのだろう、スエは法被をかなぐり捨て撥を摑み直した。剝き出しになった丸っこい両肩が赤々と輝き、汗を淋漓《りんり》と噴き出していた。

「あれで髪がお河童なら、金太郎さんだ」

ゴロちゃんがいい「コラ」と明智は叱ったが、少年の感想は悪気どころか彼女の奮闘を賛美したと、勝郎には聞こえた。

（こんな場面を平塚雷鳥女史が見たら、どういうんだろう。女は見せ物じゃないと怒るのか、それとも男女がおなじ櫓で撥を揮うのを女権拡張と喜ぶのか）

疑問を抱きながらスエの勇姿をカメラに収めたとき、背後の幕が大きく揺れて余介が姿を現した。暖かそうな綿入れ羽織に袴姿の御前さまだ。

3

「ほう、帝国新報さん。ここで取材していなすったか」

少年たちは御前さまと初対面のはずだ。

勝郎は急いでふたりを紹介した。こんなときの探偵小僧たちは優等生そのもので、余介も鷹揚《おうよう》に返礼してから、櫓の様子に目を細めた。

「見栄えがするだろう、あれは。呼び込みにぜひと亭主に頼んでな。以前から源さんは祭礼の度に太鼓を奉納していたが、あの足になったので今年はあきらめていたようだ……わしの一言でいっしょにやる気になってくれた。いやあ、あの女はいい」

悦にいった御前さまは、スエを「あれ」と呼び「女」と呼んだ。

少年ふたりは声を返さなかった。福々しい笑顔の余介がむけた視線の先はスエにだけ絞られていると知っている。

勝郎も心中ひそかに溜息をついた。明智たちの気をそらそうとなにかいいかけたとき、下からあわただしい足音が近づいた。

レミだった。上り坂を全力疾走したものの、四人に気づいて立ち止まった。さすがに雇い主への挨拶は忘れず踵を合わせて、

「御前さま、お騒がせして、申し訳ありません」

息を弾ませている。

「どうしたの」

同年配で気安いゴロちゃんが声をかけると、レミは荒い息で返事した。

「男爵に、頼まれた！　雨を、忘れたって！　失礼します！」

それだけ答えて幔幕の切れ目から、母屋の庭へ飛び出していった。手に摑んだ布は風呂敷らしい。

「雨って忘れるもんか？」

間抜けな声を洩らした勝郎は、明智に注釈をつけられた。

「雨の音のレコードですよ。いろんな効果音を録音してたから。研究室に忘れていったんだ」

太鼓の調子が変化したので、勝郎は少年たちを促した。

「入場がはじまる。ひと足先に客席へゆこう」

「なに、わしが門に迎えに出るまで客は入れやせん、安心なさい」

御前さまに余裕の言葉をかけられ、勝郎は反射的に頭を下げてしまった。

不意に幕の外――勝手口のあたりで男の怒声があがり、御前さまの眉を顰《ひそ》めさせた。

「なぜいけないんだよ！」

男にしてはカン高い。井田春雄の声だった。

「ぼくは守泉家のファミリー同然じゃないか！」

「聞き分けのないお人だね」

対照的にひくいが一歩もひかぬ調子は、梅干し婆さんことお島だった。

「おいいつけです。あなたは出入り禁止と、御前さまのおふれが出てる」

「納得できない！　だったらじかにいえばいい。ぼくにむかって御前さまが、二度とくるな、そういってくれればいいんだ！」

眉間に青い筋を蠢《うごめ》かせて、余介はズイと幕の切れ目から歩み出た。

「も、守泉の、おじさん」

悲鳴に近い春雄の声の、語尾が消える。

しばらくの間をおいて発した余介の声は、雷鳴さながらであった。

「よう聞け、井田の伜《せがれ》。親の代からのつきあいで見逃していたが、そこまでいうなら望み通り申してやろう。二度と顔を見せるでないっ」

勝郎の前に垂れた幔幕がビリビリ震えるほどの怒号だ。

物分かりのいい分限者でも色好みの初老でもない、守泉家代々の貫禄を前面に押し立て弁解を許さぬ憤怒の声が、ハイカラ坊ちゃんを慴伏《しょうふく》させたに相違ない。

あとにつづく悶着を聞くまでもなかった。硬直している少年ふたりに、勝郎は顎をしゃくった。

「行こう」

「ねじれ館」でお粥を煮る

1

春雄が演じた一昨夜の醜態を、明智たちも聞かされている。黙って勝郎にしたがった。

ゴロちゃんは自分が叱られたみたいにシュンとしていたが、明智はじきに落ち着きを取り戻した。急ぎ足の勝郎に、

「大丈夫ですよ。木戸札は席の数より少なく出したそうです……ゆっくり座れます」

訳知り顔でそんなことをいう。

「だけど写真を撮るんですよね？　前の方の枡《ます》に座らないとうまく撮れないんじゃない？」

ゴロちゃんが気を遣ったが、勝郎は首をふった。

「新聞記者は行儀が悪いんでね、ここぞというチャンスにはかぶりつきへ一直線さ。それよか、なにをやってるんだろう」

男たちが力んで声を合わせるのが聞こえた。さっきスエをからかった若い衆だ。

勝郎は少年たちといっしょに、幕の隙間から東側の庭を覗いた。庭と呼ぶにはとめどのない空き地で、出遅れて咲いたヒガンバナ、それにまじって、紫色のトリカブトの花も開いている。

その花々が、あわや踏みにじられそうであった。

三本の太い木を束ねた台の上に、網状に穴が開いた鉄鉢を若者たちが据えつけていた。さしわたし

三尺あまりの鉄鉢だから、大きくて重たげだ。

設置し終えて汗をふく男たちが、こちらに気づいた。

これも取材のひとつとばかり、勝郎は遠慮がない。人なつこい笑みを浮かべて、するすると近づいてゆく。

「そりゃあなんです。やはり今日の舞台に関係してるんですか」

「かがり火だよ」

現場監督よろしく見守っていたごま塩頭の中年者が、代わって返事してくれた。幕越しに聞こえた渋い声の主だった。丸に「谷《たに》」の文字を染め抜いた印半纏《しるしばんてん》を羽織っている。

「若いお人は知らんかな。曽我兄弟の仇討ちの舞台、ほれ陣屋で夜の明かりに使っているから、ご承知と思うがね」

明智たちも絵本で見た覚えがある。電気もガスもない時代、野外の夜の照明として、網鉢にいれた松材を燃やすのだ。

「御前さまの言いつけはガス灯なんだが」

親方らしいごま塩頭が苦笑した。

「あいにくここは世田谷村だ。東京の区内でも横浜でもねえ。ガス管の延長はまだ三軒茶屋で足踏みしてらあ。カーバイトを燃やしてガスを作る手もあるがね、あいにくうちでは技術者が揃わねえ。……というわけで曽我兄弟に先祖返りさ」

電気はきているが電力量も照明器具の品揃えも心もとない。門前に大型の白熱灯を設置したのが精一杯だった。大正の元号を戴く大日本帝国だが、欧米並みの文明度に達するにはまだまだで、すべてが過渡期の心細さをはらんでいる。

今日集まった若者たちも素性をただせば、大工、指物師、鋳掛屋、鍛冶屋、鋳物師、さては木地師、桶屋、棒屋など、家業の将来に不安を覚える若い職人たちが、自然に肩を寄せ合っているのだ。なにかしなければ、やがて生活の基盤が根こそぎになる……ご先祖さまから受け継いだ家業が廃《すた》れてゆく……だが、では、なにをすればいいのか。

わからないというのが、実情であった。

そんな曖昧模糊《あいまいもこ》とした世相の間隙を縫い、目先の利く者、小金のある者、統率力のある者、野心家などが入り乱れて、ものづくりの分野が一から再編成されようとしている。

その結果、工務店、建設業、鉄工所といった目新しい業種が台頭、大都市近郊を開拓してゆく。誰も経験したことのない構造的変化が、ここ世田谷村の地図を大きく塗り替えつつあった。

大正という時代そのものが坩堝《るつぼ》なのだ。

ジャーナリストの端くれとして、勝郎はそう考えていた。我々はそんな時代に生きているのだ……。

若者のひとりが印半纏の男に声をかけた。

「親方、篝《かがり》を焚くのはいつからで……」

「馬鹿野郎。社長と呼べ、社長と」

叱りながら谷〝社長〟は、勝郎に照れてみせた。

「なにせできたてホヤホヤの合資会社でしてね」

「頑張ってください」勝郎も笑って励ました。

「今にこのあたり、社長が建てたビルヂングだらけになりますよ！」

「そうなるかねえ」

かえって当事者は懐疑的だ。

「でかい豆腐に窓を開けたみてえな建物が並ぶんですかねえ、この武蔵野に」

2

ビジネスの取材がつづく間は、明智たちに出番がない。「銀月荘」を見下ろす門際まで足を運んで、眼下のトタンと瓦屋根《かわらやね》の連なりを眺めていると、鉢巻の若衆に声をかけられた。

「なあ、おかしな恰好の建物だろ」

かがり火の設置を終えた後は、やることがなく無聊と見えたので、明智は愛想よく応答した。

「そうですね。屋根と屋根のつながりがややこしいです」

若い衆は満足げにうなずいた。

「建てた親父は『ねじれ館』と呼んでいた。ああいう変形の屋根葺《ふ》きはとかく雨漏りしがちなんだよ」

ゴロちゃんも若者を見た。

「お父さん、大工さんだったの」

「おうよ、棟梁だよ。瓦師もやっていたぜ。本名は梁村《やなむら》だが屋根の上にいる方が長いんで通称ヤネ村だあ。へへっ」

調子がいいのは振る舞い酒のせいらしい。明智家では長兄がいける口なので、ふたりとも酒の匂いには慣れっこだ。

「その親父が四年前、屋根から足をすべらせちまって、仕事は俺が継いだんだ……」

しゃべって発散したいことがありそうだ。聞き手として有能な明智少年だから、早々に「ねじれ館」の楽屋裏を聞くことができた。

「苦労したのは、俺ひとりで傘天井《かさてんじょう》の修繕をやらされたときさ」

「あのお休み処みたいなコーナーですか」

「それそれ。お休み処とはよくいったね、あんた」

ツボに嵌《は》まったみたいで、いっそう口が軽くなった。

「そこが雨漏りするというんだな」

「ストーブの煙突を取り付けるとこでしょ」

「うおっ、ちゃんと見てるねえ……それならわかるだろう。真上が楽屋と廊下兼用の通り道で、どこから漏れるのかさっぱりわからねえ……でもって、エイヤとばかり床下にじかに煙突の先っちょをくっつけてやった……うまい具合に雨漏りはどっかへ行ったぜ」

ずいぶん大雑把なヤネ村さんだ。

「そこまではよかったが、後がいけねえ。あやかしが取りついた……」

少年たちに近づいていた勝郎が、割り込んだ。

「どういうことだい」

職人が頭をかいた。

「いえね、楽屋にいるとブツブツと、ものが煮えるみたいな音がするってんです」

「煮える音?」

「お粥《かゆ》を温めるとご飯粒がとろけて重湯になりますさあ。あの按配で話し声が溶け崩れてるみてえでね。それもおかしなことに聞こえるのは、昼日中の二時ごろでして。なんのことはねえ、坊ちゃんの仰るお休み処でその時刻、お竹という女がおしゃべりしてたのが聞こえてたってお粗末で」

つまり傘天井が、集音器代わりに働いたことになる。三人の聴衆は笑ったが、梁村青年は大まじめだ。

「それを聞いた男爵閣下が、うちの研究室にもそのひな形をこさえてくれと……ご注文を頂戴したんだ、豪気でしょう」

自慢げだが、すでに研究室を検分した少年たちはふしぎそうだ。

青年が教えてくれた。

「あの棟は高床式になってまさあ、その一階なんで。傘天井に音を集める、そのてっぺんにトタンを巻いた筒を生やす。そいつをずーっと寝室の真下までのばしてね……筒の名前は伝声管てんで」

伝声管なら知っている。ビルヂングの小部屋同士、料理店のキッチンと配膳室などに使われている電気いらずの仕掛けであった。

それにしても、あの床下から寝室までずいぶんと距離がある。そんな仕掛けを作ってどう役だてたのだろう。

男の声が飛んできた。仲間の職人らしい。

「おおいヤネ村！　暗くなるまで休んでろとさ、親方……じゃねえ、社長がよ、テントにゆけば飲み食いに不自由はねえっとよ！」

「おっ、そうこなくちゃあ」まだ呑むつもり満々だった。

「じゃあ旦那。坊主たちもあばよ」

ヤネ村のあんちゃんは、いそいそと背をむけた。

後ろ姿を見送っていると、幔幕《まんまく》の通路を移動する人影が目にはいった。ぞくぞく入場してくる客のシルエットが西日でくっきり刻印されてゆく。

急調子の太鼓が開演間近を告げていた。

3

勝郎が少年たちを促した。

「われわれも行こう」

幔幕は緋毛氈《ひもうせん》の階段前で途切れているので、幕の外からでも割り込める。左右に紅白の布をまきつけた柱が立ててある。観劇の客を歓迎するゲートというわけだ。

入場客が途切れるのを見計らって毛氈を踏もうとしたとき、東棟沿いにレミが坂を下りてきた。風呂敷の薄い包みを抱いている。男爵に依頼された雨の録音盤だろう。それなら急げばいいのに、なぜか彼はのろのろした足取りで下ってきた。

「レミくんどうした」

ゴロちゃんが声をかけても、応答がない。

表情をなくした顔は寒気のせいとは思えなかった。目の端に光るものがあった。

(泣いてる?)

ぎょっとした明智は、レミが呟く声を耳にした。

「畜生……」

確かにそういった。

「殺してやりたい」

かけようとした声を明智は喉に詰まらせた。それほどレミの姿には鬼気迫るものがあったからだ。

明智みたいな紅顔《こうがん》でもゴロちゃんのような白皙《はくせき》でもない平凡な顔立ちだが、彼の凍りついた表情は強烈な印象を少年たちに与えた。

レミは客用の階段に向かわず、奈落へ下りてゆく。

一足早く緋毛氈を踏んでいた勝郎は、気がつかなかった。足を止めている少年たちを、階段の途中から催促した。

「早くこいよ」

明智が答えた。

「すみません、先にどうぞ。ぼくたちもすぐ行きます！」

頭の中で写真撮影の手順を工夫していた勝郎は、彼らの反応にまで気が回らなかった。

「天井桟敷《さじき》で待ってる。遅れるなよ」

「はあい」

明智はそう答えたが、実際にてっぺんの枡席へ駆け込んだときは定刻ぎりぎりになっていた。それも顔を見せたのは——彼ひとりであった。

美少年の舞台の幕が上がる

1

客席は整然としている。

勝郎が抱いたはじめの印象は、御前さまの威光のおこぼれに与《あずか》って、花形中村静襴の殺陣《たて》を見せていただく、というところだろうか。

もう少しキャーキャーわあわあ賑やかに開幕を待ってほしかった。これでは行儀がよすぎて、帝国新報むきではない。

贅沢で少々皮肉な感想を、さて記事にどうまとめるか。内心ああだこうだと文案をひねりながら勝郎は、桟敷《さじき》を縦に走る二本の通路を上り下りしてジャンジャン撮影した。

前から三枡《ます》ほどおいて設けられた来賓席に、八字髭《ひげ》もいかめしい太縁メガネで制服姿の警官が座していた。顔見知りの近藤巡査が駆け足できて、威儀を正して敬礼したから思い出した。

(世田谷警察の桜井《さくらい》署長だ)

祖父が島津《しまづ》家に仕えたという由緒ある士族の出身で、豪傑肌の男だそうな。

隣の枡のご老体は見事な禿頭で、まぶしいばかりの存在が光る。二期つづけた太刀川《たちかわ》村長だが、市長か知事なみの堂々たる風貌だ。

発展がつづけば世田谷村は、町を飛び越して市制が敷かれるだろう。それとも大東京の名の下で世田谷区になるかも知れない。

（セタガヤク……ちといい辛いな）

おなじ席に小学校へ入ったくらいのエプロンの女の子が、セルロイドのキューピーを抱きしめていた。目の中に入れても痛くない様子で、村長が話しかけている。その母親らしい女性もいるから、幼女は孫娘に違いない。

村長だろうが区長だろうが、家に帰ればどこにもいるふつうのお爺さんなのだ。

そんなことを考えながら、天井桟敷《てんじょうさじき》の自分の枡席にもどる途中、また見覚えのある顔に出くわした。

写真で見ただけだから、先方はこちらをご存じない。

先ごろ『宵待草』と題した歌で当てた竹久夢二《たけひさゆめじ》である。詩人とばかり思っていたが、本職は画家だそうだ。

おなじ画家でも蝦蟇《がま》蛙めいた伊藤晴雨とは逆で、インテリを看板にかけたような線の細い若者で、おろしたてみたいなスーツ姿だ。

チャンバラ劇の客席にふさわしいと思えないが、わざわざ世田谷まで足をのばしたのは、静穪の評判が高いということか、他用があったのか。

自分の枡にもどった勝郎はきょろきょろした。

「ゴロちゃんは」

「……中座したままです」

明智の真剣な表情に、勝郎も顔をひきしめた。

「おい、まさか」

周囲の客を気づかって声をひそめた。

「またなにか変事が?」

頭のどこかが疼《うず》いたとき、チョーンと冴えた柝《き》が鳴った。

行儀のいい客たちだから、たちまち水を打ったように静かになる。まだゴロちゃんの帰る気配はない。

客がいっせいに拍手した。

緞帳《どんちょう》前に登場した余介の挨拶がはじまった。こんなときよけいなおしゃべりで客の不興を買う名士は多いが、御前さまはさすが賢明だ。手短かに来場の礼を述べただけで、すぐ引っ込んだ。引き上げる余介を介添えしたのはゆらで、二人仲良く枡のひとつに納まった。

かずらの弾く三味線が高鳴ると、緞帳が重々しく左右に割れた。もはや客席からしわぶきひとつ聞こえない。

それでもゴロちゃんは現れなかった。

2

はじめの内こそやきもきした勝郎だが、いざ芝居がはじまれば舞台に目を奪われた。

装置は至って簡素なものである。伊藤画伯が一気呵成《いっきかせい》に描いたバックの道具幕は、ほとんど山水画であった。上手に掛け小屋があって休み処の幟《のぼり》が立ち、下手には「右　江戸・左　府中《ふちゅう》」と道標が立っていた。ずいぶん大まかな道しるべだと勝郎は苦笑したが、ここは箱根《はこね》の峠道と客にわかってもらえばそれでいい。

茶屋の女と客の飛脚の問答で、仇討ちの本懐をとげるべく江戸に向かう田宮坊太郎が、やがて通りかかると話す。

まだ元服前の少年武士は、姉の敵《かたき》青山兵庫《ひょうご》が江戸御徒町《おかちまち》の道場にいると知り、殿様に仇討ちの許しを頂戴していた。一対一の尋常の勝負なるべしとの条件付きだ。

飛脚が去ったあと、それまで背中を向けていた茶屋の客が、ひょいと立ち上がる。笠と合羽を脱ぎ捨てた武士は、襷《たすき》がけと袴の股立《ももだち》とった臨戦の身ごしらえであった。

――客席の右手は瓢簞《ひょうたん》池をめぐる草むらで、中途に大きな段差がある。すだきはじめた虫の音《ね》を耳にして、勝郎は気づいた。地形に合わせた階段状の客席の窓がすっかり黒ずんでいた。夜が帳《とばり》をおろそうとしている。

今まで気づかなかったのは、舞台の地明かりのおかげだ。薄暗いながらも役者たちの一挙一動がはっきり見えていた。

ここでふたりの浪人者が登場する。浪人甲は小屋の葦簾《よしず》の蔭に、浪人乙は水桶に隠れ、それを見定めた武士はふたたび床几《しょうぎ》に腰を下ろす。

客席の緊張が高まる中、下手から深編笠に旅姿の武士が現れる。

葦簾を倒して斬りかかる甲。

茶屋の女が悲鳴を残して上手に切れる。

甲の刀をかわした旅姿、その深編笠が割れて左右に落ちる。

あらわになった美少年の顔を、ここぞとばかり投光器が染め上げる。

地明かりが消え暗夜に近い舞台となっていたから、光の輪に浮かんだ坊太郎の美形は強烈だ。だが客に拍手を送る暇は与えない、坊太郎の抜き打ちが甲を倒していた。葦簾を巻き添えに派手にブッ倒れる浪人甲。

息もつかさず乙が水桶の蔭から槍を突き出す。のけぞって逃れた坊太郎の一刀が槍のケラ首を切り落とす。とんとんと前にのめった乙に、刀の切っ先を突きたてる。

悶絶しながらも小屋の向こうに乙が消えるのは、剣劇のお約束だ。

ひとり残って大刀を構えていた武士が、床几を蹴り飛ばす。

坊太郎が刀を揮《ふる》うと、ものの見事に床几は真っ二つになる。

（鮮やか！）

勝郎は感じ入った。演じ慣れた殺陣とはいえタイミングも絶妙なら、つくりものの小道具も上出来だ。

客はもう夢中になって、枡から身を乗り出している。

その後の長い睨み合い。

ここが前半の山場だから、じっくり対決を見せる趣向に相違ない。

一度、二度、刀身を打ち合わせて、最後に武士は、お休み処の幟を抱くようにしてのけぞった。その斬られっぷりが見事だ、全身をバネに使って仰向けになる。天井桟敷の勝郎にまで音が届きそうなほど、モロに後頭部を舞台に叩きつけていた。

（痛そうだ……）顔をしかめながら勝郎は感服した。

年季のはいった斬られ役だ。脇の充実は「なかむら座」らしい美点である。

強敵を倒した坊太郎がキッと空を見上げると、期せずして客席に自然な喝采がわき上がった。

「中村屋！」

「静禰！」

「日本一！」

浅草ほど洗練されたタイミングではなくても、心のこもった村人たちの精一杯のエールであった。

もっとも今日一番に受けたのは、まるで間を外したが、

「静禰ちゃーん」

という幼い女の子の声援だ。
客の全員が声の主を見た——太刀川村長の孫娘がキューピー人形を振り上げ、真っ赤な顔で力んでいる。母親があわてて娘を抱き、満場の爆笑を買った。苦笑いしている村長も、決して悪い気分ではなさそうだ。

3

芝居の出来ばえに安堵した勝郎は、我に返った。

顔を向けられた明智がかぶりを振る。もはやゴロちゃんは不在と決めているみたいだが、勝郎には事情がさっぱり呑み込めない。

「いったいなにがあったんだ」

「ゴロちゃんなら、この後の……」

残念ながらその先の明智の言葉は、蓄音機の音楽に紛れて聞きとれない。切り出しの岩に隠してあったのだ。歯切れよくリズム感のある洋楽だった。

これを合図に、山を描いた背景の幕が一瞬でひき下ろされ、舞台は暗転する。上手の掛け小屋、下手の道標を、黒子が手際よく袖に搬出していった。

曲が終わって明かりが蘇ると、背景は晴雨が描いた二枚目の道具幕、宿場町の絵になっており、下手に『品川宿』の札が立っていた。ここまでくれば目指す御徒町は目と鼻の近さということか。

下座《げざ》でかずらの爪弾く三味線の音が色っぽく変化した。品川には廓《くるわ》があって出入りする男どもが多い。その一党だろう、坊太郎の刀の鐺《こじり》が当たったと難癖をつける輩《やから》。美貌の前髪立ちを軟弱な若衆と侮《あなど》ったのだ。

無理難題を吹っかけられた坊太郎、つい声が高くなる。

喧嘩だ喧嘩だと物見高い野次馬が集まるが、我に返った坊太郎は悪罵をじっと耐える。大事の前の小事と土下座してまで詫びをいれる。ここは韓信《かんしん》の股くぐりよろしく、耐える演技が見せどころだ。中村静爾は剣戟《けんげき》だけではないと役者の面目を見せる芝居でもあった。

筋書きは座頭の松之丞が書いている。

彼はむろん座員の長所をすべて心得ているから、筆が役者を自在に踊らせていた。

客席が静かになったので、勝郎も明智に声をかけにくい。気を利かせた少年の方が、走り書きした手帖のページを示してくれた。

(ゴロちゃんは盆にひと役買う)

大詰めでは、松之丞扮する旗本青山兵庫と坊太郎が睨み合い、それから兵庫の回想場面にはいる段取りであった。

滴の扮したお菊が、井戸で兵庫に吊るし斬りにされる。

兵庫の内面の語りを聞かせて、次はおなじ井戸からカネの亡霊が出現、兵庫を驚愕させる場面となる。座頭の芝居の見せ所である。

おどろおどろしい場面の後に仇討ちの名乗りがあって盆が回りはじめ、兵庫と坊太郎の戦いの火蓋が切って落とされるのだ。

舞台での微妙な応酬、それにつづく盆の回転だから、切っ掛けが難しい。

それも動力源は馬二頭だ。回り舞台を支える軸を挟み、進行方向百八十度違う向きで繋がれている。

しかもその二頭が同時に前進を開始しないと、盆は回らない。旗振り役がカピであった。

レミが吹く犬笛を合図に、後足で立ち上がったカピがポーズをとる。それが二頭にむけたキューであった。

曲馬団のステージではやんやの拍手喝采を浴びたことだろう。レミはあるときは少年のまま、あるときは女装したり老人に化けたりして、鮮やかな曲技を披露したという。

だが今日の舞台にそんな見せ場はない。稽古を合わせて三日だけの助っ人として、孤独な縁の下の力持ちであった。

けれど勝郎が取材したとき、静禰は断言した。短いつきあいでも、彼はレミに絶大な信頼を寄せていた。

「切っ掛けを外すなんてあり得ないです。あいつは生まれながらの芸人ですよ」

しかし明智の手帖のページは、レミを追って奈落にはいり目撃した有様を、簡潔に記していた。

(カピが死にかけてる。合図が出せない)

勝郎は驚愕した。なんてこった!

感電したように明智を見る。泣きっ面の探偵小僧なんてはじめて見た。

(ぼくではなんの役にも立たない。ゴロちゃんがのこった)

ノートのメモはそこで終わっていた。勝郎はもう一度明智を見た。……あの冷静沈着な少年が、両の膝頭に爪を立て目を閉じている。祈りを捧げているのだろうか。(頼むよゴロちゃん!)とでも。

勝郎は言葉を失っていた。

その間も芝居の進行はとまらない。

4

舞台では吊られていた滴のお菊が、縄を斬られて井戸に落ちる場面だ。井戸の真下のセリを上下させるのは「なかむら座」の若者――第一幕で坊太郎に斬られた浪人甲のもうひとつの役目だった。把手を人力でフル回転させれば、歯車の組み合わせで減速され、滴を乗せたセリがゆるやかに下降する。滴が奈落まで降りきるとカネが飛びついて縄をほどき、代わって白分がセリに乗る。上昇させる切っ掛けなら、カネは完全に呑み込んでいた。上手で出を待つ白装束の静禰から即時に指示が走るのだ。

『準備できてる？　幽霊お菊』

『いつでも来やがれ』

落ち着いているようだが、実は気もそぞろだ。当たり前である、この土壇場の奈落の様子をなにも知らぬ静禰に伝えねばならなかった。

『でも覚悟して聞いて。カピが動けない、だから馬の旗振りがいない、それでもレミは馬に乗ったよ！』

「以心伝心」を飛ばしながら舞台に出たカネは、並行して幽霊の芝居をつづけている。松之丞の語りに合わせて、おどろおどろしい雰囲気を客席に漲《みなぎ》らせたのだから、冷や汗かきながらも大した度胸だ。

受けた静禰にしても、出を待ちながら頭がおかしくなりそうだ。

『レミくんだけじゃ一頭しか動かない！』

『もう一頭にはゴロちゃんが乗った！』

報告したころにはもう幽霊の出番を終えている。忙しいったらないが、つづいて静禰にも、松之丞と戦うクライマックスが待っていた――事情はまだわからないままに。

『ゴロちゃんがなぜ奈落にいる！』

『なぜもくそもあるか、凄いぜ裸馬に乗れるんだ！　盆は任せて坊太郎の芝居をやれ！』

上を下への騒ぎに関わりなく、舞台の時間は非情に流れる。

静禰も腹をくくったに違いない。いつもの小気味いいタイミング、いつもの力のこもった台詞《せりふ》を発した。音吐朗々の謳い回しが、勝郎たちの天井桟敷まで響き渡る――。

「ややあ、そこなるは旗本青山兵庫と見受けたり！　おのれ不倶戴天の敵、ここで会ったが百年目、いざ尋常に勝負いたせ！」

――この台詞を合図に回りだすはずの盆であったが、回らない。

ベテランの松之丞さえ、動揺の色をあらわにした――と見た静禰の坊太郎、スススと肉薄して斬り結び、松之丞の兵庫に囁《ささや》く。

「父さん、ごまかせ」

俄然、兵庫が怒号した。

「小癪《こしやく》な！」

力まかせに、坊太郎の刃を突き放す、稽古の殺陣にはない型だ。もはや完全に出たとこ勝負するほかなかった。

裏を知る由もない客たちはただもう勝負を見守り、事情を推察している勝郎と明智は、違う意味で手に汗握る。

盆に頼れない殺陣は一発勝負だ。進む、ひく、受ける、はずす、斬り込む！

背景は晴雨が描いた三枚目で、新月に雲がかかろうとする構図が禍々《まがまが》しかった。

地明かりの光が極度に落ちて遠雷の音。装置らしいものはほとんどない。黒塀の前に天水桶と三角に積まれた手桶くらいだ。勝郎はいても立ってもいられない、ああ盆が回れば！　盆さえ回れば次の場面で客をあっといわせる趣向だったのに！

それでも舞台は回らない。

「回れ回れ回れ……」

気がつくと、明智が呪文のように呟いている。

笑いごとではなかった、勝郎までおなじ呪文を唱えていた。

5

呪文の効果は疑わしいが、このとき盆の回転がはじまったのは事実である。

『わあっ……カピが立った！』

『カピ、生きてるっ』

カネと滴が「以心伝心」で同時に伝えてきた。

カピが後足で立ってくれさえすれば、二頭の馬に合図が飛んだことになる。躾《しつ》けられた動物は忠実であった。呼吸を合わせて馬たちは、鼻息を荒くして四肢に力を漲らせた。

一頭にはレミが、一頭にはゴロちゃんが騎乗している。人間たちも同時に二頭を励ました。

「しっ！」「しっ！」

負荷に耐えて踏ん張る馬たち。ギ……ギ……軋んだ盆が回転をはじめた。

「以心伝心」でそれを知った静禰はむろん、練達の座頭も始動直前のわずかな揺れから、盆の回転を予知していた。

「おぉりゃあっ」

おめいた兵庫は毛筋ほどの弛みも見せない、回りだした盆の上を真一文字に走って、坊太郎に襲いかかる。辛うじて痛撃を受け止める静禰。

――〝辛うじて〟とは客の目が捉えた舞台上の動きで、実際にはもう日頃鍛えた殺陣の段取りになっていたのだ。

気づいた勝郎は大きく溜息をついた。

隣の明智もホッとして、枡席の仕切りに全身を預けた。どちらからともなく笑顔を交わす。

緊張のゆるんだふたりを除いて、残る枡席は煮え滾《たぎ》った。

盆の回転につれ、坊太郎は木戸から兵庫は潜り戸から、それぞれ次の舞台へ抜けて最後の場面に雪崩《なだれ》こんでゆく。

そこは荒れ果てた寺の本堂で、潜んでいた兵庫の配下四人の黒装束が、ふたりの戦いを遠巻きに見守る。

はじめ正々堂々と見えた勝負だったが、坊太郎の一刀を受けかねた兵庫が得物を宙に飛ばされたとたん、風向きが変わる。

ちょうど半回転した盆が停止するのとおなじタイミングだ。

配下のひとりに大薙刀《なぎなた》を手渡され、兵庫が風車のように振り回す。刀と薙刀ではリーチが違う。押された坊太郎の苦戦がつづく。

直参旗本が大薙刀を揮うのは少々可笑《おか》しいが、盗賊熊坂長範《くまさかちょうはん》の故事にならったつもりか。刀同士の戦いより舞台映えすることは確かである。

黒装束どもは、兵庫が押している内は静観するのみだった。

しかし、坊太郎が左手で小刀をぬき、薙刀の刃を大小二刀でガッキと受け止めたあたりから、風向きが変わる。坊太郎を狙撃しようと、柱の蔭から銃を構えたのだ。

いかに坊太郎が剣の天才でも、四丁の鉄砲が相手では敵《てき》すべくもない。

「静粛、あぶない！」

観客が思わず叫んだのか、それとも八百長の声であったのか。

銃に狙われたとも知らず戦う坊太郎、打ち込まれた刃を満身の力で跳ね返す。たたらを踏んだ兵庫の手元が狂って、大薙刀は本堂の柱の一本に斬り込まれる。

(そうだ、ここで屋台崩しになる！)

勝郎が思い出すのと舞台の動きがシンクロして、ゆさゆさ揺れる本堂——そして瓦解！

屋台崩しといっても立方形だった装置が、上手から牽《ひ》く裏方たちの力で、平行四辺形に歪む程度の仕掛けだが、男爵が録音しておいた轟音と、まいてあった鋸屑《おがくず》を大団扇《おおうちわ》で煽ぐ視覚効果が相まって、枡席の客を圧倒する舞台を創り出した。

柱から自由になった大薙刀、だが次の瞬間斬り込んだ坊太郎の刀が、鮮やかに薙刀の長柄を真っ二つ、青山兵庫をのけぞらせる。これまた見事な斬られっぷりであった。

喝采に沸き立つ客席、りんりんと響き渡る坊太郎の勝ち名乗り。

——勝郎が気づいたときには、明智少年はもう枡席から駆け出ていた。

客の知らぬ悲劇に奈落は泣きぬれる

1

勝郎も急いで明智を追った。

舞台を抜けるわけにはゆかないから大回りして、やっと奈落まで下りたとき、そこは静まり返っていた。頭上では嵐のようなどよめきだが、わずかな電灯の明かりの下で、カピが息を引き取ろうとしていた。

のちにゴロちゃんは、盆が回転をはじめるまでの経緯を、詳しく話してくれた。

「ボクたちは尻尾も動かないカピが、死んだものと思ってました。

だからふたりで馬を歩かせようとしたんだけど、回り舞台が重いんです。

二頭が完全に呼吸を合わせないと、最初の一歩が踏み出せない。

カネちゃんに切っ掛けを貰っても、盆が回らない……。

馬たちも踏ん張って、鼻息を荒くした。

それでも二頭がチグハグだったみたい。

そのときレミが気がついたんだ、カピが四つ足をわななかせているのを。

まさかと思いながらレミが犬笛を吹いてみた。

そしたらカピの奴、よろめきながらちゃんと立った。馬たちが気配で息を合わせた、しっ！　しっ！　レミとボクも声を揃えたんだ……」

そして切っ掛けに遅れはしたが、立派に盆は回転できたのである。

ゴロちゃんは涙声だった。

「もとの筵《むしろ》に横倒しになって、カピはもう二度と動けなくなっていました……」

頭上の喝采はまだつづいている。

奈落の裏方たちにはそれがカピに手向けられた拍手と聞こえていただろう。舞台の上では熱狂する客に満面の笑みを惜しまない静禰だが、「以心伝心」でカピの最後を知る彼もまた、心中に滂沱《ぼうだ》と涙を流しているはずだ。

その静禰が、あのときなぜ「狂犬病」と口走ったか。「なかむら座」の座員の話では、東北一円を巡業したとき近在で発症した患畜にぶつかったそうだ。川を見て全身を痙攣《けいれん》させた人型の犬が、凶暴な衝動に駆られて襲いかかったという。さいわい嚙まれた座員は、すぐにワクチンを注射して発症を防いだが、学齢前だった静禰に強烈な印象を刻みつけたらしい。

勝郎も記者として、神奈川県内に狂犬病が発生したとき勉強している。

犬であろうと人であろうと、発症すればほぼ一〇〇パーセントの確率で死ぬ。恐ろしい疾病ではあるが、伝染力は弱い。人が狂犬病に罹患《りかん》するのは、患畜の犬に嚙まれるケースがほとんどで、ヒトからヒトへ伝染する場合は、患者の唾液が第三者の粘膜——創傷の傷口など——に接触するなど、不幸な偶然でしかあり得ない。

潜伏期・前駆期・興奮期・麻痺期と病勢は進行するが、素人目《しろうとめ》に狂犬病とわかるのは患畜が興奮期にあるときだけだ。

狂躁型の病犬と違って、五匹に一匹の割合で存在する麻痺型は、個体によって興奮期がごく短かったり異常行動がはっきりしないまま、最後の麻痺期にはいり昏睡に陥って死亡する。

一昨日静禰が遭遇したのは、麻痺型だった病犬カピの短い興奮期だったに違いない。筋力低下と平衡感覚喪失に見舞われながら、最後の最後にカピが後足で立ち上がったのは、絶命直前の奇跡といってよかった。

だが、それではカピは、いつ狂犬病に罹患したのか。

勝郎は愛用の手帖を引っ張り出した。狂犬徘徊のニュースを聞いたのは、確か去年の夏であった。

（まる二年使ってる手帖だもんな……）

ありがたいことに狂犬病を取材したときのメモは、使いはじめのページにちゃんと載っていた。潜伏期はふつう三週間から八週間で、前駆期は一日か二日、興奮期は一日から七日といったところだ。発症した患畜は二日から四日で死亡するとあった。

逆算すると、カピが患畜に噛まれたのは遠ければ二カ月前、近くであればひと月前のことである。そしてこの間に、世田谷村で狂犬病と認定されたのは、近藤巡査の報告によれば井田春雄の飼犬だったスザンヌ一匹だけだ。そのチワワは溺死体となって発見されている。近藤巡査に尋ねたところ、スザンヌは半月前から行方不明になっていた。その間にカピとスザンヌの接触する機会があったのではなかったか。とはいえ、めったに「むの字屋敷」を出ることのないカピであり、出る場合はレミのお供としてである。少年がカピをスザンヌに噛ませるはずがない。

ただし歌枝もカピに馴染んでいた。彼女がカピを外出させたケースも何度かある。では……？

そこまで考えた勝郎は、落胆した。

尋ねようにも、肝心の歌枝の所在が不明なのだから。

2

（待てよ）

そう、思い出した。カメラを手に客席を移動していたときのことだ。囲炉裏《いろり》のそばで雑談していたお松とお竹。その会話を小耳に挟んでいた。

「歌枝さん、矢場《やば》の友達のとこへ行ってるんでしょう？」

体格なみに鈍重なお松にくらべ、お竹は口早で声もカン高い。

「そのお友達が、静禰を拝みに芝居にきてるんだよ。歌枝さんは秋になってまだ一度も顔を見せてないって。ほんとにどこへいったんだろう。ほっとかれるもんだから、どっかにいい人をこさえたのかねえ。お松ちゃんもぼんやりしていると、大事な男をとられてしまうよ」

「え……そんな」

「あーらやっぱり！　お松ちゃんいい人ができたんだ」

さすが火吹き竹の異名にふさわしいと、そのときは苦笑で聞きすごしたが、今になって思えば大事な証言であった。

女の死体を目撃した勝郎としては、歌枝は守泉家を出ていなかった、すなわちあの遺体は歌枝であった。そう結論づけたいのは山々なのだが、その前に立ちはだかる難関は平さんだ。門番の誇りにかけて、断固としていったではないか。

「東門を出たのは間違いなく歌枝でしたよ」

……土臭い奈落の片隅で筵に座して、しんねり考え込んでいた勝郎が顔を上げた。カネたちから奈落の話をすべて聞き終えた明智が、小走りにもどってきたのだ。

「ここの様子はわかりました。今度はレミくんに確かめてきます」

「え……なにをだい」

思考に沈んでいた勝郎が、すぐ現実に戻れずにいると、

「誰を殺してやりたかったか、ですよ！」

駆けだそうとした明智だったが――ハッと足を止めた。

「後にします……」

当のレミが、ゴロちゃんや「なかむら座」の座員たちに慰められながら、カピの遺体を丁重に筵で巻いていたからだ。広い「むの字屋敷」だから、大型とはいえ犬一匹の遺体を埋めるゆとりは十分にあった。

質問は次の機会にと思ったようだ。探偵小僧は勝郎と肩をならべて、カピの遺体に向かって瞑目合掌した。

祝宴は瓢箪池を眼下に開かれる

1

「わるいねえ、帝国新報さん。どっかに片づいとくれ」

「男は目障り」

「はい、邪魔邪魔」

舞台へもどって階段を上がり、自分の座敷に帰ろうとした勝郎は泡を食った。居室の前の廊下を、襷《たすき》がけのおねえさんやらおばさんやらが動き回っていたのだ。床を踏み鳴らす音がつづいて、全員が従軍看護婦みたいに殺気立っている。

やっとのことで〝ホ〟の二番間に転がり込んだ勝郎は、まず電灯のスイッチをひねり障子を閉めた。紙と木でできた建具に防音性は期待できず、足音の谺《こだま》はいっかな終わる気配がなかった。

肌寒いので火鉢に炭をくべていると、グウと腹の虫が鳴った。

それで女性たちの忙しい理由に思い当たった。座敷前の廊下は、台所と宴席の一部をつなぐ動線上にある。芝居を終えたら即座に祝いの宴を開くよう、かねて御前さまが指示していたのだ。

招宴されたのは福兵衛祭と「なかむら座」の関係者たちだ。勝郎は予《あらかじ》めお島から、宴席の配置を教えてもらっている。

炭が赤くなるのを見定めてから、おもむろに勝郎は手帖を出した。

まず、主催者の御前さまは母屋の露台に陣取る。池を見下ろせるし正面に月がのぼればさぞ絶景だろう。

主な客——村の有力者たちは、露台背後の二階大広間に居並ぶ。

三軒茶屋の仕出し屋に料理を注文しているから、守泉家の女衆は酒肴の準備くらいなのだが、宴を張るスペースが広くて三方に散っているので、座布団を配るだけでも時間がかかる。

「なかむら座」の座員だけでも二十人に余るが、桟敷《さじき》を宴会の場に流用させることが決まっていた。定員百人の広さだから十分なゆとりがある。

ひと括りにしては失礼とあってか、座頭松之丞と静禰のふたりは、別口の二十畳敷きの座敷に通す。かずらは遠慮して、桟敷席で座員たちと語らうそうだ。この二十畳には勝郎や明智たちが加わる。客席の天井《てんじよう》桟敷に近いあたりの下に、嵌《は》め込まれたような位置で、天井が低い代わりガラス戸を開ければ池は目の前である。

滴は主催者の娘として、大広間に席が用意されていた。とはいえ村の名士たちの接待役だから、宴がはじまれば席の暖まる暇もないはずだ。

本来なら御前さまのふたりの妾《めかけ》、歌枝とゆらが酒を勧める役割りだが、歌枝は不在で、ゆらは御前さまの隣に席が設けられていた。

だからまだ女学生の滴が、養父に代わってお歴々に愛嬌をふりまく必要があった。こんな席では必須の芸者衆は御前さまの顔で、よりぬきのきれいどころを呼んであるが、腰元から一変した女学生姿の滴は、禿げの村長、髭《ひげ》の署長と引く手あまただろう。

こういうときのため滴は入籍されたのかも知れない。その内幕は愛妾の機嫌を取るためだし、さらに突っ込んで余介の本音を忖度《そんたく》すれば、いずれ滴も纏《まと》めて抱きたいのでは……？　男爵たちを交えて呑んだ夜の「親子丼」の言葉を、勝郎は忘れていない。

「元始、女性は太陽であった」

と叫ぶ平塚女史の声に、公正な記者としてひそかに同調する。

それにしても「天は人の上に人をつくらず、人の下に人をつくらず」とは、明治の知識人の妄言であったのか。大正の女は、いまだに男の髭の塵《ちり》をはらって生きている。

溜息をもらしながら、勝郎は手帖を閉じた。

いつの間にか廊下の足音は聞こえなくなっていた。

配膳を終えた宴席に、そろそろ客が集まりはじめるころだ。炭に灰をかぶせて、勝郎がよっこらしょと立ち上がったとき、障子が開いた。

明智とゴロちゃんであった。

2

「あ、記者さんここだった」

ゴロちゃんは笑顔だが、探偵小僧は真顔だった。

「食事前に報告しておきたくて」

畳に踏み込んで、後ろ手に障子を締めた。

「報告というのは？」

廊下に足音はなかったが、つい声をひそめた。祝宴の直前に狂犬病の話なんて誰も聞きたくあるまい。

口早に明智が答えた。

「ゴロちゃんがスエさんに聞いたそうです。レミくんは門のすぐ傍《そば》で、尼崎先生に会ったみたい」

「尼崎先生がきていたのか」

あの気骨ある医師だ。

明智にかわって、ゴロちゃんが説明した。

「スエさん、櫓《やぐら》の上から気がついたんだって」

なるほど、あそこからなら東門まで一望できるだろう。だがゴロちゃんは紹介もされていない人妻に、そんな情報をもらうほど親しくなっていたの？

勝郎がおっさんぽいことを考えていたら、先回りされた。

「ちょうどスエさんが梯子《はしご》を下りてきたところでした。目があったから太鼓を褒めたら、スエさん大喜びでそれで立ち話になりました。眺めが良くて気持ちいいという話から、レミくんが尼崎先生と話を交わして……」

遠いから内容は聞き取れなかったが、レミが大きな衝撃を受けた様子は、はっきりとわかったそうだ。

「それからレミくんは長屋門へ走って……雨の音を取りに行ったんでしょう」

「ぼくたちが見たレミくんは、その帰り道だったんですね」

しめくくった明智だが、これだけでは勝郎はちんぷんかんぷんだ。レミは「殺してやりたい」といったらしいが、それは誰に対しての言葉なのだろう？

そのとき、重たげな足音が廊下を軋ませた。

「帝国新報さん、おいでですか」

か細い女の声が聞こえた。お松だった。

女相撲からお呼びがかかりそうな体だが、童顔で声も小鳥のように愛らしい。

「はあい、いますよ」

「ボクたちもここでーす」

声をあげたゴロちゃんの背後で、障子が勢いよく開いた。

「記者さん、御前さまが気にかけておいでです。今夜の取材をよろしくって」

カメラを小脇に、勝郎は苦笑した。

「むろん記事にしますとも。明智くん、ゴロちゃんも行こう」

「お願いしますよ。私は『銀月荘』に声をかけてきますから……」

行こうとしたので、勝郎は気になることを尋ねた。

「銀子さんの席も用意してあるのかい」

あの永遠の乙女を宴席のお偉方の目に晒すのは、本人以上に、男爵が辛かろうと思ったからだ。

お松は複雑な笑みでかぶりをふった。

「いいえ……お呼びするのは仁科《にしな》類子さんですよ。あの看護婦さんもたまには息抜きしたいでしょうからねえ」

人のよさそうな言葉を残して去っていった。

類子さんか。なるほど、まだあの看護婦がいた……感情が読みにくく、顔に薄氷が張ったような女性を勘定にいれなかったが、「銀月荘」に泊まり込んでいるのだ。「むの字屋敷」の住人のひとりに相違ない。

3

一口に宴会の客といっても頭数が多いから、勝郎は客を三つのグループにわけて、覚えることにした。

甲類は、母屋二階に連なる村の顔役たちで、乙は勝郎を含む二十畳の座敷の客で、桟敷に入った丙の客は「なかむら座」の座員たちだ。

外回りの平さんは、彼らと親しい関係で枡席のひとつにいる。

スエは亭主の体が心配で夫婦とも宴席を辞退したそうだ。勝郎はなんとなくホッとしていた。

開宴までには多少の時間があったので、取材のため先に甲類の客たちを回ることにした。あわただしい東棟の中を避け幔幕《まんまく》の通路に出る。外はとっぷり暮れていたが幕沿いに明かりが用意されていて、足元は危うくない。

気配にふりむくと、明智たちがついてきていた。

「きみたちはどこへゆくんだ。僕とおなじ二十畳だろ」

乙組に割り当てられた座敷は、天井が低く傾斜していて優雅な空間とはいえないが、掃きだし窓越しに手が届く近さで瓢簞《ひょうたん》池がひろがっていた、仰げば母屋二階から突き出た露台である。まあまあのロケーションといってよかった。

だが明智たちはエントランスへゆく約束をしたそうだ。

「約束って、誰と」

「カネちゃんに呼ばれたんです」

「そこへ記者さんを連れてきてって」ゴロちゃんが付け加えた。

「ふうん？」

行ってみれば招待客でごった返していた。軽装客の多くは東門から幔幕のコースに導かれているが、表門からやってきた和洋威儀を正した紳士淑女の一団は、敷石を鳴らして、白熱灯の輝く庇屋根をくぐってゆく。

「こんな場所でカネくん、僕にまでなんの用なんだ」

ゴロちゃんがちょっと照れくさそうに答えた。

「いっしょに写真を撮ってもらおうって」

ゴロちゃんの目は、記者のコダックにそそがれている。

「え、僕が撮るのか」

びっくりしていたらカネ本人が声をかけてきた。

「そのカメラ、おもちゃじゃないんでしょ」

「おっ」

「やあ」

「ヘエ」

男どもが三者三様に感じいったのもむりはない。子どもっぽい桃割か幽霊のサンバラ髪だった少女が、電灯の光が褪せて見えるほどの島田髷《しまだまげ》姿に変身していた。

「ねっ、勝郎兄さん。断然あたいを撮りたくなったでしょう」

髪は変わっても一言多いのは変わらないが、その通りだ。

勝郎は意気込んで撮ってやった。客も例外なく目を見張ってから、エントランスに吸いこまれてゆく。

日本髪の艶《あで》やかさでは負けないはずの芸者衆さえ、カネの初々しい娘姿に一目おいていた。

シャッターを押しながらも、勝郎は観察を忘れない。

(あのきれいどころが、お歴々の接待役か。さすがよく揃えている)

その役目をになうひとりが急ぎ足に現れた。苫米地ゆらである。一陣の粋な香りが吹き込んだみたいだ。お妾さんの素性を知るらしい年配のマダムが顔をそむけたが、ゆらは素知らぬ顔だ。勝郎に黙礼を送ってから、カネに問いかけた。

「滴はどこ？　お客さまのお出迎えはいいのかしら」

「以心伝心」で連絡ずみだろう、すぐにカネが答えた。

「偉い人たちもう呑んでるって。滴ちゃん、大広間でキリキリ舞いしてる。おっ母さん早くきてくれーって」

「はいはい、今ゆきますよ……あら」

エントランスに入ろうとしたゆらの足が止まり、その目が明智少年に注がれた。

「あなた……」

「ハイ、明智です」

探偵小僧の挙措は明るくのびやかだった。

「はじめてお目にかかります。どうぞよろしくお願いします」

「そう……あなたが」

一瞬息を詰めて少年を見、ゆっくりと微笑んだ。

「滴から聞いております。よろしくね」

それだけでふたりの挨拶は終わり、ゆらはエントランスの三和土《たたき》に足を踏みいれ、明智は穏やかな視線で見送った。

4

前庭でカネの声があがった。

「善さあん！」

呼ばれたのは、饅頭笠《まんじゅうがさ》の人力車夫だ。馴染客を駅から連れてきたとみえる。少年たちは知らないが勝郎は知っている。そういえばこの車夫は歌枝と親しかった……無駄は承知で彼女の消息を聞いてみた。

「いいえ、てかけさんには、あれっきり会ってませんがね」

妾でなく〝てかけ〟と呼ぶのか。妙なことに感心していると、つづいて善さんは意外なことをいいだした。

「傷はもういいんですかね」

「傷？」

「右の手首を包帯してたでしょう」

そういえば、善さんに封書を渡したとき白いものが目に入った。

「噛まれてひと月になるのに、悪いバイキンでもはいったのかな」

「噛まれたって？」

「へえ。手袋越しだったから平気といってやしたがね」

「もしかして犬に噛まれたのか！」

「おや、よくご存じで……セザンヌといったっけか、竹輪《ちくわ》のワンコロでさあ」

トンチンカンな説明だが、竹輪はチワワ、セザンヌはスザンヌの間違いだろう。井田モボの飼犬に違いない。そして——狂犬病の患畜だ！

「本当か！」

勝郎の剣幕に驚いたらしい。首をすぼめて善さんは答えた。

「あの女の話ですがね。さいわい連れていたカピって白い犬が、自分も噛まれながら追い払ったそうで」

「……」勝郎は凝然となった。

「その様子を見ていた井田の坊ちゃんが飛んできて、どうか内聞にとぺこぺこしたんで黙ってます。善さんもいわないでって……いけね、おりゃいっちまった」

善さんは口を押さえた。

「ま、確かなことはてかけにじかにお聞きなすって……へい、今めぇりやす！」

表門から呼ばれた様子で、車夫はあたふたと駆けていった。

後になお勝郎は棒立ちのままだ。彼だけではない、明智もゴロちゃんも聞いており、顔を見合わせていた。

本人に聞けといわれても、歌枝は屋敷の外へ出て行ったきり行方知れずなのであった。

「ちょいと！」

聞き覚えのある女の声だったが、勝郎たちには返事をする余裕がない。硬直したままでいると、女の声が増幅された。

「記者さんてば！　それに坊ちゃんたち！　そろって耳がないのかい！」

「えっ」

「あっ」

「はいっ、耳あります！」

ゴロちゃんがすっ頓狂《とんきょう》な声を返した。

5

大声の主はお島さんだった。庇屋根の下で小さな体を踏ん張っている。客はほぼ入場し尽くした様子である。

「力仕事ですからね、男衆に頼みたいんだよ」

ただ飯食いの身分だから、頼まれればノウといえない。三人が駆けつけるとお島婆さんは正面階段の裏へ案内した。襖《ふすま》を何枚か開けた奥に勝郎も知っている洋間があった。サイドボードとカウンター、オルガンの置かれた食堂で、一昨日の夜はここで勝郎は呑んだくれた。

「しまってある酒壜を、みんなお座敷に運んでほしいんだよ」

「この下にはいってるの？」

サイドボードの最下部の引き出しに手をかけて、ゴロちゃんが顔をしかめた。

「鍵、かかってる」

「そこにしまってあるのは鉄砲ですよ」

「うわ」

少年たちは驚いたが、勝郎はここで呑んだとき男爵に聞いている。御前さまがその筋の許可をもらった水平二連装の猟銃だ。

「そっちじゃありません、こっちへ押し込んでありますよ」

カウンターの下にバヤリースと並んで洋酒のボトルが押し合いへし合いしていた。珍奇なデザインの壜もあれば、陶器でできた書物そっくりの容器もあって、勝郎もろとも目を丸くした。

「高いんだろうな……ビールより」

　このころのビールは一本五十銭くらいした。庶民のご馳走であるうな重とほぼ同額であったが、お島は苦笑いした。

「ビールなんかと比べ物になりますか……さあ、手分けして運んでおくれ」

　手回しよく布の袋や、竹籠が準備されている。

「えっと、座敷というと……この二階ですかね」

「記者さんたちの座敷ですよ」

「でもこれは特上の洋酒だぜ」

　思わず念を押すと、お島はにやりとした。

「お二階の偉い方たちがナポレオンなんて喜ぶもんか。一升壜をあてがっておけばいいの。遠慮せず記者さんたちに振る舞えと御前さまが仰ったのさ」

　俄然、恵比寿《えびす》顔になった。有り難山のホトトギスである。勝郎は抱えていたカメラを〝ホ〟の座敷にもどすようゴロちゃんに頼んで、大いに張り切った。長い廊下もなんのそのだ。割り当てられた二十畳へ下りるのは、〝イ〟と〝ロ〟の座敷前の階段を使うのだが足元の危うさも苦にならない。

　思ったより座敷の客は少なかった。主賓クラスの伊藤晴雨、阪本牙城、それにカネの三人は牙城のいう〝アトリエ〟に籠もって顔を出さないし、予想していた男爵の顔まで見あたらなかった。きょろきょろしているとお島が窓の外を指さした。

「大田原さんなら飲み食いの暇なんてありませんよ、ホラ」

　ガラス戸の向こうで、男爵の動きが見えた。露台の真下の空間が彼の職場になっていた。近在の駒沢尋常小学校から借りた35ミリフイルム映写機に、大童《おおわらわ》で取り組んでいる。確かに呑むどころではなさそうだ。

弁士の代用に蓄音機を二台用意していた。レコードを回し、画面にふさわしい楽曲を聞かせるのだから、忙しかろう。ゼンマイ仕掛けの蓄音機では、しょっちゅうハンドルを回す必要がある。レコードの回転数が落ちれば声がゆがむ。田谷力三《たやりきぞう》の歌声がお経みたいに聞こえたら、御前さまが立腹する。

――というわけだ。

勝郎は同情した。

「ご馳走も絵に描いた餅だね」

梅干し婆さんが口元の皺を綻ばせた。

「あいにく大田原さんは、持病の口内炎がひどくてね、このひと月あまり、口の中の傷が沁みて肉も魚も召し上がれませんよ」

「あれ。一昨日の夜は呑んで食べてたけど」

お島は顔一面皺まみれにして笑った。

「それはあんた、お酒と冷や奴、それに玉子焼きだのお麩《ふ》の煮つけだの、柔らかくて口を通りやすい肴《さかな》ばかしだもの」

勝郎は露台の下の男爵を見た。芝居では照明と音響、それが終われば今度は活動の技師か、気の毒に。

映写幕代わりはつなぎ合わせた敷布だった。池を隔てて八畳ほどの大きさで掲げてある。本物のスクリーンはやはり小学校に借りる手筈だったが、先週の運動会で破れてしまい今日の催しに間に合わなかった。

不出来な銀幕でも甲グループの客から見れば真正面だ。あいにく乙の客は斜め横から見ることになるし、丙の枡席では半ば以上の客が敷布の裏から拝観となる。

お島の言いぐさでは、「そんなものはほっといて勝手に呑み食いできれば極楽でしょ」だそうである。

あと五分で開宴の時間になったころ、ようやく乙の座敷に松之丞と静禰の親子が現れた。松之丞は右の足首に包帯を巻き、階段を下りてくるのも不自由そうだ。

「どうしました、座頭」

勝郎に尋ねられて、松之丞は苦笑している。

「面目ない。最後の立ち回りで足首をひねっちまいました」

そんな気配を客にまったく感じさせなかったのは、大したものだ。

「尼崎病院に行ってたから、遅れたんだよ」

父親に代わって、静禰が弁解した。

「尼崎先生、東門で御前さまに謝っていた。患者がいるから宴会は遠慮するって」

いかにも堅物の尼崎らしい。

「御前さま、かえってホッとしたみたいだ。あの先生はずけずけいうからね。心臓に持病があるのに大酒食らうのはよろしくないって」

「先生、レミくんに会ったんでしょ」

ゴロちゃんの質問に、静禰は顔を曇らせた。

「ああ……ワクチンを打てば狂犬病は治るのかと、だしぬけに聞かれてびっくりしたそうだよ。免疫のためのワクチンだ、症状が出た犬に打っても意味がない……聞いたとたん駆けて行ったらしい、レミの奴」

静禰はレミを呼び捨てにした。カピを仲立ちにふたりは親しくなっていたのだ。

「巡業中に池を見て暴れた犬が役者に嚙みついた。それが狂犬病だったんだ……あのときカピのことをちゃんと注意してやればよかった。あんな穏やかな病状もあるなんて知らなかった……」

涙声になっている。明智が慰めた。

「きみに責任はないよ」

勝郎も同感である。

「もうカピは発病していたんだ……レミくんには気の毒だが、どの道手遅れだった」

「それでも届け出るべきだったのでは？」

重い口ぶりで明智はいう。

「だって、もしカピが人に噛みついていたら」

勝郎もゴロちゃんも静穪も、ぎょっとした。

「カピを狂犬病と知らなければ、噛まれてもワクチンを打たない……発症すればその人は助かる命を失ってしまうもの」

みんなが自分を見ているのに気づいて、明智は笑った。

「心配しなくても、カピが人を噛んだなんて誰も聞いていないよ」

だがスザンヌは、歌枝に牙を立てていた……手袋越しだったというし、その本人だっていないから確かめようもないのだが……。

6

三方をガラス戸に囲まれた露台で、御前さまが立ち上がるのが見えた。

顔の前には、炭団《たどん》を輪切りしたみたいに黒くて丸く、円周に沿ってさらに小さな黒丸が並んだ機械がある。マイクロフォンというものだと、かねて取材した勝郎は知っている。

キーン！

鋭い発振音が飛び出たのは、露台の下に置かれた拡声器からだ。潰し島田の髪越しに耳を押さえるゆらが見え、御前さまが顔をしかめた。

男爵がなにかいじると音はやみ、御前さまの言葉がクリアになった。

「いや、失礼。守泉余介です。今日一日つづいた福兵衛祭の仕上げとして、ささやかながら一夕の宴を張らせていただく。祭のはじまる前によからぬ噂がとんだが、なにごともなかったのはご承知の通り！」

仰る通りである……勝郎はひとりうなずいた。カピの病死はあったものの、おおむね御前さまの思惑通りことは運んで、祭の幕は下ろされた。

取材記者としてはひと安心である。

いつか松之丞の背後に類子が顔を見せており、お島の勧める酒を無表情で呑んでいた。

静禰は若者同士の会話に加わっている。「カピの土葬はどうなったの」ゴロちゃんに聞かれて答えていた。

「レミひとりで引き受けたって。土饅頭も造るらしいよ」

祝宴にふさわしくない話題だが、明智も神妙に応じていた。

「淋しいだろうな。昨日までレミくんは、カピを抱いて寝ていたんだろ」

奈落の南に並んだ藁葺《わらぶ》きの納屋。レミはそのひとつに泊まり込んでいたからだ。

「いや、あいつの方がカピに抱かれていた……自分でそういったよ」

静禰の言葉に、少年ふたりが小さく笑い声を洩らす。

勝郎は黙考していた。静禰が気を利かせて、酒をすすめたが固辞した。二の膳つきの豪華な料理をつつきながら、取材の結果をどう纏《まと》めるか思案していたのだ。

窓の向こうでは、映写機が上下のフイルムリールを回転させているのが見えた。

敷布のスクリーンに日露戦役のニュースが映っている。蓄音機は『水師営の会見』を聞かせていた。見飽き聞き飽きたと御前さまが注文をつけたらしく、すぐフイルムもレコードも掛け替えられ、寄せては返す波の映像となる。流れ出た楽曲の前奏だけで歌がわかった。『金色夜叉』だ。

熱海《あたみ》の海岸散歩する

貫一お宮の二人連れ……

尾崎紅葉《おざきこうよう》が書いた悲恋小説で、劇化され活動写真の題材となり歌も大ヒットしたが、守泉家のご当主までこの歌が十八番《おはこ》とは知らなかった。ガラス戸を一杯に開け手すりに体を乗り出したのは、乙丙の客にまで美声を聞かせたいのだろう。

のちの取材でわかったのは、余介の歌のパフォーマンスは誰もが知る姿であった。雪の降る季節でも演じたというから、隣に侍《はべ》らされる女性はたまったものではない。

さいわい今日は風もややみやや肌寒い程度の気温だが、それにしても御前さまの酔いは深いと思われた。

（危ないな……手すりが低すぎる）

余介は金槌《かなづち》と聞いている。勝郎もハラハラしたし、見かねたか、ゆらも立ち上がっていた。

「御前さまったら。そのへんでもうお座りに」

唐突に彼女の声が途絶えた。

オヤと勝郎が思ったとたんだ。ゆらの全身が余介にぶつかっている。

たちまちふたりの姿は消えた。手すりを越えた御前さまとゆらが、絡み合って転落したのだ。

水音があがった。月光を呑み込んでドス黒い水面がざわめき、ふたりは鉛のように沈んで行った。

この夜「むの字屋敷」は狂乱する

1

目撃した全員が金縛りにあっていた。

その真空状態をぶちやぶったのは少女の悲鳴だ。

「おがあっ……！」

広間で客の相手をしていた滴が露台に飛びついた。「おが」は母親の意味の方言である。

目の前のしぶきを浴びた男爵の行動は早かった。ツナギをかなぐり捨て、靴を蹴飛ばすようにぬぐと、シャツ一枚で池に飛び込んだ。躊躇《ちゆうちよ》のかけらもない。だが流石《さすが》にダイビングはしなかった。半身を水に入れ、池の様子を探ってから、大きな息をついてずぶずぶと沈む。

メートル法に換算して十メートルあろうかという水深である。男爵が沈んだ後に、揺れる水面でベレエがおもちゃにされていた。

乙の座敷は池に面している。池は不規則な形の石で縁取ってあった。掃きだしのガラス戸は二カ所、そのひとつを開けた明智が飛び込もうとして足を止めた。滴の悲鳴が聞こえたのだ。母親を追って夢中で手すりを跨いだが、水面はあまりに遠い。露台の縁に爪を立てて墜落寸前となっていた。真下に駆け寄った明智の腕の中へ滴は落ちた。尻餅をつきそうになったが、少年はよく踏ん張った。

もうひとつのガラス戸から飛び出たのは静禰だ。松之丞もまろび出たが、怪我した足では無理だ。

静禰が首をふってみせた。その表情には〝覚悟〟があった。くるくると着衣を脱いだ――。

「わあっ」

露台に雁首《がんくび》を並べた客たちが異口同音に叫んだ。芸者衆の中には顔を覆う者もいた。池の縁石を踏まえた裸体の胸に、ふたつの隆起が見て取れたからだ。

だが客の反応なぞ静禰の眼中にない。唇を結び思い切り息を吸った〝美少女〟の姿が、月光を浴びて沈んでいった。

あれほど帝都を沸かせた〝美少年〟役者は、この瞬間に消滅した。

2

バラバラに描写すると長い時間のようだが、現実には御前さまたちの落水後、すべてがひと呼吸の内に生起している。

その短い間わが帝国新報記者はなにをしていたか――なにもしていない。滑稽な話だが正座していた足が痺《しび》れて立てなかった。はじめは大胡座《あぐら》をかいていた彼だが、類子に気づいて座りなおした、その後の出来事であったから。けっきょくできたのは、足をひきずって明智に手を貸し、滴を縁石のひとつに座らせただけだ。

もうひとり出遅れたのはゴロちゃんだ。こんなときに限って少年は居眠りしてしまった。痛恨の極みである。腹の皮が膨れ目の皮がたるみ、御前さまの歌声まで絶好の子守歌と化していた。当然、少年の反応は一拍遅れた。

勝郎もゴロちゃんたちも静禰は少女と薄々察していたけれど（カネたちと一卵性なら同性に決まっ

ている！）、甲の客たちは相次ぐ椿事《ちんじ》に茫然となる他ない。

それに比べ乙の女性ふたりは、降って湧いた椿事にも度を失わず対処した。足袋《たび》はだしで飛び出したお島は、露台を見上げて怒鳴った。大広間の客にまじって、接待役の女たちも顔を見せていた。

「お松！　お竹！　お客さまたちを丁重にお帰しして！　お姐《ねえ》さんたちも！　いずれご挨拶するから今夜は黙ってお客さまを送り出すんだよ！」

小さな体のどこから出たかと驚くほどの声量だ。つづけざまに類子が叫んだ。

「お湯を用意してください、それに敷布を！　毛布を！　殿方は焚き火を！　暖かくしてお迎えを頼みます！」

時宜を得た彼女らの声が引き金になった。

困惑していた客も女たちも、活をいれられ動き出している。禿げの村長が芸者に手をとられて立ち上がった。さすがに髭《ひげ》の警察署長はお松に耳打ちしたそうだ。

「駐在所から近藤を呼べ。尼崎先生にも急行させろ」

その間にも、池の周囲の混乱は一段と高まっている。

墜落後ほぼ二分が経過して、丙の桟敷から座員が次々と駆けつけてきた。水練に自信のある若者が飛び込もうとしたとき、水面が揺らいだ。

男爵の頭が現れたのだ。瓢簞《ひょうたん》池でもいちばん深いあたりだ。壺のようにくびれた形のため、岸に近づいても足場がない。

いち早く見つけた平さんが縁石を回りこんで、男爵の手首を摑む。わっと集まってきた男衆の力を借りて、遮二無二岸へ引きずりあげた。

男爵の片手は御前さまの襟首を鷲摑みにしていた。ガラス戸と池の間には砕石を敷いた細長い空間しかなく、ひとまずそこへ御前さまを横たえる。座敷の電灯だけではいかにも暗い。お竹を先頭に女たちが手に手に懐中電灯をかざして走ってきた。一本では心もとない明かりでも、いくつか集まれば用が足りる。叢雲《むらくも》が月を隠したせいか、誰もが電灯の光量が増したような錯覚に囚われた。

いくつもの黄色い光の輪に浮かぶ御前さまの姿は、土左衛門そのものであった。

毛布で包まれて震えながらだが、振り向いた男爵が呼ばわった。

「類子さん、こっちだ！」

「はいっ」

さすがに看護婦は急場に慣れていた。

「どいて、どいて！」

男どもの間へ割り込んで、御前さまに額ずく。

後を彼女に任せた男爵がまた声を励ました。

「ゆらさんはどうした！」

答えはすぐに出た。

やや離れた池の岸で、ゴロちゃんがわめいたのだ。

「あそこだ！」

一本二本と懐中電灯の光が角度を変えた。

水面に白い手が見えた。

「あっ、よせ！」

「危ないっ」

男と女たちの声にもかまわず飛び込んだゴロちゃんは、たちまち静穪の腕に取りついた。出遅れた分を取り戻すように少年の活躍は目ざましい。一度潜ったと思うと今度はゆらを水から持ち上げようとした。

静禰とふたりがかりで、縁石まで運んで押し上げる。

待ち構えていた明智と滴が、生き人形のような女体を岸に横たえた。ほどけた潰し島田の髪を顔から肩に張りつかせたまま、ビクリとも動かない。雨のように水滴をまき散らして突っ伏した静禰は、肩で息をつくばかりだ。

「おがーッ！　目をさましておくれよオ！」

母の胸に顔を埋《うず》めた滴と対照的に、向こうでは類子の冷静な声が宣告していた。

「御前さまはお亡くなりです……」

「そんな、そんなことがあってたまるか！」

泣くより怒っている平さんの声も聞こえ、こちらでは滴が泣き叫んでいた。

「どないして、こげな！　おが、おらを置いてゆくでね！」

勝郎も明智も憮然として、少女を滴を見守る他はなかった。

秋田弁まじりのその慟哭が——唐突に、吸い込まれるように消えた。

『泣くな！』

『え、静禰？』

『泣く前に滴！　母上の首のあたりをよく見るんだ』

『えっ……ええっ……なんですの、これは！』

『そいつが、い、い、いゆらさんを殺した！』

砕石の上に突っ伏した静禰が、今は両腕に力をこめて上半身を起こそうとしていた。

少女は褌《ふんどし》一本の姿である。着衣は男ものなのだから腰巻を纏《まと》っていたはずはないのだ。石の縁で傷つけたか、白い太股から血がひと筋流れていた。

死力を尽くしたであろう静謐の裸形に、勝郎はもはや感銘まで受けていた。それを若者の色情と片づけては非礼というものであろう。彼は本気で、彼女の横顔に心を奪われていたのだから。

だしぬけに怒声があがった。お島である。

「男は見るな！　さっさと離れな！　まごまごするとお巡りさんを呼ぶよ！」

ごもっともである。毛布にくるまったゴロちゃんを支えて、勝郎や明智たちが立とうとした。

だがそのときだった。

「呼んでください」

滴の乾いた声があがり、お島の怒気を挫《くじ》いた。

「へ……？」

「おがの首筋を見て」

懐中電灯の光が集まり、みんなが見た。近づいていた平さんが小さく悲鳴をあげ、思わず手をのばそうとした——乱れた髪に隠されていた矢羽根を。

「おがは殺されています」

滴の平板な声がつづいた。

3

さすが新聞記者だ、最初に反応したのは勝郎であった。

（あのときだ！）

反射的に記憶が蘇った。

露台に立ったゆらの言葉が不自然に中断した。と思うとその体が前のめりになって御前さまを抱きしめ、いっしょになって落下した——。それこそが矢の命中した瞬間であったのか！

そのとき彼の目は、ゆらの左横顔から顎に注がれていた。しかし矢は、死角になるゆらの右首筋に刺さっていたのだ……？

では射手はどこにいたのか。

「あそこだ！」

猛然と吠え、勝郎は指さした。

月が雲に隠れた今おぼろに霞みながらも、西棟の南端に三階建て望楼が聳《そび》えている。

「矢はあの方角から飛んできたんだ」

勝郎が断言したとき、望楼の二階で光がちらついた。締め切られていた雨戸の隙間から、中の灯火が漏れたらしい。

平さんは躍り上がった。

「畜生！　あそこにいやがる、下手人が！」

どっと走り出している。平さんにとって勝手知ったる「むの字屋敷」だ、いちばんの近道をとろうとしていた。

「待て、ひとりじゃ危ない！」

追いかける勝郎の後に明智少年がつづく。男衆が用意した焚き火にあたっていたゴロちゃんは、気の毒だがおいてけぼりだ。

平さんの足は止まらない。母屋——北棟の東西に走る廊下を一直線、西棟に向かって突っ走る。明智はもちろん勝郎も西棟は不案内だから、平さんが踏み鳴らす足音だけが頼りだった。

西棟に入って、廊下が左折した。杉の生えた窪地を避けて建てられたのだ。造作の違いもあるのか、平さんの足音が一段と大きく響く。母屋に比べて格段に暗い。ふだん人の居住する空間ではないから、数間おきに天井《てんじょう》から裸電球がブラ下がっているだけだ。

窓の外が明るくなった。雲から月が顔を出したのだ。

周囲の状況が読めてきた。前方に一間幅の階段があり、平さんが駆け上がったらしい。勝郎たちもそれにつづいた。二階に出て足を止めると、ゼエゼエと呼吸音が耳障りだがそれは勝郎本人の息づかいであった。

唐突に声が降って湧いた。

「えと……あの、お静かに」

逆光で顔は見えない。声は大きいのに怒声ではなかった。

それどころかいやに丁重な言葉遣いだ。背後で明智が反応した。

「阪本牙城さん……？」

あいにく平さんは全然静かにならなかった。それどころか絶叫した。

「女の子をかどわかしたな！」

三階につづく階段の根元の柱に縛りつけられ、必死にもがいているカネの姿が見えた。

厳重に猿轡《さるぐつわ》を嚙まされているので、少女の声は聞こえない。肌襦袢《はだじゅばん》に赤い湯文字ひとつだから、もがく弾みに今にも丸裸になりそうだ。がっくり崩れた髷《まげ》の根、手絡《てがら》の縮緬《ちりめん》が肩で揺れ、海藻みたいな髪の毛が顔にかかって、少女の縄目姿を凄惨《せいさん》に彩っていた。遠慮会釈《えしゃく》なく胸の上下に食い込む縄は、先ほど牙城が運んでいた荒縄らしい。

「てめえ、この！」

平さんが躍りかかった。将棋の大駒みたいにがっちりした平さんだ、とぼけたちゃんちゃんこ姿の牙城なぞひとたまりもないと思ったら、意外。投げつけられたのは平さんの方で、勝郎はたまげた。

その間にカネに飛びついた明智は、頬がくびれるほどきつく結ばれた手拭いを外し、口に押し込まれた布を引っ張りだす。やっと口が利けると思ったとたんである、彼女の紅唇が爆発した。

「馬鹿っ！　これがあたいの仕事なんだっ」

は……？

探偵小僧ともあろう明智が、こんな間抜け面を晒したのは前代未聞だ。

崩れた島田髷をふって、少女は怒鳴った。

「バカバカ間抜け、大馬鹿三太郎、お前のかあちゃんデベソ！」

跳ね起きた平さんも呆気にとられるばかりである。

絵筆を手に胡座《あぐら》をかいていた晴雨が、憤然と立ち上がって畳に筆を叩きつけた。牙城はあわてて駆け寄り、筆を拾い上げる。

カネはまだ怒鳴り足りていない。

「やっと気分が出てきたのに、おかげでめちゃめちゃになったでねか！」

半裸で縛られた女の子が、身をよじって怒っている。

その前で男どもがシュンとしているのだから、見ようによっては天下の珍景だ。勝郎には緊縛画の晴雨という知識があったのだから、すぐ気づくべきだったと悔やんだが追いつかない。平さんたちを止めるつもりだろう。ここまで追ってきた座員たちが、困り顔で立ちつくしていた。

明智少年も、今となっては半裸のカネに目のやり場もない。

「だって……あまり痛そうだったから……」

「大きなお世話！　あたいは縛られるのが好きなんだから……ア」

騎虎《きこ》の勢いだった少女が口ごもった。それから満面に朱を散らした。燭台の乏しい光で見えたのだから、明るい場所なら真っ赤とわかっただろう。あとはうつむいて、口の中でごにょごにょいった。

「見るなよオ」

「ご……ごめん……でも、ぼくたちが来たのは」

少年が弁解しようとすると、カネに先回りされた。「わかってるって……矢を射かけたのが望楼からだった、そうだろ」平さんや座員たちが目をまるくした。池から離れた西棟で、縛りつけられていた彼女がなぜわかったのか。

「以心伝心」で事情を知ったのだ。猿轡を噛まされているので、晴雨たちに伝えることができず、焦れてもがいたに違いない。

すべて承知のカネであったから、話は早い。

「望楼の上にあがる階段はそこだけだよ」

顎をしゃくった。

下りる階段は座敷の外でも、三階へ上る階段ならカネが括りつけられた柱のすぐ横だ。

「あたいたちがここで仕事をはじめてから、誰も上った奴はいない。ねっ、牙城さん」

羊みたいに温和なのに平さんを投げた牙城が、穏やかな顔でうなずいている。のちに彼は講道館黒帯の猛者《もさ》であったと知る。

不機嫌そうに睨《ね》めつけていた晴雨が声を荒らげた。

「いい加減に出ていってくれ」

あわてた勝郎が平さんを急《せ》かした。

「三階から射たかどうか、確かめよう」

居心地のわるさったらない。頭を下げて望楼に上る。明智少年だけ晴雨に呼び止められた。

「小僧、カネを元にもどしておけ」

なんのことかと思ったら、カネが口をパクパクしてみせた。猿轡をもとのように噛ませろというのだ。仕方なく畳に落ちた布を拾って、口に押し込もうとして盛大にくしゃみされた。

「……マズいや」

おいしいわけがない。畳は埃に塗《まみ》れているのだ。

「勘弁」

「さっさとせい！」

叱られる明智を面白そうに眺めるカネが癪に障って、力いっぱい手拭いを結んでやると、にわかに怨ずるような目つきをされギクリとなる。探偵小僧いいとこなしだった。

凶器の射手はどこへ逃げる

1

ほうほうの態《てい》で明智が最上階に上がると、勝郎たちはもう射手の場所を特定していた。望楼の三階は六角形の小さな空間で、瓢箪《ひょうたん》池を見はるかす斜め東方向の窓がわずかに開いていた。どの窓もネジ錠で戸締りするだけなので、開閉は簡単だ。

靴下を穿《は》いた足で、勝郎は窓枠の下の床を擦っている。

「土でざらついている。誰かが侵入してこの窓から狙ったんだ」

座員のひとりが疑問を投げた。

「露台まで十五間はありますぜ。うまく当たりますかね」

「当たったんだから仕方ないだろ」平さんはいった。

「芝居もんの癖に、『三十三間堂誉れの通し矢』の講談を知らねえのか」

明智が口を挟んだ。

「矢はゆらさんに命中したけど、まぐれだったかも知れません」

「どういうことだい」

勝郎の問いに、答えはすぐもどってきた。

「この窓からだと、立っていた御前さまが斜め左手に見えたはずです。もともと犯人は御前さまを射るつもりでいたのでは」

「そうか……」勝郎が唸った
「ところが矢を放った瞬間、御前さまの盾になるみたいに、滴さんのお母さんが立った……それで……いや違うな」

後半は独り言になって、考えながら明智が呟く。

「あのときゆらさんは御前さまに声をかけていた……その途中で矢が命中した……そうなんですね、記者さん」

「ああ、僕の見た感じではそうだ」

「だとすると犯人は、御前さまの前にゆらさんが立ったのを知りながら、かまわず射たことになる……」

「ここから見て、ふたりが完全に重なったとは限らねえだろ」

平さんがいった。「ズレて立っていたなら、的の大きさは二倍になる。当てるのがラクってもんだ」

「じゃあ平さん、犯人はどっちに命中してもよかったのか？」

勝郎は抗議したが、

「そうか！」明智はうなずいている。

「その通りだ、きっと。そう考えると犯人像が浮かんできます。実際には一石二鳥の結果となったけど、もともと犯人は御前さまかゆらさんか、どちらに当たってもよかった。そう考えれば筋が通るでしょう」

明智の指摘は勝郎を納得させた。

「つまりそいつは歌枝じゃないか。矢場《やば》で働いていたんだ、弓が使えただろう」

「違《ちげ》ぇねえ！」平さんが手を打った。

「あの女なら、どっちにも恨みがあったからな。あのアマ……あっしに見せびらかすように出て行って、そんなことを目論んでいたのか」

御前さま贔屓《びいき》なだけに歯噛みする平さんに、勝郎がブレーキをかけた。

「決めつける前に、アトリエを通らず侵入した経路を調べなくては」

「この窓だと思います」

北西側に近づいた明智が、ガラリと窓を開けてみせた。冷えた夜気がいっせいに入ってきて、窓際にいた座員たちが襟を立てる。

2

「ここだけネジ錠がかかっていません」

侵入と脱出の出入り口なら、当然犯人はネジ錠を締められない。

覗き込んだ平さんが、外壁に沿って屋根から一階まで通った縦樋《たてどい》を叩いた。

「もってこいの梯子《はしご》があるぜ」

力まかせに揺すったが、太い樋はギシリともいわない。見下ろせば随所に金具があって樋を壁にとりつけていた。

「試してみるよ!」

樋を摑んだ明智が素早い動きで窓から躍り出た。

負けじと乗り出す平さんを、外に出た少年はあわてて止めた。

「待って。犯人の出入りした跡を探しながら下りるから、みんなはここの真下にきてくれる?」

中央の望楼と違って、こちらの外壁は無骨な鎧下見板だ。塗装された様子もないので、遠目にはまさしく雑巾色であったろう。時折板壁に手をかけながら、明智は樋にすがって無難に下りてゆく。

だが真下はどろりと濃い闇が横たわっているばかりで、なにも見えない。望楼の北側前方には長屋門がぼんやりした明かりに浮き上がっているが、左横手は灯ひとつない夜の底であった。

勝郎が平さんに尋ねた。「この下は？」

御前さまが手入れしていた洋風庭園かと思ったが、平さんは素っ気なかった。

「ただの草むらでさ。いずれイングリッシュガーデンにすると仰っていたが……」

言葉を詰まらせた。その御前さまはもういないと思い出したのだろう。

無言で勝郎たちは、階段を下りた。途中アトリエを通過したが、黙礼だけで通してもらう。一階まで下りて北にもどると西棟の小ぶりな入り口がすぐ前だった。

座員たちには報告のため瓢箪池へ帰ってもらい、勝郎と平さんだけが望楼の真下へ急ぐ。履物がないから平さんは裸足だ。勝郎も靴下では気持ちが悪く、脱ぐことにした。ふたりを待っていた明智も裸足になっていた。

「犯人の遺留品です、たぶん」

雑草の立ち枯れたあたりに、細引きが長々と蛇の死体みたいに落ちている。

「弓を担いで上るのは手間だから、弓にくくりつけた細引きの端だけ持って樋を上がったんです。望楼にはいってから、たぐりよせたんでしょう」

「ふん」平さんが鼻を鳴らした。

「帰りは用済みの縄を捨てていったか」

勝郎が見回した。

「そのあと弓を抱えてどこへ逃げた？」

西棟に沿ってまずは南へ目配りする。屋敷の中でもことに人目につかない雑木林だが、敷地の段差がはげしく棟の出入り口ひとつない。あるのは瓢簞池から吐きだされる水の流れと、密に重なる杉林であった。外部を境する高い塀に切れ目もなく、人の出入りはむつかしそうだ。

平さんが呟いた。

「破れた土塀を使いやがったな」

「ああ、屋敷神の森の……雨で崩れたんだったね」

勝郎にうなずかれて、頭をかいた。

「塞いだのはいいが、ホンの応急処置だったんで。こっちです」

来た道を折り返して洋風庭園に出る。金網の壁一面にバラが枝をのばしている。夜であり季節を過ぎているが御前さまが手入れしていたと思うと、勝郎も胸が痛い。

壁の前は瀟洒《しょうしゃ》な石畳のテラスで、夜目にも白々と清潔であった。

屋敷神へゆく近道でもあるが、平さんはテラスを踏まず回り道した。御前さまの丹精を無にするような気がしたのかも知れない。

古いが品のある祠《ほこら》を横目に小さな森を抜ける。長屋門からつづく土塀が現れた。左手にぬっくと立つケヤキまでが「むの字屋敷」の敷地と思われた。

土塀の一角が逆三角に崩れており、外側からベニヤ板で塞がれている。平さんの仕事だ。懐中電灯では心もとない足元でも勝手知ったる平さんはすいすい足を運んでゆく。すばしこい明智でも一度、勝郎は三度転んだ。

「あ!」

明智が声をあげ、平さんの懐中電灯が素早く照らした。

崩れた土塀の残骸に隠れて、弓が落ちている。

拾おうとした平さんを、明智が止めた。

「警察に調べてもらいましょう」

「ああ……そうだな」

子どもに指図されるのが癪らしいが、正論だ。しぶしぶ平さんは手をひっこめた。

「弓を担いで塀を越えようとして、諦めたな」勝郎がいった。

「往きは弓を投げ込んでから侵入したんですね」

明智がベニヤ板を指さす。足跡らしいものが残されていた。

ベニヤ板に手をかけると、ヘナヘナした造りでいかにも急場凌《しの》ぎだ。

「危なっかしいから帰りは土塀を上ったんじゃないか」

勝郎が口を挟んだ。

その間に明智は足元の弓を観察する。

「半弓です」

矢場で扱われる楊弓《ようきゅう》ではないようだ。

「おおい！」

こちらに呼びかける声があった。ぎらりと光る電灯を携えて、人影がふたつ近づいてきた。

敏腕捜査官が警視庁から来る

1

「近藤の旦那でさ」

平さんは声ですぐ判断した。座員の知らせが届いたのだろう。それ以前にお松の知らせもあって、巡査が急行してきたに違いない。

「犯人の遺留品です」

勝郎が声をあげると、別な人影が近づいた。風体から近藤の上司らしく、長身の男だった。

「お手柄ですな」

深みのある渋い声音だ。

「じきに鑑識がくる。調べさせましょう。それにしてもここは足場が悪い……近藤くん。場所を移そう。明るいところへ」

「はっ」

踵を合わせている。はるかに上役らしいが、相手はやわらかな物腰だ。

「あの明かりは長屋門かね。ではそこまで。互いに懐中電灯をつきつけての挨拶は、ぞっとしないからね」

「はっ、畏《かしこ》まりました」

相当に硬くなっている。

先に立って歩きながら、上役が尋ねた。

「塀際に仮設の柵らしいものが積んである。使用したあとかな、それともこれから使う資材だろうか」

「昨日から今日にかけて、柵で囲っていましたです」

おずおずと平さんが返事した。年配でも権威には弱そうだ。まして上級警察官相手では自然に腰が低くなる。

「やはり守泉さんの言いつけで？」

「へえ。丹精こめているバラ園に、祭の客が足を踏みいれないように、と」

「芝居を終えて宴会になったころは」

「業者が片づけたと存じやす」

「そう」

警察官は軽くうなずいた。

明かりがようやく彼の顔に届くようになった。細縁のメガネと手入れされた口髭《くちひげ》が目立ち、メガネの奥の両眼に怜悧《れいり》な光を湛《たた》えていた。

光源は長屋門の外に据えられた白熱灯である。柱が高いのでまるで街灯みたいだが、これ以上門に近づくと、かえって蔭になってしまう。

「ここらでお互いの顔と名を確かめよう」

足を止めた警官は、勝郎たちを振りかえった。

「私は虎ノ門《とらもん》の警視庁捜査課に出仕している、警部の五十嵐《いがらし》です」

勝郎は驚いた。本庁の警部が世田谷までこんなに早く駆けつけられたなんて。

記者の反応に気づいた五十嵐がいった。

「私の家は三茶にあってね、父親の代から守泉家と懇意にしています、世田谷署長とも顔なじみで、一報をもらってすぐ自転車を走らせた」

淡々と説明してから、勝郎たちを見回した。

「あなたが帝国新報の可能勝郎さんだね」

フルネームまで知っていた。

「それに平さん。守泉家の信頼できる門番と聞く」

「へっ」照れ気味に平さんは頰の無精髭をかいた。

「……そしてきみが」

警部のメガネが光った。

「明智くんだね、通称探偵小僧」

少年はまったく悪びれない。「よろしくお願いします」

「うちでも二、三の捜査員が噂を耳にしている。きみの意見を聞く機会もあるだろう。その節は忌憚《きたん》ないところを頼むよ」

明智の顔が紅潮したのがわかった。「はい!」

珍しい警官だと勝郎は思う。身分の上下にかかわらず本職の刑事なら、素人《しろうと》の、それも若すぎる探偵を目の前にすれば、軽侮するか敵対心を燃やすのが普通の反応だからだ。

そんな思いが丸見えだったに違いない。勝郎に視線をふった五十嵐は顔を綻ばせた。ニコリ――というより、ニヤリと形容するのが相応《ふさわ》しい大人の笑みであった。

「もちろん意見の取捨は任せてもらう。それについては予《あらかじ》め諒承してほしい」

「はい、結構です!」

明智の声は躍っていた。無理もないと思いながらも、勝郎は不安だ。中学を終えたばかりの少年に、大人の思惑を忖度《そんたく》しろというのは無理な注文だが。

顔と名前を確認しあうと、一同は近藤につづいて母屋のエントランスに向かった。

非常招集を掛けられた捜査員が、次々と屋敷に集まってきていた。村でもトップクラスの有力者が死んだのだ。状況は殺人の巻き添えと思われたが、なんにせよ大捕り物になる。八字髭の桜井署長の張り切りぶりは想像に難くない。

「関係者は全員、瓢簞《ひょうたん》池近くの座敷に集める予定であります」

勝郎たちがいた二十畳だろう。近藤の報告に五十嵐が念を押した。

「守泉家のご遺族は」

「は……お父上の守泉参造氏が入院中の渋谷中央病院に連絡したところですが、先ほど病院にもどられたばかりであり、医師は困惑している様子です。あと近しい遺族と申せば令嬢の守泉滴さんですが」

「それは射殺された苫米地ゆらさんの、実の娘にあたるのだね」

「そうであります」

問答を聞いて勝郎は、改めて滴の身に起きた悲劇を反芻した。

2

「……母親と養父を一度に亡くしたのか」

呟くと、彼に肩を並べていた明智がコクンとうなずいた。

「辛いだろうなあ……」

声は湿っていて、途切れた。

五十嵐は事務的につづけている。

「ふたりの遺体は搬出ずみだね」

「はい。署が特約している病院で解剖に付されます」

「結構。滴嬢本人はこの屋敷にとどまったままか……では本人が落ち着き次第、事情聴取も差し支えないのだね」

問答が終わるあたりで母屋のエントランスに到着した。衛兵よろしく守りを固めていた警官が、そろって敬礼する。

「ご苦労」

答礼した五十嵐が入ってゆく。近藤が平さんに耳打ちした。

「現場に居合わせた全員を集めてくれ。事情聴取がはじまるまで勝手な行動をとらないように」

いい捨てて五十嵐の後を追う。

下っぱといえお役人の命令だから、平さんは従順だった。あたふたと姿を消した。下働きの男女に集合をかけようというのだ。

ほって置かれた勝郎たちの前に、土間正面の階段の蔭からゴロちゃんを連れて顔を見せたのは尼崎だ。唇をむすび表情を消し、黙々と下足入れから黒の革靴を取り出していた。死亡診断書を書いてきたのだ。勝郎とは黙礼を交わすだけだった医師は、明智を認めて近寄った。

「明智さん」

遙かに年下でも〝さん〟付けで呼び、声を落とした。

「わかっているだろうが、滴さんは精神的にひどい打撃を受けている」

「……はい」

「親しいきみが、気をつけてあげてほしい」

親しいといわれて、少年は顔を赤らめたように見えた。

「あの年頃の娘さんにはこたえただろうからね」

正直なところ勝郎は判断に迷う。尼崎がなぜ明智と滴を親しいと判断したのかわからなかった。警官を気にした医師は目顔で三人を外へ誘い、庭先で立ち話になった。

「私が口を出すことではないが、滴さんは即刻、守泉家の跡目を継がねばならん立場になった。違うかね」

明智も勝郎もぎょっとしたが、ゴロちゃんが肯定するのを見て、うなずいた。その通りだ。

それにしても、尼崎医師はここでなぜこんな話を持ち出したのか。

「昨日のことだ。滴さんがゆらさんをうちに連れてきた。母親が持病を抱えているという。その際に内情を聞かされたよ」

そんなことがあったのか。昨日なら、もう明智少年は屋敷に来ていた。驚き顔の彼は反射的に尋ねている。

「滴さんのお母さんに持病？……あ、すみません。職業上の秘密ですね」

少年はうつむいたが、尼崎はたしなめなかった。

「いや……残念だがご本人は故人になられたし、持病というほどでもなかったから構わんだろう。あのご婦人は三軒茶屋の髪結床で働いておられた。それは知っているね？」

少年たちと記者の反応を見て、つづけた。

「店の隣に田所《たどころ》という町医者がいてね。私の知る限りでは村随一の藪《やぶ》医者だ。……いや、無免許で詐欺師に近い男だ」

歯に衣着せない性分の尼崎は、遠慮なかった。

「ゆらさんはそいつの見立てによれば、重度の労咳《ろうがい》なのだよ」

「え！」

二人は驚いたが、尼崎は手をふった。

「確かにしつこい咳はあるが、こじらせた気管支炎だと私は見た。その医者はゆらさんから治療費を巻き上げようとしただけさ。だが」

医師は苦笑いしていた。

「滴嬢はともかく、ゆらさんは一向に顔色が晴れなかった。私より一年越しで通った医者を信用した様子でね。娘さんは私の話に耳を傾けていたから大丈夫と思ったのだが……その話の中に明智さん、あんたが出た」

「ぼくが、ですか！」

目を丸くする少年を見て、尼崎はハッと口ごもった。

「これはどうも。……やはりあなたの頭越しの話だったか」

先をいいにくそうだったのでゴロちゃんが口添えした。

「自分は長くないと思い込んだお母さんは、婿もきまらない娘を残すのが不安だとこぼしていたって……カネさんに聞いたよ、ボク」

メガネの奥で尼崎が目を見開くのが、乏しい光の中でも勝郎にわかった。

「まるで見てきたようだね」

「それで滴さん、答えたらしいよ。わたくしならもう心に決めた殿方がいます……」

覿面に明智があわてた。

「おい、ちょっと！」

「そのときはお母さんを安心させるために口走っただけらしいけど……」

いたずらっぽい笑顔でゴロちゃんがいった。「満更お先っ走りじゃなかったのかな。ね、兄ちゃん」

のみこみ顔のゴロちゃんの頭を、明智少年が引っぱたいた。

「痛いよオ」

「痛いように叩いたんだ」

……内心勝郎は、舌を巻いている。

明智と滴がはじめて顔を合わせてから、まだ二日しか経過していない。一目惚れという言葉はあるし、少年の反応に思い当たる節は大いにあったが、滴までがおなじタイミングで相手を憎からず思ったとは。

片思いなら経験ずみの勝郎だけれど、情けないがまだ両思いの体験はない。

ふたりを見ていた尼崎は呆れ顔だ。

「するとあんたとあのお嬢さんは、たった二日でそこまで心を通わせたのか。互いに口説く機会もなく。……今どきの若い者に明治生まれはついていけん。帝国新報さん、これが大正のご時世かねえ」

頭から叱りつけるでもなく本気で閉口している尼崎に、勝郎は好感を抱いた。

——と、不意にゴロちゃんが鋭い声を発した。

「誰だ！」

困惑していた明智少年が、ぱっと臨戦態勢をとったのは流石《さすが》だ。

勝郎が「どうした?」と声をかけるのを無視して、明智は手にした懐中電灯のスイッチをいれる。

黄色い光が夜の庭を薙《な》いだが、果樹の枝を明るませたきりで、塀際に蟠《わだかま》る闇まで照らす力はない。

「足音が聞こえたと思うけど……」ゴロちゃんが残念そうに呟いたとき、エントランスの前に近藤巡査が立った。

「帝国新報さん、明智くんたち！　集まってくれ！……それぞれの場所にだ。誰がどこで待機するか、警察の指示に従ってもらう！」

特殊設定で姉妹たちは語りつづける

1

『ああもオ。いつまで待ったら呼ばれるのよ。その五十嵐って警部さま、どこにいるの。知ってる、静禰』

『おいらたち役者が使っていた楽屋だよ』

『暖簾《のれん》を潜った先か。あんたのいる〝ホ〟の二番間なら近いんだね』

『さっきまで座頭が呼ばれていた。勝郎さんが今、交代したところだよ……カネちゃんはどこで待たされてるんだい』

『池の前の二十畳。ゴロちゃんはいるけど、あとはうっとうしいおばさんたち……おっと、静禰のおっかさんもいた、ごめん』

『おふくろは世話焼きだけど口うるさくないから安心して。後はどんな顔ぶれ？』

『ずーっと黙り込んでる類子さん。その分までしゃべりまくるお竹さん。ほかに役者さんたちも大勢いる。だけどなぜこんなバラバラな場所で待たせるのさ』

『そのことなら勝郎さんが教えてくれた。事情聴取の前にヘンに口裏を合わせたりしないよう、わけたんだって』

『疑ぐり深いんだ警察って。えっと、滴は残りのもう一組か。桟敷《さじき》で待ってるんだね。ね、滴ちゃん。

「以心伝心」、聞こえてるんだろ？　もしもーし』

『カネちゃん、およし。滴さんは今、じっと堪《こら》えてるほかないんだ』

『わかってるって、だけどグスグスしてるだけじゃもっと気が滅入るって。滴、そう思わない』

『……ウン』

『ああやっと返事した。ひとりでしょんぼりしてたんでしょ』

『違います。わたくし、ひとりじゃありません』

『どういうこと……そうか。明智さんもいるのか、桟敷に！』

『はい。すぐお隣にきて戴きました』

『あーっ、いいなあ、手を握れるくらい、すぐ傍《そば》なのか！』

『こらカネ』

『へっへー。だって滴ちゃんの胸の内が丸見えだもん。人目さえなきゃ明智さんと乳繰り合いたいんだ、畜生め』

『カネうるさい。……滴ちゃん、そこには他に誰がいるの』

『平さんと、お松さんもいます。……風呂で温まった大田原男爵もおいでだわ。まだくしゃみが止まらないけど』

『ゴロちゃんが聞いてほしいって。レミはいる？』

『ずっと顔を見ていませんわ。あの子、母が落ちたときにもいなかったから、聞き取りされませんのよ』

『ああそうか。カピの土葬をひとりで済ませていたんだ』

『平さんの話では、カピの首輪だけもって家にもどったそうですわ』

『あの納屋だね。ひとりきりでお通夜なのか』

『それを思えばわたくしなんてまだマシ。そう思っていますのよ』

『うん。そいでひとつ聞いていい？　滴』

『なんでしょうか』

『改まられると、さすがのカネちゃんもいいにくいけどさ。殿方の好みがうるさそうな滴お嬢さまが、あっという間に探偵小僧に惚れた段取りを、あたいは事情聴取したい……』

『カネ！　無粋なこと聞くもんじゃない』

『いいえ、ようございます。どうせ筒抜けなんですもの。わたくしが本心から明智さんを意識したのは、舞台でございました』

2

『はあ？　滴の舞台って縛られて吊るされただけじゃない』

『はい。身動きもできないわたくしを、あの方は遠くから見ておいでしたの、ただジーッと。恥ずかしかった……身も世もあらぬ思いだったのに逃げも隠れもできはしない。あの視線が口火になってわたくしの胸の内に火が……』

『もういい、いい。あたいまで火照《ほて》ってきた』

『わたくしこそ、聞かせていただきとうございます。縛られるのが好き、カネさんそう仰ったでしょう』

『ウワ。「以心伝心」って隠し事できないんだ』

『そのお気持ち、絵解きして戴けるかしら』

『ウーン。どういったらいいかなあ。あたいってこんなガラっ八だろ？　地獄に落ちたら鬼どもに笞《むち》打たれてヒイヒイいうと覚悟してる。だから晴雨先生に縛られる度、ヘンな安心感に包まれてさ。あこれはきっと地獄の前倒しなんだってね。こんなあたいが神妙な気分になるっての、ちょっとアジなもんだぜ。静禰には縁のない心境かな』

『――谷崎潤一郎を知ってるかいカネ』

『ええっ。なんでそこに小説の先生が出てくるの』

『存じております。「刺青」を書いた耽美《たんび》派の作家ですわね』

『その人の短編に「少年」がある。唐人髷《とうじんまげ》の女の子が男の子たちにひどい目に遭わされるんだ。縄をかけられ猿轡《さるぐつわ》されて、顔にお菓子のあんこを塗りたくられる』

『可哀相』

『ところが先を読んでいると、立場が逆転してしまう……女の子が男の子を縛り上げて蠟燭を垂らすんだよ』

『えっ、あべこべ！』

『初めて読んだときは、頭ン中がグラグラ煮えたったぜ。父ちゃんが芝居の筋書きの研究に買ってきていた。被虐趣味だの加虐趣味だのいってたけどわからない。晴雨先生が描けば変態で、谷崎潤一郎なら芸術になるのもふしぎだった……男と女の仲は奥深いらしいなぁ』

『あなたにもわからない……それでは三つ子の片割れのわたくしにわかる道理がございませんね』

『それ！　三つ子！　そいつのわけをまず聞きたいな、静禰さん』

『ま……カネさん、なにごとですの』

『あたいも滴も養い親には、双子と聞かされ育ったんだぜ。それじゃあ静禰はいつ生まれたというんだよ！』

『そのことなら、おいらは両親から聞かされてる。あんたたちを産み落としたおっ母さんには、まだ赤ちゃんが残ってて、三日してからおいらが生まれた。勝郎さんに聞いたんだ……アメリカのルイジアナでは、九十五日を隔てて生まれた一卵性の記録があるそうで、ふしぎというほど稀じゃないらしい』

『へーえ……するとあたいたちのおっ母は、べつな町に行ったあともういっぺん陣痛があったのか』

『ああ。産後の肥立ちが悪くて亡くなったけど。で、おいらはおなじ宿屋に逗留中の「なかむら座」に引き取られたんだ』

3

『なるほど。「以心伝心」が通じたのも、ちゃんと血が繋がっていたからなんだ、兄貴とあたいたち』

『おいらは姉だよ！』

『ヘイヘイ。すると姉貴ははじめから静禰って名じゃなかったんだ』

『舞台に上がるようになってついた名前さ。生まれたときは桐子《きりこ》だった。桐の箪笥《たんす》のキリ。死んだ母さんが残したのは、あいにく箪笥じゃなくて名札の入った桐の小箱で、そこにおいらのへその緒が納まった』

『桐子なんて品がよすぎら。静禰のままでいい……エ、なんだよゴロちゃん……ああそうか、聞いてみる。ねえ姉貴』

『あ？』

『姉貴と男爵閣下だろ、池に飛び込んだのは』

『そうだよ。水戸《みと》で興行したとき覚えた本場の水府流だぞ』

『だったらあたいたちに、詳しく見たことを話して聞かせてよ。ゴロちゃんが聞きたいっていうし、探偵小僧の明智さんなら、なおのこと……ああ、でも滴には辛い話だよなあ』

『いいんです、わたくしなら』

『無理することないよ、滴ちゃん』

『いいえ、明智さんもそばでうなずいていますわ。よけて通れない事実ですもの。なら早く母の最後を知っておきたい……そう考えました』

『わかった……。警察に呼び出されたら「以心伝心」で伝える暇もない。今のうちだな……、滴にカネ』

『はい』

『ウン』

『探偵小僧とゴロちゃんに、きっちり伝えておくれよ……おいらが池に飛び込むところからでいいか？　カネはその場にいなかったけど』

『あたいはもう縛られてたけど、「以心伝心」でその場にいたも同然さ。でも飛び込んだ後の静穏は、トンネルにはいったみたいに一切音沙汰なくなっちまった』

『そりゃそうだ。沈んだふたりを助けるって思いで身も心も一杯だったんだから！』

4

見当をつけて飛び込んだつもりなのに、池の中で目を開けたときの静穏は、自分がどこにいるのかわからなかった。

急角度に深まる壺のような水中は墨汁《ぼくじゅう》も同然で、まったく視覚を奪われていた。水面に懐中電灯の明かりが向けられたのはそのずっと後だから、はじめはただカンに頼るほかなかった。

三分までの潜水なら水戸の海で試している。池を囲んだ壺の壁をひと蹴りしてグイグイと潜った。ここまでで十五秒か二十秒経過したと胸算用したとき、墨汁の一隅に光が灯った。

あとで知ったが、男爵は防水した懐中電灯を摑んで潜っていたのだ。この明かりがなかったら静禰は途方に暮れていただろう。光に導かれて真一文字に沈んでゆくと、不意に光が左に移動した。水の抵抗にあって揺れているのかと思ったが、そうではなく光が壺の壁の一部を照らした。

岩角にひっかかっているぼんやりとした灰色の物体が見えた。

人だ！

グッとひと掻き近づいてみると、長い髪が藻のように揺らいでいる。

（ゆらさん！）

半ば逆立ちした形で、あやうく壺の壁に張りついている。更にひと息もぐりこんだ静禰は、ゆらの腕を自分の肩にかけようとして、がぶりと水を呑んでしまった。

正体のないゆらの首筋に、墨色のモノが飛び出していた。水から上がってわかったのだが、それは矢羽根であった。すぐ電灯の光が消えたので確かめる暇などなかったが。

消えたのではなく懐中電灯の持ち主が更にもぐりこんだらしい。電灯を口にくわえた大田原男爵だ。すぐ光が蘇ったのは、御前さまを抱えて浮き上がってきてからだ。肥満体の御前さまだから、抱えるというより引きずり上げていた。

男爵が顎をしゃくる気配が光の動きで察せられた。

静禰の体感時間ではもう二分を超えている。ぐずぐずしてはいられない。ゆらの片腕を摑んで全力で水を蹴った。
先に浮いてゆく男爵の足に顔を蹴飛ばされ、また水を呑んだがなんとか耐えた。
それでも水面から顔を出したときは――。
『おいらもう、半分死んでいたぜ』と、静禰は話を結んだ。
ぼつぼつ近藤巡査が呼びにくる頃合いになっていた。

嵐の前の小休止に見える

1

けっきょく全員の聞き取りが終わったのは、長い秋の夜も明けそめるころだった。

〝ホ〟の二番間におさまり馴染んだ布団に全身をあずけると、疲れ切った少年ふたりはたちまち健康な寝息の中に埋没した。

予定を超えて泊まらぬわけにゆかなかった勝郎だったが、そう簡単に眠れそうもない。

彼の場合事情聴取は二度にわたって行われた。一連の聞き取りで勝郎は、最後の締めを受け持ったことになるらしい。

それをすませて廊下に出た彼の耳が、座敷に残った五十嵐警部と署長の会話を聞き取っていた。障子という建具のせいだが、桜井署長の豪傑ぶった大声のためもある。

「……事件の真相がわかったと？」

あわてて警部が制止したので後の声は耳に入らなかったが、ことは重大であった。

人当たりの良さと尻の軽さ、能弁と耳の早さと、持ち前の情報収集力をフル回転させた勝郎は、咎《とが》め立てされないのをいいことに、関係者の間を遊弋《ゆうよく》した。

それとなく話を交わしただけだが、警察の聴取と大差ない程度にまで情報をかき集めた自信があり、それでも残念なことに勝郎にとっては、事件はすべて闇のままであった。

にも拘《かか》わらず、五十嵐警部は真相を看破したというのか……まさか！

「そんな馬鹿な！」

思わず声が出てしまった。

あわてて少年たちを見やったが、眠りは深そうだ。自分も眠ろうと目を瞑《つむ》ったが、どうにも眠れない。

（誰が矢を射たのか……あの距離で狙って、ただ一矢で射止めるなんて出来過ぎじゃないか……だがまぐれということもある……それが妾《めかけ》の歌枝だった……？」

頭の中で推理をいじくっていたら、ますます目が冴えてきた。

（平さんのカンを信じるなら、彼女は包み一つで屋敷をあとにしてるんだぞ）

（いや、実は夜遅くに引き返し、屋敷に忍び込んだんじゃないのか？）

（彼女なら、御前さまが歌うときの癖も知っているだろう……）

自問自答を繰り返し犯人を歌枝と結論づけようとしても、その都度蘇る鬱血《うっけつ》した女の死相が邪魔をする。

（明智くんに励まされた通り、僕は僕の記憶に自信をもつべきだ……あの死体が彼女なら、むろん犯人は他にいる。弓が達者で動機がある者——？）

矢場《やば》に通って女にいれあげる男は、明治ほどではないが大正にも、定数いた。

（矢の腕前を、モボが自慢していたっけな……）

井田春雄を思い出した。だがあのときは御前さまや男爵まで、矢場通いをいいふらしていた。

（それでもモボなら動機がある……）

井田は御前さまに剣もほろろの扱いで、屋敷をつまみ出されている。恨みを抱いてもおかしくないし、ゆらは彼を徹底的にふった滴の母親である。坊主憎けりゃ袈裟までだ。

（ふたりのどちらに命中したって、溜飲は下がるだろう）

まだほかに容疑者の漏れはないか……推理なんて代物ではなく、頭の中でこねくり返すだけだから調子がいい。

（動機でいうなら源さんもいる……大事な嫁さんに御前さまが目をつけた……お竹あたりが口を滑らせれば、カッとなった源さんが……あ、そいつは無理か……あの足で望楼の樋《とい》はのぼれない……。

帝国新報記者の妄想はそこで終わり、ひとり残された少女の心情に思いを馳せていた。考えてみれば苦米地滴という娘は、まだ十代の半ばでしかないのに、もう三人の親と死別している。記憶にない生みの母や情の移る間もなかった養父はさておき、もの心ついてからずっと肩を寄せ合ってきた母親を、一瞬のうちに亡くしてしまったのだ。

ありがたいことに勝郎の両親は、今も近郊の町で元気に暮らしている。母親にいたってはうるさいほど面倒見がいい。正月には決まって川崎のお大師さまから勝郎の分まで戴いたお守りを……そこまで思い出したところで、あわてて布団をはねのけた。

（いけねえ……あのお守りをどうしたっけ）

泊まり掛けの取材とあって持って出た巾着に、お大師さまの薬師殿から授かった撫でお守りを、後生大事にいれてきた……。

あれっ。僕はその巾着の中身をぶちまけた記憶まで残ってる……。

それもごく最近、昨日か一昨日の夜……。

だしぬけに脳内に、ニュッと白い腕が出現した！

（あ、あのときっ）

記憶再生のメカニズムなど知ったことではないが、縁台から死体の腕がダランと垂れたのに驚愕して、勝郎は懐《ふところ》からあれこれ落としている。

泥酔のあげくに死体と対面したあの騒ぎだ。

（ぼ、僕はちゃんとお守り袋を回収していたか？）

大狼狽した勝郎は、枕元に集めておいた身の回りの品を漁《あさ》った。なんのことはない、お守りは帝国新報社員の身分証明書に隣り合わせで、確かに収納されていた。

（ああ、よかった……）

心底安堵したせいか、その後の勝郎の寝付きはひどくよかったようだ。

たちまち〝ホ〟の二番間から、三組の寝息が流れはじめた。

2

勝郎は目を開けた。

障子はとっくの昔に明るんでおり、少年たちの布団は、どちらもきれいに畳まれている。

あわてて起床した勝郎が、身だしなみを整えて台所に顔を出したときは、明智もゴロちゃんもとうに食事を終えていた。

「お早うございます」

爽やかな声で少年たちに迎えられ、勝郎は照れくさそうに頭に手をやった。鳥打ち帽は座敷にのこしたままだ。目尻にヤニがこびりついてないか点検してから、用意されていた食膳に向かう。

「午後四時だそうです」

明智に教えられた。

「え、なにが」

沢庵《たくあん》をバリバリ嚙みながら問い返すと、ゴロちゃんが説明した。

「昨夜の警部さんです。四時に桟敷《さじき》席に集まってほしいって」

「また蒸し返すのかい、事情聴取を」

うんざり顔の勝郎だが、少年たちは表情を固くしている。

「そうじゃありませんよ。事件のあらましがわかったから報告する。近藤さんがそう話してくれました」

「関係が深い人たちにだけ、あらかじめ話すって。くれぐれも口外無用……ことに可能勝郎くんには念を押してくれ。五十嵐警部がいったそうです」

「……」喉に沢庵がつかえそうになった。

「そ、そんなことをいわれても、商売柄困る」

「はい。ですけど、警部さんはいいました。正式には今夜七時、警視庁で記者会見を行う。もちろん帝国新報も社会部が駆けつける。可能くんの出番はないだろう……そうなんですか?」

勝郎は口ごもった。文化部の彼がここにいるのは福兵衛祭取材が眼目で、それも半ばは社の金主のひとつ守泉家の提灯《ちょうちん》持ちのためだった。

「可能記者は、落着した後でゆるりと事件の一部始終を書き綴ればよろしいでしょう。それが、五十嵐警部の伝言でした……これでよかったかい、ゴロちゃん」

「上出来だと思うよ。よく覚えたたね、明智の兄ちゃん」

「へへ」本人はニコニコ笑うだけだ。

年上でも本家でも明智はゴロちゃんと対等に接している。年齢や身分の枠に囚われない。探偵の才能を凌《しの》ぐ美点だと、かねがね勝郎は買っていた。

——そうだ、確かに警部は真相をつかんだといっていた。あれは法螺《ほら》でもハッタリでもなかったのだ。

「すると警部は、四時にここへくるのか」

「うん。みんなに捜査の結果を話してから、警視庁にトンボ返りするって。お役所の車だから速いんだ」

ゴロちゃんは羨《うらや》ましげだ。「いいな。ボクまだ自動車乗ったことないや」

「そうそう」明智があわてて言い添えた。

「それまでは警察の聞き取りを受けた関係者は、『むの字屋敷』の敷地を出ること禁止だそうです」

「え……そうなのか。妙に静かだと思っていたが」

勝郎は改めて見回した。板敷きと土間に分けられた水仕事の場も、人けのない今は無闇に広く見えた。主人の死が影を落としていると考えていたが、いわれてみれば井戸端から聞こえるはずの女たちの声がない。

立ち上がったゴロちゃんは、勝郎の茶碗や湯飲みを慣れた手つきで運んで行く。「殿方のすることじゃない」と叱りそうなお島さんの姿もなかった。

「すると下働きの連中は」

ゴロちゃんと明智がこもごもに話す。

「洗濯も手がつかなくて、自分たちの部屋に閉じこもってるみたい」

「お上の命令だからシュンとしています」

「しかし四時に呼ばれたのは、名指しされた関係者だけだろう?」

「呼ばれてなくても、みんな一蓮托生のつもりなんです。代わる代わる仏間へ足を運んで、誦経《ずきよう》しています」

流しに向かったゴロちゃんが付け足した。

「吹きっさらしの洗い張りよかラクだって、お竹さんは笑ってたけど」

思い出したように振りかえった。

「そうそう、電話もいけないって。近藤さんが」

「えっ、外と連絡するのもご法度?」

社に報告するつもりだった勝郎は、仏頂面になった。

「必要なときは、巡査立ち会いで交換手に申し込めって。あの警部さん、行き届いてますね」

むくれても仕方ないことだが勝郎は憤慨した。

「タバコを買いに出るのも禁止かよ」

「表門は一日締め切り。東門は開いてるけど、今日の門番は源さんが務めてる。平さんは関係者だから公平を期すためでしょう」

明智がいい、ゴロちゃんもいう。

「無理に通る奴はブンなぐっていいと、近藤さんが源さんに話してた。ふだんは大人しいけど、腕っぷしは平さん以上だって」

あわただしく足音が近づいた。外気に面したガラス戸を勢いよく開けたのは、静禰だった。

「明智さん、ここにいた……よかった!」

3

「早く来て! カネが呼んでる、滴が泣いてる!」

なんのことかわからないが、静禰は滴に「以心伝心」で連絡を受けたのだろう。せかされるまま勝郎やゴロちゃんもいっしょに井戸端へ飛び出す。

静禰は楽屋で、両親や座員たちと、「なかむら座」のこれからを話し合っていたという。北に広がる庭を急ぎながら、静禰がカネからの話を伝えた。

「昨夜、滴の家に忍び込んだ奴がいたらしい」

「空き巣か?」

勝郎たちは驚いた。昨夜なら大事件でみんな右往左往していた。その隙に忍び込んだ不心得者がいてもふしぎはないが、静禰は否定した。

「ただの空き巣じゃないと、カネがいうんだ。忍び込んだ跡があるのは、滴の部屋だけだって。ゆらさんの座敷なら金目のものがあるのに、そっちは手つかずなんだ……」

息を弾ませながら話していると、長屋門の方から手をふるカネの姿が見えた。到着が待ち切れず、男爵の研究室の前まできていたのだ。

「滴さんはどこにいるの」

明智の声が聞こえたらしく扉が開いて滴の白い顔が覗いた。研究室の床下に倉庫らしい一画がある。そこへ出入りする扉だった。

昨晩の最新のファッション――大正モダンガール姿を思えば別人であった。長い黒髪を黒いリボンで纏《まと》め、墨色が基調の袷《あわせ》に手を通していた。色も光もない。

一夜にして母と養父を失った娘の服喪の姿に、勝郎は胸を痛めたが、明智は快活に呼びかけた。

「はいってもいいかい、滴さん」

「……どうぞ」

扉が大きく開いた。

怜悧《れいり》な滴は明智の気遣いを汲み、痛々しいほど明るく振る舞っていた。

「わたくしの家ではありませんけど、どうぞ！」

明智につづいて、勝郎たちもお相伴《しょうばん》する。

頭がつかえそうな空間だったが、頭上の研究室どうようの寸法だから奥は深い。

「やあ、鰻《うなぎ》の寝床だ」

ゴロちゃんがはしゃぐと、カネも合わせた。

「土臭いから泥鰌《どじょう》の寝床」

「スタジオに悪態つくと、男爵閣下がお腹立ちになりますわよ」

「へえ……これスタジオなんですか」

勝郎がきょろきょろすると、滴がお愛想に少しだけ笑った。

「案内してくださったときはそう仰いました。金がないから今はまだ物置だとも」

それならわかる。苦笑して、勝郎は長方形の空間を見回した。

四方が板壁だが苦米地家側の壁の上部は、天井《てんじょう》に接して短冊形に切り取られている。換気のためだろうか。飾られた――というより放置された家具類には、異彩を放つ調度品もある。縦長の小ぶりなガラス球が十本以上、閲兵式の兵隊みたいに行儀よく整列していて、勝郎は目を見張った。

「真空管だ……それも三極の新式だぜ！」

外とは段違いに暖かい。床に囲炉裏《いろり》が切られているのだ。

ベニヤ板で囲まれた一隅を覗くと、大型の蓄音機が鎮座していたが、音を聞かせるラッパがなく、代わりにブリキでできた傘みたいな代物が頭上からブラ下がっていた。

みんな立ちん坊だったが、カネはちゃっかり椅子のひとつにお尻を据えた。廃物利用なのか床几《しょうぎ》や椅子が適当に並んでおり、その一方では幅広なガラス戸棚に丸い筒が格納されているのが見えた。三十本、四十本、それ以上ありそうだ。

「なんなの、あれ。お免状でも巻いていれてあるの」

カネが目をパチパチさせるので、明智が説明してやった。

「音を記録するのに、エジソンはこの丸い媒体を使ったんだよ。形は違うけどレコードとおなじ役を務めた」

「へーえ」

「でもこんな形ではしまっておくのに不便だろ。だから今では円盤に音が刻まれるようになった。ごらん滴さん」

明智が戸棚の片隅を示すと、レコードがぎっしり縦に並べられている。

「狭い場所でもこんな具合に片づくから」

扉が開いて冷たい外気が舞い込んだ。

「おや……スタジオがきみたちの溜まり場になったか」

髭面《ひげづら》の男爵だった。池に落ちたベレエは洗濯中なのか、颪にそよぐ蓬髪《ほうはつ》が寒々しくみえる。台車に蓄音機のトランクとケーブル類を載せて、運んできたのだ。

「お邪魔しています」

代表する形で挨拶する勝郎に人当たりのいい笑顔を向けて、「どっこいしょ」声をかけた男爵がトランクを持ち上げる。ゴロちゃんが気をきかせた。

「手伝いますよ……どこへ置けばいいんでしょう」

「あ、ぼくも」明智がひょいとケーブルの束を肩にかけた。

男爵は髯を揺すった。恐縮の笑みらしい。

「いやあ、助かる。ゆうべのダイビングがまだ骨身にしみててね……結果はなんのお役にも立たなかったが」

そっと滴に視線を送ったが、彼女は目を伏せたきりだ。お礼もお悔やみも、とうにすませているのだろう。

少年たちに指示して一通り始末した男爵が、「やれやれ、あとワンセット」ぼやきながら出ようとする。

「まだあるんですか」

思わず勝郎は口にしたが、蓄音機だけでもふた揃いあったはずだ。機器が山ほどあったのは覚えていたが、今見せられた男爵の背中に気の毒なほど老いを感じたからだ。

舞台裏で奮迅の活躍を演じたあげく、瓢箪《ひょうたん》池の騒ぎに殺人の疑惑とつづいて、心身ともに綿のように疲れているはずだが、彼は軽く肩を揺すった。

「いやあ。なにかしている方が気が紛れるからね」

勝郎は押し黙った。血縁関係は絶無でも守泉余介は男爵の庇護者であった。顔にこそ出さなくてもショックを受けているはずだ。

「無理することないよ」カネがいたわった。

「舞台の片づけは明日でもいいでしょ。年寄りは、休み休み動きなさいって。……ね、閣下」

からかいではないと、男爵もわかっていた。

「……確かにね」また髯が揺れた。苦笑したらしい。

「この中では間違いなく私は年寄りだものな。舞台の残りは明日にしよう……せいぜい今できるのは」

男爵は鍵束を持っていた。その一本でガラス戸を開けレコード棚の隅からなん枚かを取り出したが、その手が震えていることに勝郎は気づいた。

（疲れているんだ。危ないな）

彼が自分で録音したレコードだろう、ラベルはなく一枚だけ朱筆でマークが入っていた。男爵は手を滑らせそのレコードを落とした。床は石畳である。

「おっと！」

叫んだが追いつかない。レコードは大きな破片が三つ、後は粉々に近い状態で床に散らばった。すばしこいゴロちゃんが、とっさに受け止めようとしたが間に合わなかった。

4

「大変！」

滴が悲鳴をあげ、カネは真剣な顔で尋ねた。

「高いの？」

男爵は声をたてて笑った。

「心配しなくてもいい。舞台用に録音しただけでもう用ずみのやつだ」

「でも勿体ない……」

静禰は本気で残念がっている。「記念のためにおいらが欲しかった」

柱に吊るしてあった棕櫚《しゅろ》の箒《ほうき》と塵取り《ちりと》で、滴が手早く掃除した。

「すまんね」男爵がもじゃもじゃ頭をかき回した。

「残りはベッドサイドに保管してくる」

いいおいて外に出たのは、二階の自室に運ぶのだろう。

「手伝いますよ」

追いかけてゴロちゃんも外に出たが、男爵はかぶりをふった。「いい、いい。私はここでハンダ付けの仕事が残ってる」

金属製品の接着にはハンダ付けが一般的である。そういえば囲炉裏にハンダ鏝《ごて》が突っ込んであった。比較的低温で溶融するハンダを接着剤代わりにするため、鏝をあたためているのだ。

「関節部分が緩くてね……すぐもどるから」

男爵が出て行くと、静禰は気を利かせた。

「まだここでお仕事なら、お茶の用意をしてあげよう……湯飲み、湯飲み」

目で探したが、独身中年男の自称スタジオに、そんな生活用品があるとは思われない。

「うちから取って参りますわ」

「そうだ、お隣だもんね」

「あたいも行く！」

三つ子が揃って出ていった。カネが開けっ放しにした扉を閉じようとして、ゴロちゃんが気づいた。

「レミがいます」

聞き取り対象から漏れていた彼とは、しばらく会っていなかった。目をそらして去ろうとしたレミを、少年たちは追って出ていった。

勝郎も出るつもりだったが、風の冷たさに閉口してスタジオに籠もることにした。こんなときつくづく考える……あいつら若い！

年寄りがひとりにされてしまった。することもないのでぼんやりと、蓄音機に被さったブリキの傘を見ているうち、思い出した。

「ヤネ村くんが話していたのはこれか！」

少年たちがもどってきた。レミとなにを話したか尋ねるより、勝郎は新しい発見の方に気をとられている。

「みつけたぜ、ほら」

勝郎が指さしたベニヤ板の区画を見て、明智もゴロちゃんも目を見張った。

蓄音機に覆い被さる傘、そのてっぺんに生えている管。

「この筒が伝声管なんだ！」

明智も声を弾ませた。この少年たちにとって知的な発見は無上の喜びなのだろう。そんなふたりを勝郎がニコニコと眺めた。

「見て、ゴロちゃん。天井にぶつかった伝声管が直角に折れて、奥につづいてる」

低い天井のおかげで、手をのばすとすぐに届いた。

「まるで人間の関節みたいだけど……ゆるゆるだよ」

管を揺すると、容易に向きを変えられそうだ。

「そうかあ。だから男爵さん、この関節をハンダで固定するつもりなんだ」

「どこにつづいてるんだろう」

明智が答えた。

「二間ばかり奥まって男爵のベッドがある。その下までつづいてるんだよ」

「そうすればベッドに横になっても音が聞けるんだ！」

無邪気に興奮する男の子たちのところへ、

「なにを喜んでるのよ」

冷たい外気を道連れに、カネがはいってきた。手に薬罐《やかん》をブラ下げている。つづいて滴と静禰も帰ってきた。

滴が家に貰い物のお萩があるのを思い出したという。騒ぎですっかり忘れていたが、傷んでは勿体ないと取ってきたのだ。たちまち菓子器に山盛りのお萩をはじめ、おかきだの佃煮だの、甘辛両方が店開きしてしまった。

「おいおい、スタジオでパーティかよ」

帰ってきた男爵が目を丸くしたが、カネはちゃっかり梅酒の壜まで抱えていた。

「ま、ま、ま、ダンナ。固いこといわずに、グッと一杯」

ゆらが丹精していた逸品だとか。

その一杯で調子づいた男爵が、戸棚からレコードを選んで聞かせてくれる。

場がようやく賑やかになってきた。滴が松井須磨子に合わせて『ゴンドラの唄』を口ずさみはじめる。

下駄の音につづいて扉が開き、冷たい風が吹き込んだ。戸口にお竹が立ち、出っ歯気味の口を開け放した。

「まあ、なんの騒ぎですか！」

五十嵐警部の呼集がかかったのだ。いつしかそんな時間になっていた。

舞台の五十嵐警部が謎を解く

1

「場所は桟敷席《さじき》だね」

確認しながらスタジオを出た勝郎の前に、お竹が見覚えのあるお守りを差しだした。

「ハイ、これ。帝国新報さんの川崎大師」

「えっ」

びっくりしていると、お竹がペラペラ説明してくれた。

「『なかむら座』の若い子が、拾ってくれたんだよ。舞台の隅に落ちていたって。名札が可能勝郎とはいってたの。大事なものを落としてはいけませんよ」

白い袋を勝郎に押しつけた。

「急いでくださいね、ほらほら、みんなもう先に行ってしまった」

下駄の音をたてて小走りに去ってしまった。

まだ勝郎には事情が呑み込めない。お守りならちゃんと自分で持っている。昨夜点検したばかりではないか。

お竹さんなにを間違えたんだと思いながら、懐中していた巾着を出し確認した——そしてびっくりした。

お守りがふたつある！

（そんなバカな……すると僕は今まで誰の川崎大師を持っていたんだ？）

招集に遅れてはいけないので、半分走りながら考えることにした。

僕が最近、巾着を開けたのはいつだったか。記憶をさぐる必要はなかった。開けたのではない、ぶちまけたのだ、女の死体のすぐ下に！

（だが僕は散乱した小物の中から、お守り袋をつまみ上げて巾着にしまい込んだ）

するとどうなる？

前を駆けていたお竹の姿が消えている。桟敷席に行く近道が母屋にあるはずだが、おいてけぼりを食った勝郎としては勝手知ったる東棟の緋毛氈《ひもうせん》敷き階段を使うよりない。

広い「むの字屋敷」を遠回りした形で、顎を出しながら井戸端を回り込んだ。

その間も思考を休めない。

（なんだってお守りがふたつある？　結論は明確だ。僕が巾着にいれたのは、あの女が手にしていたお守りだった……）

縁台から垂れ落ちた女の右手。

そう思うと、はじめは固く握っていた拳があとでは開いていた……勝郎は家具の隙間に落ちた自分のお守りに気づかず、彼女の持ち物を回収した。

よく考えるとそれは大収穫であったが、この時点で勝郎に「よく考える」時間はない。彼は階段を駆け下りて舞台の下手に出た。

舞台の上手袖ではレミを含めた三人の少年が、蓄音機を囲んでいる。

まだ五十嵐警部が顔を見せた様子はない。やれやれ間にあった。そう思ったのと足を踏み外したのが同時であった。

あ、まだ階段があったっけ。

あったのだ。低いが舞台から客席に下りる階段が。

会話に熱中していた少年たちもさすがに驚いた。明智とゴロちゃんがすっ飛んできた。枡席《ますせき》の枠を跨いだお松さんが、体に見合った馬力で勝郎をヒョイと立たせて、ズボンの裾をまくった。

「弁慶の泣きどころから血が出てますよ」

割烹着のポケットからメンソレータムを出して塗ってくれる。まだ発売前だが、見本が出回っていたので勝郎も知っていた。守泉家にもちゃんと届いていたのだろう……お手軽な万能塗り薬だ。

お竹が桟敷席の通路を下りてきた。

「なんだい、お松ちゃん。誘うつもりで探してたのに、記者さんといっしょだったのかね」

遠慮のない大声だから、勝郎も閉口した。そうか、彼女は火吹き竹であったのだ。

「いや、別にふたりで来たわけじゃない」

「……ならようございますけどね。このごろお松ちゃん、色気づいたと噂がありますからね」

「イヤなお竹さん！」

お松が太い体をくねらせた。

「じゃれてるんじゃない！」

お島の雷が落ちた。

「メリケンの薬なんて勿体ない、唾つけときゃ治ります、記者さん、男でしょ！」

すげない言いぐさだ。彼女のあとから昨晩さんざ待たされた関係者の面々がわらわらと集まってきた。

レミは消えたが、関係者の明智とゴロちゃんは勝郎のすぐ隣の枡にはいった。

「なにを夢中で蓄音機にしがみついていたんだ？」

尋ねるより早く制服の近藤伊織が、桟敷の中ほど――囲炉裏《いろり》の前で声を張り上げた。

「全員顔を揃えているようだね、よろしい」

舞台に向かって、威儀を正した。

「警部どの。お待たせしました！」

勝郎は目を丸くした。下座《げざ》の音曲が聞こえないのがふしぎなほど、下手から悠然と現れたのは五十嵐警部であった。

桟敷席に散在していた観客ならぬ事件関係者一同も、目を見張った。警視庁に勤めなかったら、五十嵐は役者になったかも知れない。

そう思わせるほど、堂々たる登場ぶりであった。

2

さらにその後ろに、八字髭《ひげ》の桜井署長と頭の光る太刀川村長がつづいた。ふたりにとっては五十嵐は露払いのつもりだろうが、客席から見れば殿様に従う家老どもでしかない。ふたりは勝郎を怪我させた階段を使って、桟敷席へ下りてきた。

舞台の中央へ歩み出た五十嵐は、客席を見渡し軽く咳払いした。いくらかの照れもありそうだが、せっかく舞台があるなら使いたいといったのは警部本人だったらしい。記者会見前に、事件関係者の前で捜査の結論を語るなぞ、異例中の異例だろう。

世田谷村一番の富豪が愛妾のとばっちりで死んだのだから、地元の人々にとっては世界大戦を凌《しの》ぐ大騒ぎだったに相違ないけれど、冷静な明智少年は呟いている。

「西洋の探偵小説を真似したみたい」

五十嵐が名探偵を気取るのはご自由だが、勝郎は心配だ。

真相を看破したとは犯人を突き止めた意味でもある。千両役者ぶる暇があるなら、なぜ逮捕に向かわないのだろう。

だがすぐに思い当たった。関係者を集めたとはつまり、この中に犯人がいると睨んだからではないか。

それなら警部の芝居がかった謎解きも腑に落ちる、今さら犯人は逃げも隠れもできはしないのだから。

いや待ってくれと、勝郎は考えなおす。

（ゆらを狙って弓を射た者が、この場にいるはずはないんだぞ。集められた〝関係者〟はカネを除いて、全員がふたりの落水を目撃している。西の望楼から矢を放つなんて芸当ができるわけはない！）

困惑した勝郎は明智に尋ねたかったが、探偵小僧はゴロちゃんとなにやら囁《ささや》き交わしている。

やおら五十嵐が口を開いた。

「……お揃いですなと申しあげたかったが、先代の参造さんがまだおいでにならん。息子さんを亡くした心中察するに余りあり、遅参もやむを得ないでしょう。さいわい当地のお歴々はすでにご光来で、本官にも午後七時より記者会見の約束がある。早々に話をはじめるべきと愚考しました。よろしゅうございますか、桜井署長どの」

当の署長は「おう」と太い声で応じただけだ。地元の警察をさしおいて、虎ノ門が大きな顔をするのが面白くないようだが、五十嵐警部は構わずつづけた。

「ではこれより本官が、事件の解明を進めて参る。この席に於ける本官は、警視庁そのものとご承知おき願いたい」

警部が一座を睥睨《へいげい》した。俊敏と噂されるだけあって威光はメッキではなさそうだ。と認識したとたん、自分に声がかけられた。

「帝国新報記者の可能勝郎くん」

「えっ……ぼ、僕ですか？」

思わず舌を嚙んでしまった。

「きみだ。可能くんは記者だが、社会部ではない。そうだね」

「はあ……文化部ですから」

「さよう。これが警視庁詰めの記者なら会見の内容を鵜呑みにして、紙面に反映させればことはすむ。だがきみなら――探偵小説を読んでいるね？　ジャーナリストとして、当然の素養だからね。その隣は探偵小僧こと明智くんだ。きみはどう？」

「読んでいます」明智が即答する。

すぐ近くでカネの声が聞こえた。いつの間にか三つ子――カネ、滴、静禰は勝郎たちの後ろの枡を占領していた。

「明智くんて警察でも有名なんだ……」

カネが囁くと、滴がうっすら微笑んでいる。

「――すなわちここには、犯罪についてズブの素人《しろうと》ではない顔ぶれがいる」

勝郎はあらためて桟敷の顔ぶれを見直す。

自分の隣に明智とゴロちゃん。

後ろの席には滴、静禰。カネは事件当時の望楼の動静を知る者として呼ばれたようだ。

勝郎よりずっと舞台に近い上席には、桜井署長と太刀川村長。斜め後ろにはお島がついて茶の用意に怠りなかった。

お松お竹と馴染みの顔が、枡席の間を移動して世話を焼いていた。あちこちに置かれた火鉢の炭火を絶やさぬだけでもひと仕事なのだ。

舞台から離れた枡席には、松之丞夫妻とおもだった座員がふたり。平さんはその中にまじっていた。

警部が言葉をつづけた。

「そんな諸君を相手に、事務的に真相を告知するだけでは一方的に過ぎるのではないか。耳慣れない言葉だろうが、いかなる〝推理〟が本官を結論に導いたか。その経緯を話そうと考えた」

「手間のかかることを」

桜井署長が肩を揺する。五十嵐警部はすかさず歩み寄って、舞台に膝をつきそうなほど体を折った。

「お許しください、署長。迂遠ながらこの手順を踏んでこそ、新聞記者や探偵小僧くんに、納得してもらえると考えまして」

警部が気を遣うのも、大正デモクラシーの余光というべきか。

「わかっとる」署長の太い声が、皮肉を交えた。

「やりたいように話を進めなさい。あんたの辣腕ぶりをわしが見届けよう」

「ありがたいお言葉です」

五十嵐は体を直立させた。「では本題にはいる」

3

「まずここにいる全員が見聞きした事実を確認したい。……近藤くん」

「ハイ！」

署長の席近くに座していた巡査が、あわてて立ちあがった。

「きみからみなさんに説明したまえ。簡にして要を得るように」

「はっ、畏《かしこ》まりました！」

声がうわずっている。

「え、えーと。当該事件が発生いたしましたのは、昨日でありまして……あ、正確な日付は、ですね」

緊張してど忘れしたのか、メモらしい紙を取り出した。

「昨日と申しますのは十一月の……失礼しました、十月であります……少々お待ちください」

五十嵐は苦笑いしていた。

「いや、もうよろしい、時間が惜しい。……明智くん」

「ハイ」予想していたように、少年が立ちあがった。

「説明を」

「わかりました。昨日の日付時刻はみなさんご承知ですから省略いたします」

あっさり先へ進んだ。

「母屋二階の露台で守泉余介さんが、『金色夜叉』の歌を熱唱していた最中です。隣から苫米地ゆらさんが倒れかかって、おふたりは瓢簞《ひょうたん》池に落下しました。露台のすぐ下で映写機を操作していた大田原さんが救助に飛び込み、中村静禰さんがつづきました。二分余り後に、まず大田原さんが守泉氏を抱いて浮上。その一分後には静禰さんがゆらさんを救い上げましたが、共にすでに絶命していました。ゆらさんの首筋には矢が刺さっており、はじめてこれが殺人事件と判明しました。……この程度でよろしいですか、警部さん」

「結構」

明智が席に座ると、カネが催促した。

「ホレ、拍手」

素直に滴の手が打ち合わされると、五十嵐が補足する。

「後刻判明した事実を付け加えよう。凶器となった白羽の矢には高い純度のアコニチンが塗り付けてあった」

一同の息をのむ気配が見て取れた。

トリカブトの根が含む猛毒がアコニチンだ。呼吸困難を起こして死に至る。秋に咲く紫色の花を、勝郎は、つい昨日東棟に沿う空き地で見た。決して珍しい植物ではない。狩猟民族なら獲物を倒す毒として常識の範囲だ。和名で附子《ぶす》といい、この席の誰もが知っていたことだろう。

沈黙した人々にむかって、警部はつづけた。

「容易に入手できた毒だから、この線を追って犯人を特定するのは困難だろう。犯人の明確な殺意を確認したにとどまる。……次にわかったのは、羽根と矢の部分に墨の痕がのこっていたことだ。首筋に刺さったときは黒い矢で、夜間に飛ばせば人目につかない。しかも被害者は広間と高さの違う露台に立っていたから、客は矢を視認できなかった。鴨居が被害者の首から上を隠していたからね。では斜め下、二十畳の客からはどうであったか。可能記者、明智くんはじめ多くの目が光っていた。ただし角度がわるく、被害者の体は守泉氏の蔭になり、命中の瞬間を目撃することはできなかった。だが被害者の姿勢を考えれば、射手は西の望楼にいたと想像される。これについては佐々木カネさんの証言がある」

「はい、警部さんにお話しした通りです」

ものおじしない彼女はハキハキと応じ、五十嵐をうなずかせた。

「証言を繰り返してくれるかね」

「はい。事件が起きたとき、あたいは縛られていたからわかんないけど……」

物騒な言葉を耳にして、村長が驚き顔で振り向いている。

構わずカネは話をつづけた。

「でもその前に、晴雨先生にいわれて雨戸をのこらず締めたんです。そのとき気がついたの。窓のひとつから母屋の露台がよく見えるってこと」

五十嵐が後を引き取った。

「伊藤画伯がアトリエ代わりに使った広間は二階だが、その真上でおなじ位置にある窓に、最近開閉された痕跡があった。長らく使われなかった三階の、その窓だけ框《かまち》の埃が拭きとられていたからだ。佐々木さん、もうひとつ教えてくれるかね」

警部が下手に出るものだから、カネは気分がよさそうだ。

「ええ、どうぞ。なんでも聞いて頂戴ネ」

「コラ」

静禰に叱られてもカネは聞こえないふりだ。

村長は険しい顔で睨むが、五十嵐は淡々と問いかけている。

「三階に上がる階段はどこにあったかね」

「あたいの縛られていた柱に接していました」

「その階段だけかね、三階へ上がる方法は」

「はい、そこだけです」

首肯した五十嵐はメモを見ることなくつづけた。

「露台の被害者が墜落したのは午後八時を十分ほど過ぎていた。大勢の証言が一致しているから、確定といっていい。だが佐々木さんの証言によれば」

警部に促されたカネは、待ってましたといわんばかりだ。

「あたいが柱を背負わされたのは、牙城さんの時計で七時半を少し回ってました。明智くんたちが飛び込んできたのは八時四十分くらいかな。その間三階にあがる階段を使った人は誰もいません」

「待ちたまえ」五十嵐が制した。

「きみは繋がれていたのだろう。その姿勢で階段を目撃できるのかね」

「ウウン、できません」

ケロリとしてカネは答えた。

4

「だって牙城さん、バカ力で縛りつけるんだもん……首も回せなかった。まだ縄の痕がのこってるかも。晴雨先生の好みが荒縄でしょ、手首が擦れて痛かったあ。あたいだから我慢したんですよオ」

カネはあっけらかんとしたものだが、女衆の中でもお松なぞはあんぐり口を開け放している。

たまりかねた太刀川村長が、光る頭をふって口を開いた。

「なんの話をしとるんだね。まるで監禁、婦女誘拐の現場ではないか！」

少女はへこたれない。

「晴雨先生のモデルを務めた話ですけど」

「若い娘が裸同然で縛られた……それがモデルだと！」

「エエ、あたいの仕事です」

「馬鹿な！　そんな画《え》を誰が喜ぶんだ。公序良俗に反すること夥《おびただ》しい。……署長さん、あんたからもいってやらんかい」

カネは噴き出した。

「署長さんはあたいがモデルだった画、お気に入りなんです。玄妙寺の和尚さんに聞きました。和尚さんだってあたいのファンですよ」

村長は絶句している。頭のてっぺんまで赤く染まったように、勝郎には見えた。

そこまでカネにしゃべらせてから、五十嵐はおもむろに声を張った。

「佐々木さん。本官が尋ねたいのはそこではない。身動きできなかったきみは、階段を見ることができなかった。それでも上った者はいないと明言できるのかね」

「あ、ごめんなさい」

少女は自分で自分のおでこをパチンとたたいた。「証言できます。あの階段は古いから、ネコが上ってもギシギシ揺れるの。縛られてたのはその階段を支える柱だったもん。たとえ居眠りしていても、絶対に気がついたと思うんです」

五十嵐警部は大きくうなずいた。

「なるほど。見ることはできなくても、証言の有効性は失われていない、そういうことだね……納得ゆかれましたか、署長」

署長は人形みたいにうなずき返した。さっきの勢いに比べると、目に見えて大人しくなっている。カネにすっぱ抜かれた署長としては立場がなかろう。それが五十嵐の思惑だったかと勝郎は腑に落ちた。

背後でカネが静禰に囁いている。

「あたいにあんなことしゃべらせて……意地悪だけど頭いいね、あのお役人」

五十嵐の掌《てのひら》で踊ったと見せて、カネはちゃんと自分の役割を心得ていた。

舞台では五十嵐がスムーズに話を進めてゆく。

「しかし三階には、歴然と窓に痕跡がのこっている。では犯人はどこから出入りしたか。これについては可能記者、明智くんたちの探索の結果がすべてだろう。望楼の真下に細いロープ、屋敷神の森に弓。遺留品が鮮やかに犯人の足跡を語っている……」

勝郎はしきりとうなずいている。

昨夜の探偵活動が、警視庁の敏腕警部によって実を結びつつある。紙面に自分の名前を書き込みたいくらいだ。

五十嵐の語気は畳み込むようだ。

「宴会がはじまる前後に犯人は『むの字屋敷』の外れ、崩れた土塀を応急修理したあたりから忍びこんだ。標的が現れるであろう露台をどこから狙えばよいか、すでに当たりはつけている。望楼の縦樋《たてどい》をのぼって犯人は三階に上がった。前もって結んでおいたロープで、凶器を引き上げる。三階の窓から狙撃する。かさばる弓が邪魔とばかり、塀際に捨て去った犯人は退散した——」

ここで口を閉じた警部は、一座を見回した。

全員が黙って彼の次の言葉を待っている。

芝居がかった間を置いて、五十嵐は告げた。

「……以上の筋書きはすべて、嘘である」

ざわっと一座が揺らぎ、勝郎も驚いた。

(なにをいい出すんだ、この警察官は!)

5

「……やはり、ね」

明智の呟きが耳に入って、勝郎はふたたびたまげている。

つづいたゴロちゃんの声は、小さいが落ち着いていた。

「さすがだね」

五十嵐警部が口を開いた。

「嘘といおうか、これがつまり、犯人がわれわれに誤認させようとした虚構です」

かぶりつきの客席では、署長も村長も立ち上がっている。

「五十嵐くん！」

「警部さん、説明を！」

「もちろん、それをこれから申し上げるところです。たった今本官は事件の概要をご説明した――したように聞こえた。だが子細に考えると腑に落ちない点が、多々あるのです。昨日の事情聴取の場でいちはやくそれを指摘したのが、探偵小僧こと明智くんであったことを、声を大にして申し上げたい」

全員の視線が少年に集中した。

「残念ながら本官は、この世田谷村についての知識は決して多くない。もともとの住民からすれば、所詮は外様大名に過ぎない。したがって明智くんの示唆を受け、大いに蒙《もう》を啓《ひら》かされたし、犯人を特定するヒントももらった」

「前説はもうよろしい！」

署長が嚙みついた。カネの画の一件は早くも忘れているみたいだ。

「犯人とやらの名をいいたまえ！」

「落ち着いていただきたい、署長」

五十嵐はペースを崩さなかった。

「物事には順序があります。犯人の名を口にする前に、本官がここまで申し述べた犯行の経緯が虚構であったと、まず証明せねばなりません。お待ちください」

やんわりした微笑を添えていいきった。

「簡単です、あの犯行は不可能でありました」

「そうか」明智少年の吐息が聞こえた。

「そこから攻めてゆくんだ」

どうやら明智少年は、五十嵐警部がどんな方法で話を進めるつもりか、見当をつけたらしい。「遺留品か……」

明智の独り言にゴロちゃんが真剣な顔で耳を傾けている。果たして五十嵐はいった。

「問題は弓だ。明智くん」

「はい」

「屋敷神の森できみがみつけたのは、どんな弓だったかね」

「半弓です」

「そう」

首肯した警部は苦笑を浮かべている。

「この場の女性たちは半弓と楊弓《ようきゅう》の区別がつくのだろうか。……佐々木さん」

自分はもうご用ずみと思っていたようだ。「へい？」間の抜けた声を返している。

「きみは承知しているかな？　半弓を」

「えっと。楊弓なら矢場《やば》で使う弓だけど……半弓は知りません、すみません」

「謝ることもないが、ではどちらが大きいかね」

「……半分の弓だから、楊弓より小さいんでしょ」

「あべこべだ」

「あれま」

首をすくめるカネをよそに、五十嵐警部が説明した。

「半弓はふつう六尺三寸（約一九〇センチ）で標準の弓の七尺三寸より小さいが、楊弓の長さ二尺八寸に比べれば遙かに大きい。男、それも士族なら常識の範囲だが、女性では無理かも知れんな。……明治からはやっている矢場の遊びは楊弓で的を射るのだが、そこで働く矢場女は半ば公然と男の相手を務めるので評判が高い。現に」

警部が含み笑いになった。

「亡くなった守泉余介さんは、その方面でも名を売っておられた」

いくら賢くても少年の明智やゴロちゃんが、〝その方面〟に詳しいはずはないが、勝郎はむろん知っている。

警部がつづけた。

「……余介さんが囲っていた歌枝さんは矢場女の売れっ子だったと、全員が承知している。だが本来弓は女に縁のない道具だ。佐々木さんの返答でわかるように、本物をろくに見たこともないだろう。そもそも矢場の弓は座して射るもので、武芸の弓道とはまるで違う。遠矢など望むべくもない。ちなみに弓道場で、近的は射手と的の距離がざっと十五間。遠的となれば三十三間に及ぶ」

へーえと女たちの吐息があがる。三十三間はメートル法に直せば六十メートルというところか。講談種の三十三間堂で通し矢の数を競いはじめたのは、徳川家光《とくがわいえみつ》の時代だから、年季がはいっている。

「弓と楊弓では射程距離の桁が違う。犯人がいたと思われる望楼から露台までの距離は、警視庁鑑識課の計測によれば十六間にあまる。七尺三寸の大弓なら別だが半弓で果たして届いたか……近藤くん、質問かね？」

おずおず立った巡査は、懸命に声を張り上げた。

「お言葉でありますが、それなら近的に近い距離であります。半弓が絶対に届かぬとまでいいきれぬのでは……」

最初の失態を回復したいのか、懸命だった。

「真一文字は無理としても、高く放てば弓なりに矢が届いた場合もあり得るかと」

「それはできない相談だよ。あの望楼には深い庇があるからね」

「あっ」

「むの字屋敷」に詳しい近藤だけに、すぐ思い当たった。

「二階ならまだしも、三階の窓から空に向けて射ることはできない」

巡査はグウの音も出なかった。

「よって、結論。望楼から露台の的を射たというのは、探索側の勝手な思い込みだった。……納得できたかね、近藤くん」

「は……恐れ入りました」

意気込んでいた駐在が、しおしおと腰を下ろした。

警部の推理は犯人の断罪に及ぶ

1

「なに、そう悄気《しょげ》たものでもない」

五十嵐は余裕綽々《よゆうしゃくしゃく》で言葉を継いだ。

「そうとわかったから、犯人に迫る材料を得ることができた。……お、明智くん」

含み笑いで少年を見る。

「……いいたいことがあるようだが。構わない、いってみたまえ」

勝郎はちょっとイヤな気がした。いかにも警部はものわかりよく、下僚や若者の意見を聞くポーズをとるが、実は満座に自分の寛大さを見せびらかしたいだけと思えたからだ。

明智は気にかける風もなく、率直に答えている。

「犯人は自分で自分の罠に落ちたと、考えます」

「ほう！」

五十嵐警部は大袈裟なくらい驚いてみせた。

「流石《さすが》だね、探偵小僧くん」

勝郎にはなにが流石かわからないが、警部は少年の答えまで織り込みずみなのだと察しをつけた。

もっとも大向こうの反応は違った。褒められた明智少年に、桟敷《さじき》席からいっせいに視線が集中する。

ゴロちゃんがくすっと笑い、後ろでカネの拍手する音が聞こえた。肝心の探偵小僧はかえって仏頂面だ。そんなリアクションを見澄まして、五十嵐が問いかけてくる。

「遺憾《いかん》ながらこの席の人たちは、本官ときみの問答を理解できておらんようだ。明智くん、教えてあげたまえ」

「遺留品です」

少年にしては愛想のない口ぶりだ。頭の回る彼は、自分がダシにされたことにもう気づいていた。だが五十嵐は追求の手をゆるめない。

「ロープや弓のことだね」

「……ハイ」

仕方なく答えると、桟敷のみんなは興味津々で探偵小僧を見つめている。

「ふむ。それがかえって犯人を追い込む小道具になった。そういいたいのだね」

「はあ」

ややふてくされた返事になったが、五十嵐は機嫌がいい。

「どういうことだろうね、明智くん」

「警部さんが仰るように、この犯人は……」

口を噤《つぐ》んだ明智を、五十嵐は構わず催促する。

「犯人は、なんだい」

「ええと……弓をよく知らないみたいです」

「たとえば女とか？」

「……」

口を噤んだ明智の表情をみやって、勝郎はドキリとした。

（女？）

誰のことをいってるんだ。

口を開かない明智を催促するでもなく、五十嵐は淡々と繰り返す。

「そう、女」

明智は狼狽気味だった。

「……あ、いえ、それよりも」

話をあらぬ方へ向けようとして、つづけた。

「遺留品がいつ置かれたのか。その時刻を調べるのがいいと思いました」

うなずいた五十嵐は、一座を見回した。

「明智くんは、こういおうとしている。ロープや弓がわれわれを誤導するため置かれたのなら、事件発生より以前に放置されたことになる。しからば遺留品の置かれた時刻が、犯人追及の手がかりになる……そういうことだね」

「そうです」

「結構。ロープは人目につきにくい場所だが、弓は屋敷神の森にあった。あの森へはいるには、長屋門から塀沿いに西へ向かうか、西洋庭園のテラスを斜めに突っ切るか、ふたつの経路がある。だが庭園では守泉家の営繕係が作業中だった。聞き取りに際し本人から時間も確認ずみだ。午後一時から五時まで。平さん……いや失礼。萱野《かやの》平六《へいろく》さんだったね」

「平さんで構わねえです」

ぶっきらぼうな答えだが、やっと勝郎は彼の本名を知ることができた。

「あなたはずっとおなじ場所にいましたか」

「うんにゃ。二度場を外したけど……」

「だがあなたに代わって見張る者がいた」

「そういうこってす。柵をこさえた工事の棟梁がね。あっしがいねえ間、そいつがずっといた……ありていにいえば一服して休みをとっていたんですが」

「だがその間ネコ一匹通っていない。あなたはその証言を受け入れた」

「それに違《ちげ》えねえです。棟梁はあっしの呑み友達でさ。嘘をつくような奴じゃねえ……だからゆうべは胸を張って申し上げたんでさ」

「工事はどんな理由だったのかね。柵があっては見通しがきかなかったのでは？」

柵の材料が山積みされていたことを、勝郎は思い出す。洋風庭園と長屋門を隔てて立っていたはずだ。

「なあに、もともとバラ園に客をいれないためなんで、柵そのものはスカスカでさあ。レミたちが森へゆくのも丸見えでしたよ」

夜目がきかない彼だが、まだ日の高かった時刻である。

「そのレミも、カピを連れてすぐもどってきましたがね。あの子のほか、森に近づいたのは誰もいなかった、というのがあっしの証言でさぁ」

「わかった。……念をおすが平さん、あんたは聞き取りで話してくれた。午後一時少し前、庭園の補修直前に屋敷神を拝んだそうだが、そのときには弓はなかった。確かだね」

「さようでさ」

なんべんおなじことをいわせるのかと膨れ面だが、五十嵐は歯牙にもかけず総括する。

「そして明智くんたちが、弓を発見したのがほぼ午後九時だった。すなわち午後五時から九時の間に、屋敷神の森へ弓を運べた者が犯人である。こう断言してよいのではないか」

桟敷席の人々からかすかなざわめきが起きた。

2

「そこでレミと呼ばれる少年だが。……近藤くん」

「はい！」

あわてたように立ち上がる。

「本官は会っておらんので、きみに尋ねる。彼が平さんの目に触れぬよう、弓を隠して運んだ可能性はあるだろうか」

「いえ。レミは明智くんと比べても小柄でありまして、六尺三寸の長さの弓をどう持っても隠しきれるとは思えません。夜ならまだしも、日の下では無理と判断いたします」

「よくわかった。レミ少年の存在は無視しよう。さて五時には東門が開かれ大勢の客が詰めかける。その目を盗んではるばる西端の森まで弓を運ぶのは、あまりに危険だろう」

「は……同感であります」

問答を耳にしながら、勝郎は考える。

客のほとんどは幔幕《まんまく》に挟まれた道を辿ったが、誘導のためだから強制ではない。現に井田は幕の外を通って、お島たちと接触している。

そうなると幕一枚へだてて通る大勢の他、庭内を徘徊するだろう客の目まで盗んで弓を運ぶのは、大いにためらいがありそうだ。

「ということは、入場を終えた五時半ごろになって、弓は屋敷神の森に置き去られた。そう考えるのが妥当だな」

「はい、さようであります」

「その時刻に、行動の自由があった者は誰か」

「……」立ち尽くしたまま、巡査は考えこんでいる。

「芝居の開演は五時半だった」

「はい……」

「予定された客は全員所定の位置についていた」

勝郎は内心で首肯した。

「なかむら座」の男衆が緞帳《どんちょう》の蔭から確認したと、静禰に聞いている。空いている枡席《よすせき》はひとつもなかった。

客以外に守泉家の使用人たちはいるが、評判の静禰を間近に拝めるとあって、全員が桟敷のどこかに顔を出していた。

(レミはどうだっけ。そうだ、あの子なら奈落で待機していた。盆を回す大役が控えていたのだから)

考えていた近藤巡査が、やがて答える。

「旅芝居の者にも、屋敷の者にも確かめております。使用人ともども開演間際の桟敷席に詰めておりました」

するとと五十嵐は薄笑いした。

「本当にそう思うかね」

「はい」

「そりゃあ可笑《おか》しい」

「え……」

巡査は狼狽した。

「そ、そんなはずは」

「だってきみ。芝居の幕が上がる前に、守泉余介さんは舞台に立ったのだよ。彼がいた枡席は空いていただろう？」

「あ……そ、そうでした」

気の毒な近藤はしどろもどろだ。

「申しわけありません！　守泉氏の枡席はカラでありました」

「それも変だよ」警部は容赦がなかった。

「守泉氏には、苫米地ゆらさんが侍《はべ》っていたはずだ……当然彼女もいなかったことになるね」

また巡査は硬直したが、勝郎もぎくりとした。

(その通りだ、しかし……)

では開演時にゆらはどこにいたのか。思いめぐらせても確たる記憶がない。御前さまがみじかい挨拶をすませてから、枡へ引き上げようとした。その手をとって介添えする潰し島田のゆらは覚えているが、それまで彼女はどこにいたのか……。

『どこにいた？　滴ちゃんのおッ母さん』

『えっと……舞台の下手にいたと思うけど……』

『枡席にいたんじゃないのか、滴』

『ううん、それはないと思うよ静禰さん。まめまめしく男に尽くす人なんだもの、袖で御前さまの世話を焼いていたはずだよ。それも決して人の目につかないように。それがおがの性分なの』

問答を知ることのできない勝郎は、考えあぐねていた。

二本の通路を駆けめぐり写真をたっぷり撮っている。だから桜井署長も太刀川村長も、席にいたとはっきり記憶しているが、御前さまは……ゆらさんは……。

やや思い出してきた。

(あのとき僕は、ゴロちゃんが帰ってこないのにハラハラしていた。御前さまのことなぞ念頭になかった……)

「覚えておらんようだね」

五十嵐が舞台から近藤にいった。

「申し訳、ありません!」

「いいんだよ。もう座り給え」

近藤巡査がすごすごと腰を落とすと、警部は声を張っている。

「……しかしながら気がかりになった本官は、いく人もの客に確かめた。目印になる潰し島田を結った女客が、ちらほらいたので混乱した。けっきょくわかったのは、挨拶を終えて桟敷席に下りる守泉さんに、ゆらさんがつづいた。それだけだ」

「滴ちゃんがいった通り、そっとつき添っていたんだ」

静禰の囁《ささや》きが背後に聞こえ、五十嵐の声は正面からかかった。

「では彼女は、いつどこを通って余介氏の背後に現れたのだろうか」

「しつこいね、あのメガネ」

カネのいらつく声に、静禰も加担した。

「お母さんの足どりが、そんなに大事なのかい?」

ここで勝郎は、明智とゴロちゃんの表情に気がついた。

「……まさか」

「やはり」

ゴロちゃんと明智の不安げな声。

五十嵐警部の声がひと際大きく響いた。

「その時間ゆらさんはどこへ行っていたのかという疑問に、置き換えてもよろしい……本官の意向がもうわかったのではないか、明智くんには」

3

桟敷に流れていた私語がピタリとやんだ。全員が明智を見つめている。警部の意図を測りかねてか、カネと静禰の言葉も聞こえなくなった。

『なにを気をもたせてしゃべってるんだよ、あのメガネ』

『……風向きがおかしい』

『えっ。どういうこと、静禰！』

『明智さんの顔を見て！』

舞台では、五十嵐警部がとうとうと語りつづけていた。

「……舞台下手の袖は、ふたつの階段を介して東棟の庭につながっている。開演直前のその一帯は無人のはずだ。見張りといえるのは東門の源田夫婦だけだ。ただし幔幕の通路を使えばふたりに気づかれずに、ゆらさんは長屋門へもどることができただろう」

勝郎を含めて何人かの客は、警部の言おうとする内容を先取りしつつあった——。

（おい、まさか！）

「まさか！」

押し殺した滴の声を、勝郎は耳にした。

五十嵐はおなじ調子で話しつづける。

「残念なことにゆらさんはもういない。そのとき彼女がどこにいたか、証言してもらおうにも、守泉余介さんもいない。ゆえに確証はないが、屋敷神の森に弓をのこしたのが苫米地ゆらさんという可能性は高い」

「そんな……」

カネは絶句したが、明智もゴロちゃんも一言も発しなかった。

少年たちに一拍遅れながら、勝郎の思考も警部を追う。

(遺留品をのこした者が犯人……警部はそう仄めかした……つまり滴さんの母親ゆらさんが犯人と、五十嵐警部は推理した……)

先ほど明智が話の舵を曲げようとした理由がわかる。また犯人を突き止めながら、警部が逮捕を急がなかった理由も氷解する。

(しかしゆらさんが犯人とはどういうこった……矢を射かけられたんじゃなく、自分で自分の首筋に矢を刺した?)

矢が西の望楼の方角から飛来した――そう直感して叫んだのは勝郎自身である。だが実際に矢がゆらの首筋に突き立つ瞬間を目撃したわけではない。勝郎に限らず、あの場にいた者は誰ひとり彼女の首筋を直視できなかった。二階大広間の客の視線は鴨居に邪魔され、階下の勝郎たちも角度がわるくて見られなかった。

だからゆらは着衣で隠していた矢を、右手で自分に突きたてることができた……みんなが目撃したときのゆらは、殺意を抱いて余介に倒れかかった……のか?

(そんなことがあるだろうか)

強烈な疑問に突き上げられた勝郎は、いまにも眩暈《めまい》をおこしそうだ。

三つ子たちも混乱の極みにある。

『滴のおっかさんは自殺したってこと？　だけどメガネの警部はゆらさんを犯人扱いしてしゃべったぞ』

『犯人には違いないよ。矢が刺さったのがお芝居なら、御前さまを道連れにして落水したことになる』

『おがが御前さまを殺したというの！　そんな！　そんな！』

「そんな！」

喚いて立ち上がった滴の顔は真っ赤だ。

「おがが……わたくしの母が、父を巻き添えにして、池に身を投げた、そう仰るんですか、警部さま！」

滴の気丈さは勝郎が思っていた以上だ。いかめしい制服の五十嵐に正面切って楯突いたのである。対する警部は沈痛な面持ちであった。

「滴さん。お気持ちはお察しする。だがこれが本官の出した結論なのだ。どうか冷静に受け止めていただきたい」

メガネが光った。

「推理の先賢はこのように申している。……いかに信じ難い結論でも、それ以外に解決の道がないなら、それが正解だ、と」

4

勝郎の視界に、顔を寄せている明智とゴロちゃんの姿が入った。

五十嵐はゼスチュアをまじえて、声をかけた。

「……どうか守泉のお嬢さん。お座りになっていただきたい」

不承不承に滴がもとの座に納まる。それを見すまして、警部はことばを重ねる。

「すでに本官は、遺留品の弓が実際に使われた凶器ではないことを証明した。では、苫米地ゆらを倒したと思われた矢は、唐突にどこから出現したのか。合理的に考えればゆらが持参した――それに尽きる」

警部はゆらと呼び捨てにした。

「右手に矢を摑み、客の死角から自分の首筋を刺す。浅手であって構わない……そのためのアコニチンだからね。同時に自分の体を守泉氏にぶつける。立っているふたりにあの手すりは低すぎた。もんどり打ってふたりは池へ――」

「嘘！」

半立ちになった滴の鋭い声。

「そんなことをするものですか！　警部さまはご存じないんです！　母は養父を……守泉余介を愛していました！　世間なみの夫婦《めおと》ではないけれど、心底惚れていたんです。なんべん母の口からおのろけを聞かされたことでしょう！」

「そのことなら、存じている」

警部は言葉を区切るようにして応じ、滴は勢いを削がれた。

「え……」

「本官の論告は、苦米地ゆらの守泉氏に対する情愛と、決して背馳《はいち》するものではない」

語気に一脈の同情の念が流れていた。

「お嬢さんの母上が守泉氏を愛していた。それについては本官も認めている」

「でしたらなぜ！」

いきり立つ滴に、五十嵐はこう声をかけた。

「それでもゆらは余介さんを殺そうとした。なぜか。平たくいえば彼女は無理心中を図ったのだ」

「……！」

滴が絶句すると、警部は思いがけない言葉を重ねた。

「彼女は重い肺結核にかかっていた」

「そんなこと」

滴が目を見開いた。怒るよりも驚いている。

「それでしたら母の思い違いですわ。私はもう長くないと、本気で繰り返すものだから、尼崎先生のところへつれてゆきました。先生ははっきり見立て違いと仰いましたのよ」

「そう。そこであなたは母上が納得したと思って、それ以上追わなかった。違うかね」

念を押された滴は、愕然としている。

「……では母は」

「さよう」五十嵐は腹立たしげな口調に変わった。

「大正の開明な空気にあたったお嬢さんは、尼崎博士の診断が正しく、町医者は間違っている。そうわかった……だがゆらは髪結床で馴染みの医者こそ、正しい見立てをしていると信じきっていた。お嬢さんはご存じあるまいが、あの田所という医者は藪《やぶ》というより詐欺師です。懐《ふところ》の暖かそうな者にすり寄って、病患の重篤さを言葉巧みに信じさせ、高額な薬代を毟《むし》りとるのが手口だった」

「そんな……」

滴の声の震えを、勝郎は背中で感じ取っている。

「尼崎先生から話を聞いた本官は、そいつの正体を知って母上の勤め先に向かった。今朝のことだ。遺憾ながら奴はもう行方を晦《くら》ましていた。だが彼女の仕事仲間から、田所がどのような嘘八百を吹き込んだか、知ることができた。自分の余生は短いと観念して、無理心中を図ったのだ」

「納得できません」

鋭い声の主は静禰だ。立ち上がって警部をにらみつけた。

「ゆらさんが思い違いしたからといって、なぜ殺された真似をしたのですか。それもゆうべ宴の最中に大芝居を打って」

いいところを突いたと勝郎は思い、「そうよそうよ」小声で賛成するカネもいた。だがすべて織り込みずみで推理をはじめたとみえ、五十嵐は少しも動じなかった。

「もちろんそれには理由がある。その理由には、中村静禰さん。あなたも加担しているのだよ」

「えっ」

立ったままの静禰が動揺すると、落ち着き払った五十嵐警部の言葉がつづいた。

「いわずもがなだがゆらさんは、お嬢さん――守泉家に譲った滴さんを、誰よりも人切に考えていた。

5

むろんあなたも身に沁みていたと思う……」

警部はゆらに敬称を復活させていた。

滴が白い顔をあげた。

「はい。母はわたくしの将来を心から案じておりました」

「そうだったね」

首肯する五十嵐の語気は真摯《しんし》だ。

「あなたには不本意でも、それが動機だったのだよ」

ざわっと、勝郎の背後の空気が騒いだ。

『どういうことよ！』

『母の動機がわたくしにあるって？』

『それにおいらがどう加担したっていうんだ！』

『しっ……とにかく警部さんの話を聞こう』

静禰が座るのと同時に、五十嵐が口を開いた。

「……ゆらさんは滴さんの幸福を願っていた。髪結いの娘より守泉の家つき娘となる方が安泰だ。そう信じていたからだが、先代参造氏は不満だったろう。家門存続に万全を期すなら男子を入籍させればいいからね。だがゆらさんに夢中だった余介氏は、請われるままに滴さんを入籍した。自分の眼鏡にかなうような男子が周辺に皆無だった、そのためもある。ところが静禰という少年が現れた」

「あ……」

小さな声は、静禰、カネ、滴の誰が発したものか勝郎にはわからない。

「その思いつきを強力に推進したのは、もともと稚児《ちご》趣味だった参造さんだ……しかも静禰本人は『なかむら座』を離れるつもりらしい。それを知った余介さんも、積極的に養子縁組しようと考えた」

栈敷席は静まり返っている。舞台稽古を目撃した者なら、かぶりつきに陣取って美少年の品定めに熱中した参造の姿を覚えているはずだ。勝郎としては、牧場主が子馬を選ぶのとおなじ目で美少年を吟味していた印象だが。

「参造さんも余介さんも、中村静禰が女と知らなかった。ゆらさんもおなじだ。娘が跡継ぎの座から蹴落とされ、静禰が後釜に座ると思い込んだ。そうなる前に——静禰を養子にする前に、余介さんを排除する必要があった」

誰ひとり反応する者はない。僅《わず》かに勝郎の背後で滴がしゃくりあげていた。

「そんな……そんな……」

短い間を置き、五十嵐警部は言葉を改めた。

「——苫米地ゆらがあの時点で無理心中をはかった、これがその理由である」

「信じられない……」

すすり泣きながらだが、滴の声は静謐だった栈敷席のすみずみまで届いていた。

警部は黙って、滴の次の言葉を待っている。

「おがは……警部さんが仰るような……そんな頭のいい女じゃありません……詐欺師の医者に手玉にとられるような愚かな女なんです。滴をうちに入れなさい、守泉に相応《ふさわ》しい立派な婿どのをみつけてやる。そんな助平爺の口説き文句で落とされる、浅はかな女だったんです！」

石を投げ込まれた池のように、栈敷の人々が波立つのがわかったが、五十嵐は淡々と応じていた。

「お嬢さん。亡くなった守泉家のご当主は、仮にもあなたの父上に当たるお人だ。悪しざまにいっては、あなた自身を傷つける。下手人であった母御をいっそう貶《おとし》めることになりはしないかね」

もう滴はなにも言い返さなかった。突っ伏して身を揉んでいるだけであった。

『信じない！　絶対に信じないっ』

『滴……おい、滴ってば』

『滴ちゃんが、そういうの無理もないけど……けどさ』

やおら五十嵐は、沈黙を守る少年に声をかけた。

「明智くん」

「はい」

「お嬢さんは納得できないようだ。親子の情として無理からぬところだが、本官の論拠は情ではない、あくまでも理にある。……本件にあってゆらの首筋に矢をたてることができたのは、ゆら本人以外にないとする推理に、反論はあるかね」

一瞬、滴の泣き声がやんだようだ。だが明智の返答はつれなかった。

「ありません」

「それなら結構」

五十嵐警部はほっとした様子に見えた。

だが、少年の最後の一言を勝郎は聞いている。

「……今はまだ」

自信なげなその言葉は、五十嵐警部の耳に届いていなかった。

「……以上、下手人の心理を本官は理解するが、しかし同情するものではない。遺憾ながら当人はすでに死亡しており、もはや追及は不可能である。……この結論を午後七時に行われる記者会見で申し述べる。……よろしいな」

桟敷はシンとしている。滴の反応を知りたい勝郎が振り向いたとき、その方角から、怒声が起きた。

「人殺しの娘！」

それでも乙女はくじけない

1

天井桟敷《てんじょうさじき》の背後の襖《ふすま》が開け放されると、母屋から来た守泉家の隠居参造が立っていた。小柄な年寄りにしては驚くほどの声量の持ち主であった。背後でささえていた白衣の看護婦を振りきって、ドスドスと足音も荒く下りてくる。

舞台の五十嵐や枡席《ますせき》の村長や署長まで茫然と見守っている間に、老人は三人娘の席の横で仁王立ちになった。

「滴！」

白髪で皺だらけの顔を真っ赤にしている。講談で豪傑岩見《いわみ》重太郎《じゅうたろう》に退治された狒々《ひひ》そっくりだ。

「はい」

応じた滴は冷静さを取り戻していた。

「たった今……」参造の声が震えた。

「守泉の名字を返してもらおう」

糸に引かれたように滴が立ち上がっていた。座った静禰とカネの頭越しに、少女は参造と睨みあう形になる。わずかに滴の背が高い。少女は、毛ほども気おくれせずに切り返した。

「なぜでございましょう」

恐れ入るかと思った相手につよく出られて、鼻白みながらも青筋を立てた。

「わ……わかりきっておろうが！」

怒鳴ろうとして咳込む老人に、滴が答える。

「わかりません」

「なにをぬかす！　きさまの母親のしでかしたことは、あの警部どのの指摘で明々白々だ！　なのに娘は恬《てん》として恥じぬのか！」

「お言葉ですが、お祖父さま」

「貴様のような孫を持った覚えはない！」

怒り狂う隠居はまた咳込んだ。困惑しきった表情の看護婦が医師の目顔をうけて参造に近づいてくる。

背筋をのばして滴は答えた。

「お祖父さまがどうお考えでも、今のわたくしは守泉滴でございます」

「だ、だからっ」

「養子縁組を解消すると仰いますか。それはできません。こう申し上げれば裁判沙汰になさるのでしょうか。でも法廷に持ちだせば、お祖父さまは負けます」

「なんだと」

隠居の目が大きく見開かれた。

「どうか民法をお読みください。養子を離縁する条件はいくつもございます。虐待があった場合。三年以上行方知れずの場合。家名を汚した場合、懲役一年以上の刑をうけた場合。いろいろございますが、それはどこまでも本人の話。仮に母が罪を犯そうが、母が本人ではない以上、縁組を解消する理由になりません」

『滴、よく知ってる！』

『養子の餌で男が釣ろうとしたんだよ。ちゃんと調べなきゃ、後が怖い……滴そういってた』

「な、なにをぬかす、女の、それも子どもの癖に！」

老人の大喝を彼女はビクともせず受け止めた。

「女であろうと子どもであろうと、法は法でございます。なんの落ち度もないわたくしを、守泉の家から引き剝《は》がすことはできぬ相談でございます」

「け、警部さん！」

舞台に向けた老人の顔は滑稽なほど歪んでいた。

「なんとかいってやってくれい！　警視庁の、そこの、あんた！」

名前を忘れたらしい。

五十嵐は拭いていたメガネを、落ち着いてかけ直した。

「残念だがご隠居。本官は刑事担当であって民事は関知しないのですよ。……では虎ノ門に帰る時間があるので、失礼」

下手に切れる直前思い出したように、踵を合わせ署長に一礼してから背を向けた。勝郎の目には颯爽と映る退場ぶりであった。

見捨てられた気分に違いない。あわてて通路を下りようとした参造は、桟敷の人々の表情に気づいて立ち止まった。

「年端もゆかぬ女が跡を継ぐ？　笑わせるでない、人殺しの娘に誰が婿入りするものか、くるとすれば二目と見られんご面相か、借金漬けの疫病神か、どこの馬の骨とも知れん輩《やから》にきまっておるわ！　それともきさま、自分の母親を手本にして、男と見れば見境なしにひっつくのか！」

白かった滴の頰に赤みがさした。我慢しかねた彼女が声をあげようとした――だがその直前に立ち上がったのは明智少年であった。

「ぼ、ぼくがいます」

「あ?」

栈敷から通路に出た明智が、参造のすぐ背後に立つ。度肝をぬかれた老人に少年は怒気を含んで繰り返した。

「ぼくがいます。滴さんの婿になりたい者がここにいます」

2

『きゃあっ』

『こらっ、カネ!』

『心配すんな、声は出さないって。だけど明智さん、よくぞいってくれました!』

『先に喜ぶのはカネじゃない、滴、なんかいいなさい!』

当の乙女は真っ赤になっていた。参造に向けた憤怒と違い、初々しくうつ向けた顔を朱に染めている。

あまりに突然な明智の宣言だったから、無理もない。勝郎がゴロちゃんの様子を窺うと、鳩が豆鉄砲を食ったような目つきだった。あれはとっさに、明智の口から飛び出た本音だったのだ。

この場にいた者の誰ひとり、これほど率直な求婚の言葉を聞いたことはあるまい。いくらモダンな大正時代でも、少年の行動は桁がはずれていて、人々はしばらくの間口がきけなかった。

3

ようやく参造が、歯ぎしりするような声を洩らした。

「あ……あんたは……誰だ」

「明智といいます」

リンゴのように艶々《つやつや》した頰がうっすら染まって見えるのは、少年も今や不退転の覚悟を固めたに違いない。

参造はまだ呑み込めておらず、阿呆みたいに反復した。

「明智……？」

「はい。調べていただけばわかります。美濃《みの》に三百年前からつづいていた家柄です。決して馬の骨ではないつもりです」

ぷッと噴き出したのはカネだが、今度は静禰も止めなかった。

「その家の次男です。結婚の許しならすぐ両親にもらいます。ちなみにぼくは東京府立の中学を卒業しています。借金はありません」

桟敷のあちこちで失笑する気配だ。参造はなにもいえず口をもごもごさせている。勝負あったと勝郎は見た。

「ですからどうか心配しないでください。及ばずながら守泉の家名は、滴さんと力を合わせて守ります、突然でしたがぼくは真剣です。ここにおいでのみなさんに証人になって頂きます」

若い男が何人か喜んで手を叩いている。

村長とささやき交わす署長の横顔が、いまいましげに尖って見えた。「これだから今の若い者は」とでも文句を並べているのだろう。

不意に参造が体を折ってはげしく咳込みはじめた。看護婦が顔を見やると、隠居は声も出せずに首をふっている。医師が看護婦とふたりがかりで連れ去ってゆく。抱えられた年寄りはひと塊《かたまり》のボロ布に見えた。

文章の余白めいた間があいた。

座を締めるべき者がいないかと思うと、そうではなかった。

パチパチと拍手しながら立ったのは、通路を一本へだてた枡席の男爵であった。洗ったばかりのべレエとルパシカ姿は、和装の多い客の中で異彩を放っている。

「明智くんの勇気に敬意を送る」

まともに褒められた少年は俯いたが、耳の付け根まで赤くなっていた。

「守泉家の前途に光が見えて、食客の私も安心した」

磊落《らいらく》な言い分にクスクス笑うのは大方が女性だ。爵位を持つ身分でも気さくな点が、女性たちに人気があるのだろう。

4

「いかがです。村長さん署長さんも、ひとまずホッとしておいでてでしょう」

そういわれれば仏頂面をさらしてもいられず、ふたりの顔役はこわばった笑顔をつくった。

「……勇気ある若者たちをいずれ改めて励ましていただくとして、一段落ついたところで、この場をお開きにしてはいかがですかな」

　薄い笑顔で座を見渡した。警部の謎解きは終わったのだ。大勢が腰を浮かせている。

「どうぞみなさん、日のある内に足元に気をつけてお帰りください。……や、お島さん、いいタイミングだ」

　女衆がかぶりつきの枡席に、酒肴を運んできたからだ。遠慮する風もなくお偉方たちは相好を崩したが、それに奇異の目をむけるでもなく村人たちは黙礼して退出していった。

　勝郎は醒めた目で眺めている。顔役の人たちは、ことあるごとに守泉家の供応を受けているのだろう。

　男爵が若者たちに声をかけてきた。

「滴さん。それに明智くんたち。別な席で話し合おうじゃないか」

「……はあ」

　明智はもぞもぞとまた立ったが、滴は警戒していた。

「お話ってどのような」

「おいおい」男爵は世馴れた大人の笑みを浮かべた。

「たった今、きみたちはみんなの前で結婚すると宣言したんだぜ。それに」

　ストンと声を落とした。

「五十嵐警部が事件の顚末を発表すれば、記者たちの来襲で屋敷はもみくちゃになる。もともと滴さんは事件の火元だ……そこへ明智くんの発言ときた。火に油をそそいだ後始末をどうつけるか。最小限の段取りだけでも考えようや」

　もっともな提案ではあった。男爵は呑みはじめた顔役どもをチラと見て、明智たちに囁《ささや》いた。

「偉いさんには、餌をあてがっておけばすむ……ゆこう」

顎をしゃくった。

ゆくといってどこへゆくのかと思ったが、男爵が案内したのは天井桟敷の奥——先ほど参造が現れた母屋だったから、馴染みの食堂まで一直線だ。

三日前の夜、食堂で御前さまや男爵、井田と並んで卓子についた。……その御前さまはもういないのか。暗然とする勝郎の横でゴロちゃんが呟いた。

「妙な匂い……」

「そうかい？」

勝郎だけではなく、ついてきていた静禰とカネも顔を見合わせた。

「鼻がきくんだよ、ゴロちゃんは。押し入れに隠れてタバコを吸ったぼくを、みつけたことがある」

明智が笑ったが、ゴロちゃんは食堂へはいると、いっそう気にしていた。

「タバコじゃないけど、大人の匂い」

滴は気づいたようだ。

「空き巣に入られたわたくしの部屋も、おなじ匂いがいたしましたわ」

「ポマードじゃないですか、男爵さん」

流行《はや》りの男性用整髪料である。勝郎が問いかけたが、彼はもう背を見せて隣室にはいっていった。

隣は納戸なのか大型の家具が並んでいる。

「誰だい、そこにいるのは」

家具の蔭から女の声が聞こえた。

「まあ、男爵さま」

勝郎が覗くと戸棚のひとつがギシギシ揺れた。

「誰？」

ゴロちゃんたちも顔を出した。納戸を間において、奥の座敷にお松がいた。村長たちを饗応していると思った勝郎なので意外だ。

「なんだ、あんたか」

男爵も驚くと、体に似合わぬか細い声が返ってきた。

「お留守の間に掃除をと思いまして……」

「ああ、そこは歌枝さんの部屋だったね」

歌枝の名前に刺激されたらしい。少年ふたりも納戸に入ってきた。歌枝の居室は納戸を挟んで食堂につづいていたのだ。お松の図体越しによく整理された座卓が見え、少年たちの目を丸くさせた。

「虫眼鏡だ」

大小複数個の虫眼鏡がきちんと並べてある。隣り合った幾種類もの筆はともかく、虫眼鏡なんて代物は、女性の座右の文具とは思われない。

お松が説明した。

「歌枝さんの大切なお道具ですよ。お祖父様譲りでそれはもう細かい文字をおかきになるんです」

勝郎も思い出した。「米粒にいろはが書けるってね」

「えっ、凄いや」

好奇心丸出しのゴロちゃんだから、ノコノコ部屋へ入ってゆきそうだ。ちょうどそのとき、食堂からオルガンの音が流れてきたので、勝郎が催促した。

「もどろう……お松さんの邪魔になる」

「はい」素直に引き返しながら囁き合っていた。

「探偵道具のメガネより上等だね」

「高いだろうな」

女性の道具には興味がないらしく、男爵はとっくにオルガンの聞こえる食堂へ踵をかえしたが、勝郎の商売には筆も大いに関係がある。しばらく眺めてからとって返した——そこでなんだろう。なにか先ほどと印象が違う。

（？）

一瞬首をひねったのだが、もともとものにこだわる性分ではないから、じきにそんな違和感は忘れてしまった。

5

歌枝の行方に関心のないカネと静爾は、オルガンに夢中になっていた。滴が弾いてみせると大喜びの無邪気な少女たちだった。

男爵はその三人を笑顔で見ながら、カウンターの下にまだ残っていた洋酒のボトルを開けている。勝郎に早速すすめてくれた。

「やるかね」

「はあ、どうも」

顔を綻ばせていると、オルガンの方ではカネが滴にねだっていた。

「ね、あたいでも知ってる歌、弾いてみて」

食堂に帰った少年たちは呆れ顔だ。なんのため母屋まできたのかといいたかろうが、いっときでも滴の気分が落ち着くならと思い返したらしい、少女たちにまじってオルガンに耳を傾けようとする。

滴は弾いていたシューベルトの『セレナーデ』の指を止め、カネに声をかけた。

「外国の歌よりこの方がいいのではないかしら」

前奏を聞いてカネが喜んだ。

「知ってる！『さすらいの唄』、松井須磨子ね！」

滴に合図されて、覚束ない節回しながら歌いはじめた。

「♪ゆこかもどろか　オーロラの下を……」

カネは目顔で静穪を誘ったがしり込みされた。殺陣《たて》と違って歌の修業はしていないようだ。カネにしても一節目の後半でしどろもどろになったが、意外な助太刀《すけだち》が飛び入りした。明智少年である。

「鐘が鳴ります　中空に……」

漫然と聞いていた男爵と勝郎は目を丸くした。伸びがあり艶のあるボーイソプラノだったからだ。

ゴロちゃんが自慢した。

「祭礼の余興で大喝采だったよ……兄ちゃん、いつになったら声変わりするんだろう」

完奏した滴がみんなに微笑して見せた。

「ですけど、わたくしがいちばん好きなのは、こちらの曲なんですの」

ふたたび鍵盤に指をあてた。

勝郎が前奏ですぐわかったのは、彼女が三日前も弾いた曲だからだ。おなじ中山晋平《なかやましんぺい》の作曲でも、歌詞の作者は吉井勇《よしいいさむ》である。

合図などまったく無用で、明智の歌声はなめらかに演奏に乗った。

「命みじかし　恋せよ乙女」

ごく自然に、弾きながら歌声が加わる。

「……紅き唇褪せぬ間に　熱き血潮の冷えぬ間に
明日の月日は　ないものを」

彼と彼女は無念夢想の境地に没入していた。

椅子が軋まぬように立つ男爵を見て、勝郎もそっと立ち上がった。指に挟んでいたタバコを見せると、ゴロちゃんがコクンとうなずいた。タバコを向こうで吸うから。わかった。ボディランゲージの「以心伝心」というわけだ。

色事にたけた男爵らしい気配りだが、カネたちも気が利くことでは負けていない。自然な足どりでついてくる。

歌は二節目にはいっていた。

「命みじかし　恋せよ乙女
いざ手をとりて　かの舟に」

歌うふたりを残して、大人と少年少女たちは音もなく食堂を退出していった。

「いざ燃ゆる頰《ほ》を　きみが頰《ほ》に
ここには誰も　来《こ》ぬものを……」

6

廊下を挟んで応接室がある。

軽快なインテリアの食堂に比べると、足がめりこみそうな絨毯を敷きチーク材をふんだんに使った重厚な内装の応接室であった。黒光りする卓上電話機まであたりを睥睨《へいげい》しているようだ。テーブルに載った灰皿も大理石である。灰を落とした男爵は、長椅子に行儀悪く寝そべった。ベレエを顔に載せて太平楽を決め込む。遊蕩児の貫禄であった。若者たちを別室に誘ったのは単なるゼスチュアらしい。

くわえタバコの勝郎は肘掛け椅子に納まる。防音が行き届いているとみえ、オルガンの音は聞こえなくなった。

「みんな考えることはおなじでしたね」勝郎がいい、男爵はベレエの下から応じた。

「ご両人、しらふなのに酔い心地だったろ」

勝郎はしみじみした口調になっている。「羨《うらや》ましい……」

「記者さん、絨毯に灰が落ちます。はい」

鼻先に灰皿を出され、短くなったタバコをもみ消した。

灰皿を持つ手の主は静禰だ。重そうな大理石を軽々と片手で扱っている。その力にも感心したが、気が利くことにも感心させられた。

カネがゴロちゃんをつついた。

「オルガンの音聞こえる?」

少年はかぶりをふった。

「防音だよ」

「それにしてもさ。つい今までは耳をすませば小さく聞こえたのに……」

ウフっと笑った。

「なにしてるのかなあ、滴と明智クン」

ゴロちゃんが睨む。

「ずっと耳をすましていたんだ」

「エヘ」

笑いかけた顔がにわかに締まった。同時に静禰が叫んだ——「滴!」

えっ、どうした。

勝郎は中腰になり、タバコに火をつけたばかりの男爵が静止した。

そのときはもう静禰もカネも廊下へ躍りだしていた。つづけざまに追うゴロちゃん、三人の足音が乱れた。

ポカンとなる勝郎の耳を打ったのは鋭い破裂音——爆発音か？　食堂でなにかが起きた！

勝郎も廊下に飛び出した。

三人の少年少女は、引き違い戸に取りついていた。板に唐紙を張り付けた重い建具だ。

「滴！」「滴ちゃん！」「兄ちゃん！」

滑りのいい敷居だったのに、今はむやみと重い。なにかがつかえている。ゴロちゃんがいった。

「いっしょに！」

力を合わせてやっと開いた。襖と柱の間に体をねじ込んだゴロちゃんが息を呑む。開かなかったはずだ、座り込んだ滴が扉に凭《もた》れていた——血塗《ちまみ》れで。

次に目にはいったのは、オルガンの足元で仰向けになった明智少年の姿だ。下半身はカウンターの蔭だが、胸から止めどなく血が溢れている。その向こう、開け放された納戸との境では、ロイド眼鏡をどこへ落としたか蒼白な顔のモボ——井田春雄が銃を構えていた。

水平二連のレミントンの銃口が小刻みに震える。

棒立ちのゴロちゃんにカネがへばりついた。

「井田！」

声を裏返して駆け込んだ勝郎は、とっさに静禰を庇おうとしたが彼女の方が前に出たので、どっちが庇われたのか判然としない。

血臭にまじって鼻を刺激するポマードの匂い。やっとわかった……この男だったのだ、滴の部屋に侵入したのは！

彼は昨夜の内に侵入していたのだろう。勝郎や平さんは犯人の逃げ道を探したが、屋敷を虱潰《しらみつぶ》しにしたわけではない。勝手知ったるモボは、苫米地家につづいて「むの字屋敷」の母屋に潜り込んでいた……。

更に思い当たった。

(ゆうべ、こいつの世話をしたのはお松だ)

色気づいてると笑われていた。当たらずといえども遠からず、女のカンを馬鹿にしてはいけなかった……。

背後で男爵の怒声があがり、ルパシカ姿がズイと踏み出てきた。

「銃を下ろせ、井田くん！　弾はもう一発しかないはずだ！」

その声がきっかけになった。レミントンを手に、井田春雄はくるりと背を向けて走り出した。

「待て！」

叫んで勝郎が後を追った。しかしゴロちゃんは、まず明智少年の傍《そば》にしゃがんだ。カウンターがお尻につかえる。

「兄ちゃん！」

生気を失った顔がなにか呟いていた。唇の端から血が垂れた。

「滴さんは……」

「心配いらない！」スルリと嘘が口をついて出た。

「良かった……」

心から嬉しそうにいい、スーッと目を閉じる。血で黒々と変色した学生服。弾丸は少年の胸を貫き、彼が庇った滴にまで命中したのだ。

廊下から男爵の声が聞こえる。

「尼崎先生を呼ぶ！」

そうだ、応接室に電話があった。

滴を抱いたカネが涙声を張り上げた。「滴ちゃん、お医者先生がくるまでがんばるんだぞ！」

そしてゴロちゃんに報告した。「静爾と記者さんが追いかけてる！」

「以心伝心」で静爾につながっていた。

「どっちへ！」

「天井桟敷！」

「よしっ」

後は尼崎先生に任せる他はない。

(明智の兄ちゃんが死ぬもんか、死ぬもんか、死ぬもんか！)

ただそれを信じて、少年は猛然と全力疾走した。

舞台の上だが芝居ではない

1

カネは天井桟敷《てんじょうさじき》といった。少年たちはその客席から母屋の食堂にはいったのだ。おなじコースを逆走すればいい。方向感覚には自信のあるゴロちゃんだ。

広間に上る大階段に背を向けて、少年の全身はバネになっていた。

日暮れまで時間はあるはずだが、ひどく暗い。奥まっているためだけではなかった。雨なのか……窓の揺れる音がした。風も出ているようだった。

だがゴロちゃんは迷わない。桟敷席へ出るのはこの方向だ。人声が聞こえた。見覚えのある障子がぶざまに開いていた。廊下へ出るとすぐ、勝郎と静禰の背中が見えた。衝立の蔭から前方を窺っている――その二間先には銃を構えた井田。青海波の文様の唐紙を背負っていた。

「銃を捨てるんだ！」

しかし勝郎の声は届いていない。

井田が後ろ手で唐紙を開けると八畳間だ。座卓が積み上げられていた。走ると銃把がひっかかり、座卓の山ががらがらと崩れる。突き当たりの板戸を力任せにひき開けた。

その先から桟敷席が始まり、舞台まで流れ落ちていた。

かぶりつきでは村長と署長が宴を張っており、お相伴《しょうばん》する近藤巡査や平さんの顔もあった。割烹着の女衆数人が接待の最中であったが、全員が天井桟敷を見上げたきり、人形のように固まった。

血相変えた井田春雄がライフルを手にしている。

「わっ」と男たちがどよめき、「きゃあ」と女たちが悲鳴をあげたはずだが、このあたり勝郎の記憶は朧《おぼろ》である。

なぜか一番遠い距離にある桜井署長の驚愕の表情が、活動写真の大写しみたいに記憶に刻まれ、厳《いか》めしい八字髭《ひげ》が滑稽であった。

井田は足を止めない。

客席は無人と思い込んでいただろうが、彼の自暴自棄の行動に歯止めはかからなかった。銃をかざして駆け下りてゆく。引き金を引いた結果の破局に直面して、モボは半狂乱なのだ。

追おうとする静禰を止めて、勝郎は叫んだ。

「弾を一発残してます！」

さすが近藤伊織は警官であった。サーベルの柄《つか》に手をかける、瞬速早く、井田は銃をバット代わりに振り抜いていた。二連の銃身が近藤の側頭部を強打した。

このとき静禰が立ちすくんだ。

『静禰、どこにいるっ』

『桟敷にいる、どうしたカネ！』

『尼崎先生がきてくれた、でも』

『なんだ！』

『間に合わなかった、明智さんが死んだ』

「死んだって！」

さすがに静禰は声を抑えていられない。

ゴロちゃんがぎょっとなる。

「明智さん、死んだ？」

そのときの少年の形相を、勝郎は決して忘れることがないだろう……。白皙《はくせき》のゴロちゃんが、赤鬼に変貌した。

「畜生ーッ！」

絶叫したゴロちゃんは、弓を離れた矢となった。

「ばっ、馬鹿っ」

怒号した勝郎だが、追うことはできなかった。

「危ない！」

静禰が懸命に抱き止めたからだ。

突進するゴロちゃんを、真正面からレミントン銃が迎え撃とうとした。しかし、その間隙に楔《くさび》となって打ちこまれたのは、圧倒的な家の破壊音だ。ホリゾントだけの空虚な舞台だというのに、まぎれもなく巨大ななにかが崩れ落ちた！

反射的に井田の構えた銃口がぶれ、瞬《まばた》きより短い一瞬に、ゴロちゃんの全身は弾丸となって突っ込んでいた。

銃声、頭上の金属音、そこに上書きされた裂帛《れっぱく》の気合！

勝郎はもちろん桟敷席で硬直していた人々が、目を見張った。

井田春雄の長身がものの見事に裏返された。

桟敷の角に後頭部を叩きつけられ、それっきり動かなくなった。

息を乱してゴロちゃんが催促する。

「近藤さん、早く」

「あ……ああ」

鼻血を流し尻餅をついていた巡査が、よろめきながらも手錠をかけた。転がっている銃身を平さんがこわごわつついている。

「熱い……もう弾は出ないんだろうな」

舞台の真上では、弾の命中したライトがまだ揺れていた。

足音が重なった。駆け下りてきた勝郎がゴロちゃんを叱りつける、「無茶するなよ！」

静禰の声がはずんでいた。

「なんの技だったの、柔術？　柔道？」

少年はむしろ恥ずかしそうだ。

「バリツ……」

2

「え、バリツ？」

「北海道の白滝《しらたき》って村にいたんだ、合気道の植芝盛平《うえしばもりへい》という先生が。ウエシバモリヘイノジュツ。外国ではなんでも三文字に省略するだろう？　だから『バリツ』……そう名前を付けたって、母ちゃんが教えてくれた」

（だから、誰がつけたんだ）

尋ねようにも聞く暇がない。腰縄をかけられたモボが目を覚まし暴れだしたのだ。

「放してくれ！」

駆けつけたお松は童顔から涙をふりまいて止めようとする。

「坊ちゃん、もう神妙にしておくれよ」

「五月蠅《うるさ》い！」

邪険なモボだが、ふり放すには彼女の図体が大きすぎ、無駄に手錠を鳴らすだけで終わった。

「馬鹿者！」

ツカツカと近づいたのは桜井署長だ。井田の頬桁を思いっきり張り飛ばした。勢いに押し潰されて彼は大人しくなった。

さっきはしお垂れて見えた署長の髭が、今は意気揚々と跳ね上がっている。

「ご苦労だった、近藤」

横柄にいい、巡査の手から腰縄をもぎ取った。

「下手人は本官が預かった。きみは安心して顔の治療をうけたまえ」

隣のゴロちゃんをまるで無視して、署長が胸を張った。

「太刀川さん、ゆきますぞ」

「あ……はい」

それまで村長は茫然と見守るだけだ。枡席《ますせき》をまたごうとして盃を持ったままだったとやっと気づいた。零《こぼ》れた酒が袴の裾をしとどぬらしていた。その盃を取り上げたのはお島だった。「どうぞ、後はこのままで……村長さま」

「や、どうも」

光る頭の老人はそれ以上なにもいえず、署長を追い駆けて行く。

膝を突いて号泣するお松に、署長の声が遠くからかかった。「いずれ命《めい》あるまで謹慎しておれよ！」

——後に嵐の去った桟敷席が残された。

ぼそっと平さんがひとりごちている。

「署長さん、逮捕を自分の手柄にするつもりかね」

濡らした手拭いを手に、お竹が巡査に駆け寄った。

「あれまあ、ひどい血！」

「大したことはない……」

手を振り払おうとした近藤の腰が砕けた。泣き止んだお松があわてて巡査を抱き留めると、頭上から男爵の声が降ってきた。

「頭を打たれたのだから動かん方がいい、看護婦を呼ぶから横にしておあげ」

彼は中空に開いた窓から見下ろしていた。

（どこの窓だ）迷った勝郎は、頭の中で見取り図を開いてようやく理解した。

あれは〝ホ〟の二番間から舞台へ向かう廊下の、右にあった窓だ。通路が三つ股にわかれて「ねじれ館」の面目を発揮しているあたりで、それなら桟敷席までじかに下りる階段もあったはずだが……。

果たして男爵は囲炉裏《いろり》が設けてあるあたりへ、頭陀袋《ずだぶくろ》を抱えて下りてきた。階段というより壁に取り付けられた梯子《はしご》なので気づかなかった。壁に当たった袋がガツンと重たげな音を発した。

「すぐ類子さんが駆けつける」

「『銀月荘』の看護婦さんですか」

「そう」

「どうやって呼んだんです？」

彼のいたあたりから「銀月荘」につながる廊下がのびている。お得意の機械仕掛けで連絡したのかと思った勝郎を、男爵は笑い飛ばした。

「これをごらん」

頭陀袋から寄木細工の箱を取り出した。蓋を開くと中にはピンポン玉が詰め込んである。白黒赤黄と色とりどりだ。

「通路の壁に溝がつづいていただろう。その溝に白い玉を転がしたのさ」

「はあ？」

「勾配があるから玉はコロコロコロコロ転げていって、『銀月荘』入り口の籠に落ちる」

思い出した……カネが落としたゲームの玉が、籠の鈴を鳴らしたことを。そういえば銀子はピンポンが大好きなお姫さまだった。

「子どもみたいな仕掛けだが、銀子の思いつきさ。白い玉なら『すぐきてくれ』、赤い玉なら『じきに客がくる』……色によって簡単な用向きを伝えられる、という寸法だよ」

3

桟敷席の通路を下りてゆく男爵を、勝郎は追った。

囲炉裏の切られた床とかぶりつきとでは階段三段分の落差がある。仕切りをはずした広い一角に近藤が横たえられ、平さんとお松が見守っていた。泣きつづけた彼女の目は赤く腫れている。

手前の桟敷ではゴロちゃんが静禰に尋ねていた。

「滴さんの容体は？」

「病院に運んだあと、輸血で持ち直したみたい」

カネと「以心伝心」で繋がっているのだろうが、静禰の表情は曇っている。

「でも本人の応答が一切ないんだ。意識を回復すれば、まずおいらたちの呼びかけに応えるはずなのに……それとも」

静禰は眉間に針を立てる。

「考えたくないことだけど、滴はおいらたちにまで心を鎖したんじゃないか」

ゴロちゃんも、会話に耳を傾けていた勝郎も、ぎくりとした。

目の前で恋人が撃たれた事実にうちのめされ、「以心伝心」に呼応する力さえなくした――あるいは自分で力を封じてしまった？

「明智さんは銃口の前で大手を拡げてくれた。そういってから、滴の反応がなくなったんだ」

ゴロちゃんは、無理にも明るい声を絞り出そうとした。

「でもとにかく、滴さんは助かるんだね！」

「尼崎先生が懸命だって。おいらの姉ちゃんはもう峠を越してるけど、滴については……先生は予断を許さないといってる……」

静禰の表情は暗い。

「明智さんが亡くなったこと、まだ知らせていないんだよ。もしも滴がそれを知ったらどうなるんだろう」

日頃凜々しい振る舞いの静禰が、今にも泣きだしそうだ。そんな悲しみが滴に決して漏れないよう、静禰もカネも必死に気を張りつめているに違いない。

「カネもおいらも、明智さんについては心に鍵をかけてるよ。それでもいつか滴は知っちまう……そう思うだけで辛いんだ」

便利な「以心伝心」がこんなときには仇《あだ》になる……勝郎は静禰に同情する他はない。

それでもゴロちゃんの顔に、一脈の明るさが残っていた。

「少しだけ滴さんを励ましてあげられる。本当ならその役は、明智の兄ちゃんがするんだったけど……でも、ボクが、今これから」

(なんのことだ?)

しかしこのとき勝郎の目には、少年が大きな決意を固めたように見えた。

4

唇を結んだゴロちゃんは、桟敷席を見渡している。

残り少ない顔ぶれは、お馴染みばかりになっていた。

枡席に横たわる近藤巡査……。

その枕元に平さんとお松……。

南部鉄の大薬罐《やかん》がかかった囲炉裏の傍にお竹……。

白湯《さゆ》を近藤に運ぼうとするお島……。

少年とは別に舞台を眺めていた勝郎が、このとき思い出したのは一台残っていた蓄音機だ。思い当たるのが崩壊の大音響で、あれは芝居の屋台崩しに使った効果音だったのか!

五十嵐警部が舞台に登場する前、上手で明智とゴロちゃんがレコードに耳を寄せていた。少年の中にはレミの顔があり、彼の手元には数枚のレコードがあった。きっとそこに屋台崩しの効果音もあったろう、そいつを土壇場で聞かせたのはレミだ。そうやってゴロちゃんに、バリツの技を一閃させる瞬間をつくったんだ。

だがレミはあれっきりみんなの前に顔を出していない……すると彼はまだ上手に隠れているというのか……下手なら階段がふたつある……では上手になにがある? せいぜい化粧前と、ホリゾントの裏に下りる通路だけのはずだが……。

近藤がはげしく咳込み、勝郎は思考を中断した。白湯にむせたのだ。お島が急いでその背中をさすってやる。

それまで近藤の容体を気にしていた男爵が、我に返ったように行動をおこした。舞台に向かうつもりらしい。

するとその前に、ひょいとゴロちゃんが立った。

「どこへ行くんですか」

「ん？　蓄音機の片づけだが……」

「すみません、待ってください、男爵さん」

「アレ、いけないの？」

「もう少しここにいてほしいんです」

「私に？」

「ハイ」

「この場に残れと？」

「ハ、ハ、ハイ」

「……」

男爵は宙を睨んでいた。勝郎は理由もないのに胸を衝かれている。

どういうことだろう。ふたりの間に得体の知れぬ異様な空気がたちこめていた。

――それにしては男爵が返した口調は軽かった。

「では残るよ。私でないと用が足りんのだね」

「ハイ」

「わかった。だがその前に」

足早に通路をもどり囲炉裏を回りこんだ男爵が、梯子に手をかけた。こちらを向いて髯《ひげ》を揺らしたのは、笑ったのだ。

「逃げるんじゃないぜ。類子さんが遅くて心配になった」

男爵が二階の廊下まで上がると、すぐに類子の声が聞こえた。

「お呼びでしたか」

「ああ。近藤巡査が頭を打った、様子を見てほしかったのさ。下の桟敷席にいる、かぶりつきだ」

「かしこまりました」

梯子の下り口に白衣が現れ、近藤を確認した。よけいな口をきくこともなく、白衣を翻《ひるがえ》した類子は、あっという間に梯子を下りてきた。お松やお竹ではこうはゆくまい。桟敷から仰がれては腰巻ひとつの惨状を呈するからだ。

つづいて桟敷に下りた男爵は、囲炉裏端で報告を待った。

「大事ありません……しばらくはこのままで。私がついております」

うなずいた男爵は、上がってきたゴロちゃんと相対した。

「待たせたね、ゴ……」

ゴロちゃんと呼びかけていい淀んだ。

「事件の話なんだろう？　ではきみをちゃんと本名で呼ぶよ。分家だからやはり明智姓だね」

「そうです。本家のいちばん上は、明智長一郎《ちょういちろう》。次男坊だった兄ちゃんは、明智大二郎《だいじろう》でした……」

過去形でいったことに抵抗があってか、目を伏せた。

「年子で生まれた妹は三四子《みよこ》です。ボクはさらに明くる年北海道の分家で誕生しました。それでボクには小五郎《こごろう》と名がつきました」

男爵がまた髯を揺すった。

「なるほどね……ついでに私も名のっておこう。男爵なんざ掃いて捨てるほどいるが、大田原金彦は私ひとりだ、よろしく」

頭を下げたので落ちかけたベレエを押さえて、

「お見知りおき願うよ。探偵の明智小五郎くん」

ゴロちゃんも笑顔で応じた。

「こちらこそどうぞよろしく。犯人の大田原金彦さん」

探偵と犯人が対決する

1

しばらくの間勝郎は息をするのも忘れていた。

(ゴロちゃんが男爵を〝犯人〟といったぞ！)

いわれた男爵の髯《ひげ》は揺れなかった。

「犯人なのかね、私は」

「はい」

明快な返答だ。

桟敷《さじき》の一同が、ゴロちゃんと男爵を見上げていた。決して声高なやりとりではなかったが、全員の耳に声が届いていた。

沈黙の間も、囲炉裏《いろり》にかかった薬罐《やかん》はチンチンと滾《たぎ》る音をたてている。

「近藤さん、動かないで」

類子のたしなめる声。一座の中でもっとも冷静なひとりは彼女だったろう。

ナースにまして動じないのは、男爵だった。

「私が犯人というと……どの事件についてかね」

「いろんな事件です」

「ほほう」

指摘された本人は面白そうだ。その表情を一間の近さで見守りながら、勝郎は動揺を隠せなかった。男爵を犯人と指摘するなんて、あまりに無理がありすぎる！

それに男爵本人の落ち着きぶりはどうだ。

「たとえば、どんな事件をいっているのかね」

「たとえば守泉さんを殺害した事件です」

目の下に居並ぶ女衆――お松とお竹がなにかいいかけたが、「黙って！」お島に叱咤されて口を噤《つぐ》んだ。

彼女たちを代弁するように、男爵はいいだした。

「そんなはずはないだろう。御前さまが露台から池に落ちたとき、私はその露台の下で映写機を操作していたのだよ」

勝郎も同意しないわけにゆかない。水音を聞いた男爵が、ツナギを脱ぎ捨て池に飛び込む姿を、まのあたりにしていた。

しかしゴロちゃんはひるまない。

「大田原さんが池に突き落としたといってやしません。直後に池へはいったもの。でもあなたがやったのは御前さまを助けないことでした。泳げない上心臓に欠陥がありおまけに深酒をしていた。たぶん大田原さんはなにもする必要がなかったでしょう。さしのべたかも知れない被害者の手を拒絶するだけで、すべてを終えることができました」

「おいおいおいおい」

男爵は今にも噴き出しそうだ。

「まるで見てきたように仰るが……」

「見えるわけがありません」

「あ？」

「現場は少なくとも水深七尺、それも夜間です。光といえば大田原さんの防水した電灯だけです……目撃者なんかいるはずはないんです」

ゴロちゃんは自分のペースを崩さない。男爵が声を荒らげないのとどうよう、ことさら平坦な口調で語っている。

「大田原さんにつづいて飛び込んだ静禰さんに、その状況を詳しく聞かせてもらいました。一点の光以外なにも見えなかったって」

ゴロちゃんに顔をむけられ、静禰が割り込んだ。

「あそこに男爵がいる。そう判断するのがやっとだった」

「ということは静禰さんにも、大田原さんの行動を見ることは不可能だった。たとえもがく御前さまの口を押さえていたって」

「待ってくれないか」

相変わらず激さない男爵の語気が、僅《わず》かに強まった。

「見ることができなかった。つまり第三者による証明は不可能、ということだね？　すると私を犯人と指摘したのは、明智小五郎くんの想像でしかない。そうなんだろう？」

「そうです」

「これは驚いたな。それでもきみは、私を犯人ときめつけるの」

男爵でなくとも勝郎だって驚いている。いったい少年はどんな理由で男爵犯人説を思いついたのだろう。本家の探偵小僧を亡くし、無理な飛躍を試みたのではあるまいか。

それでも彼に焦る様子は見られない。

「大田原さんは落ちた御前さまたちを見て、とっさに池に潜りましたね。上着は脱いだ。では靴はどうしたんでしょう」

「靴？　そりゃあ脱いださ」

「ボクはその瞬間を目撃していません。ですが、露台の下に残された大田原さんの靴は見ています。編み上げ靴でしたね……きちんと紐が解いてありました。あの靴は行動的な代わりに脱ぐのに手間がかかります。なぜあんなに早く脱いで飛び込めたのか、ふしぎな気がしました」

髯に覆われた顎を撫でて、男爵はみじかく思案した。

「うーん。とっさのことで記憶がないんだが」

「ひょっとしたら大田原さんは、予《あらかじ》め靴の紐を解いていたんじゃありませんか。ふたりが落ちるのを予期していたから」

「思い出した」大田原はパンと手を打った。

「まさに小五郎くんのいう通りだ。あのとき私は靴の紐を解いていたんだ……」

男爵は左右を見回した。四人だけが立ったままでいる。

「話が長くなりそうだ。まあ座ろうじゃないか……指先が冷えてきた」

囲炉裏端に頭陀袋《ずだぶくろ》をおくと重たげな音がした。ゴロちゃんも膝を折った。囲炉裏の角を挟んで顔を合わせる形だ。

勝郎と静禰もそれにつづいたから、四人が四方から囲炉裏を囲む形になる。その真ん中で自在鉤に吊るされた大薬罐が湯気をたてていた。

「……さて」

おもむろに男爵が切り出した。

「……なぜ私は予め紐を解いていたのか。その理由が聞きたいのだね」

するとゴロちゃんは薄く笑った。それまで勝郎が見たことのない表情だ。

「聞いてもいいけど、きっとはぐらかされるから。ボクたちが囲炉裏を囲むまでの間に、考えたんでしょう？　たとえば……水虫が痒くてときどき靴をぬいだとか」

男爵は豪快に笑ってのけた。

「見事な推理だ、明智探偵。実際、その通りだったよ、……私の持病は体の内外問わず皮膚が弱いことでね。ここしばらく口の中の腫れ物に悩まされている……水虫もその一環かな。持病だよ持病。イヤあのときは痒かった」

ゴロちゃんが掌《てのひら》で制した。

「あのときの大田原さんは一刻を争っていた……ふたりにつづけて飛び込む必要があったのだ、なんてことボクはいえません。証拠がないから」

「そうだろうとも」

大田原は悠々と髯を撫でている。

穏やかな口調で交わされる会話の裏で、目に見えない火花が飛ぶのを勝郎は感覚した。桟敷の近藤たちにはわからなくても、静禰には察知できたようだ。あとになって彼女は、勝郎にもらしている。

「舞台の勝負みたいだった……それも居合の達人同士。ふたりとも動かないのに空気が熱くなってゆく。……おいらにはそう見えたんだよ」

2

男爵はおもむろに言葉を継いだ。

「すると明智名探偵がいいたいのは、私はふたりが露台から落ちることを予測していた。待ち構えて池に飛び込んだ。池の中深く、守泉さんを溺死あるいは心臓に致命傷を与える、その時間が必要だったからと」

「ホオ！」

「いいえ。それ以前に大田原さんは、ゆらさんも殺しています」

芝居がかってのけぞったので落ちたベレエを、今度は胡座《あぐら》をかいた膝に載せる。

「まるで私は殺人鬼だね。いつ、どうやって殺したのかな」

「矢で刺し殺したんです」

「おかしいな。ゆらさんは自分で自分の首筋を刺したんだろう」

「誰がそれを見たのでしょう」

「なに？」

男爵が目をしわしわさせた。

「それは広間の客たちが」いいかけて苦笑した。

「彼女は露台で立ち上がっていた。『むの字屋敷』は木造瓦葺《かわらぶ》きです。三角な屋根にのせて作られた露台は広間より高い位置にあるので、客からはゆらさんの首のあたりは見えなくなる……広間の鴨居に隠れるから」

「ハイ、そうです。池すれすれの座敷にいた可能さんたちも、守泉さんの体の蔭になってやはり見ることができません。だからゆらさんは射られたふりをするだけでいいんです。そして守泉さんを道連れにして池に落ちた」

ゴロちゃんの言葉を、勝郎は懸命に消化しようとした。いかにもゆらの首筋は、上下の宴席から死角になっている。

「なるほど。……そのゆらさんの手品を知っていた私は、露台の下で待ち構えていた……探偵はそう仰るが、では論拠は？」

真っ向からゴロちゃんの顔を見据えたが、少年は男爵の視線をかわして、静禰に問いかけた。

「ゆらさんを見つけたときだけど」

「え……おいらのこと？　なんなの」

「矢が刺さっているのに気がついた……そのとき、静禰さんは矢に触った？」

「いいや、全然。殺しの場面で凶器に触るのはご法度って、それくらいは知ってるから、どこにも触らず襟髪を摑んで引き上げた」

「つまり首筋の矢は、落ちたときと引き上げられたときとで、池の中を往復してるんだ。そして水から顔をだしたとき——平さーん！」

腰を浮かせたゴロちゃんが大声をかけた先は、舞台間近な桟敷席である。平さんが驚き顔を振り向けた。

「あっしかい？」

「平さんはゆらさんを見て、思わず矢に手をのばそうとした……」

間の悪そうな顔で平さんは弁解した。

「刺さったままではあんまり痛そうだったから……警察の調べを邪魔する気は毛頭なかったんだぜ」

ゴロちゃんが軽く笑った。

「ボクは五十嵐警部じゃない。咎《とが》めるつもりはないけど、でもそう見えたほど深く刺さっていたということです。往復の水圧に耐えてビクともしなかった」

少年は男爵を見た。

「自分の首筋に矢を刺す。口でいうのは簡単でも、ゆらさんにそんな力業《ちからわざ》ができたでしょうか」

真っ向から見つめられたが、男爵はたじろがない。

「できたのだろうね。現に刺さっていたんだから」

「刺さったのは首の右側でした。ゆらさんが左利きだったらどうでしょう」男爵の髯が小さく震えた
――ように、勝郎には見えた。だがこのとき、お竹さんの声が飛び入りした。

「違いますよ、坊ちゃん。ゆらさんは髷《まげ》を結うのも櫛を使うのも、右でしたよ……」

お島に睨まれたらしい。彼女はキョトンとしている。

「あたしゃなにかまずいことといったかね？」

今度は髯全体が大きく震えた。男爵が愉快そうに笑ったのだ。

「カマをかけたのかね、探偵くん」

ゴロちゃんはケロリとしていた。

「とんでもない。ボクだって、ゆらさんの利き手がどちらだったか、知りませんでしたから」

「それなら結構。……ひょっとするときみは期待していたんじゃないか。左利きのはずがない、それくらい前もって調べている……と私が口を滑らせるとでも？」

「イヤだなあ、大田原さん。そんなことでボロを出すあなたじゃないでしょう」

「なかなか高く買ってくれているようだ」

そこでふたりは笑いあった。

勝郎は呆気にとられている。

五十嵐警部が演じた謎解きなら、探偵小説に馴染んだ記者の予備知識で十分理解できたのだが、目の前で演じられている探偵少年と遊蕩華族の対話劇は、話がどう落ち着くのか見当もつかない。どこまで演技でどこから本音か、本人たちだってわからないのでは？

「でもとにかく」

不意にゴロちゃんの口調が変わった。

「刃物で自殺した人は躊躇《ためら》い傷を残すそうですね。ところがゆらさんは躊躇うどころか、ひと思いに自分の首を刺しています。そこに疑いを持ったんです」

「なるほど……そこで本当に刺されたのは池に落ちた後と考えた？」

「はい」

ゴロちゃんの視線が男爵を刺す。しかし相手は屈託なく髯を揺する。

「だが現実にはゆらさんは自分で刺した」

「刺した瞬間を目撃した人はいません」

「池の中で私がゆらさんを刺した瞬間の目撃者もいないよ」

勝郎の目に唇を噛む静禰が見えた。自分を追って飛び込む者がいたのは想定外だったろうが、いずれにせよ男爵が急いで飛び込んだのは正解であったわけだ。

――とついゴロちゃんに味方して少年の推理を追ってみたが、男爵は蛙の面に水だ。

「どっちもどっち、水掛け論だね。ここに五十嵐警部がおいでなら、さてどちらに軍配をあげるかね」

「悔しいけど大田原さんですね」

さして悔しそうな顔もみせずにゴロちゃんはいう。

「おやぁ」わざとらしく男爵は首をかしげる。

「つまりきみは自分のいいがかりを認めるの？」

「そんなつもりはありませんよ」

「だが黙って聞いていればそうじゃないか。私がふたりの落水を待ち構えていたなんて、どんな理由でいいきれるんだい」

「それはもちろん、大田原さんが犯人だからです」

3

「その意味がわからんのだが」

苦笑する男爵の言葉尻にゴロちゃんがかぶせた。

「だってあなたが指示したんだもの。御前さまを道連れに池へ落ちろって……そうなんでしょう」

「私がゆらさんに？　矢で射られた芝居をしてくれと？」

「芝居なんかしなくても、御前さまに倒れかかるだけでいいんです。あの手すりの高さなら簡単に落ちますから。誰も矢を射られたなんて思わない。みんながそう思ったのは、ゆらさんの首に刺さった矢を見てからでしょ」

「ではその矢はどこから出現したのかね。私が水にもぐったとき手にしたのは懐中電灯一本だ。棒状の懐中電灯に矢を仕込んでおいたとでも。それではまるで長さが足りないが」

「水面の下に予め刺して置けばいい。夜の池の中です、見えっこありません……池の縁に摑まって深呼吸した後、もぐっていった……そうでしたね、可能さん」

確認された勝郎があわてて首肯する。

「いや、それは」

弁解しようとする男爵の分まで、ゴロちゃんがいった。

「徳利みたいな形の池だから迂闊に飛び込めば怪我をする。だから様子を確かめただけなんでしょう？」

さすがに男爵は苛ついていた。

「いちいち先回りされてはなにもいえないぜ、明智くん」

「ハイ、そうですね……では仰りたいことがあったら、どうぞ」

少年は小面憎《こづらにく》いほど落ち着いて見えたが、そうではない。正座の膝に乗せた左右の拳が細かく震えていることに、勝郎は気づいた。

男爵も、内心では上気している相手を見逃さず、咳払いをひとつした。

「聞いていれば、なにもかもきみの想像に過ぎないね。隠しておいた矢を持ってふたりを追った。ゆらさんを刺し、守泉氏を溺死させようとした……なるほど、そう考えればあり得た事件の経過だ……あくまで〝あり得た〟だよ。だが証拠なんてない。こういうのを机上の空論というのだが。まあ待ちたまえ明智クン」

大人の余裕を見せて男爵は制した。

「きみの推理によれば、事件の核心は私が守泉余介さんを殺すことにあったようだが……それでいいかい？」

「ハイ」

「そしてここから先は、五十嵐警部の高説を拝借することになるが、ゆらさんはひそかに御前さま殺害を企てていた。その殺意に乗じた私は、けしからんことに彼女の犯行を蔭で支えた。だとすると私にも守泉さんを殺す動機があったはずだ。それはなんだい、明智くん。いや、それ以前にどうやって私は、苫米地ゆらの殺意を知ることができたのか。まさか彼女が『御前さまを殺したい、それも私の仕業《しわざ》とバレないようにやってのけたい、どうしましょう……』そんな相談をもちかけたとでも？」

ゴロちゃんが首をふった。

「少し違います。というか、大分違うな……守泉氏殺害の主犯は大田原さんなんだから。ゆらさんは、あなたに操られていただけの、見方によっては被害者のひとりに過ぎないのだから」

男爵は右手でベレエを摑み、左手でガリガリ頭をかいた。

「そりゃあきみの判官贔屓《はんがんびいき》だと思うがね……ゆらさんがやってのけたのは、守泉氏を池に落としただけじゃないぜ。周到な計画を巡らせていた。自分が被害者面できるよう架空の弓の犯人を創りだした。そのために使われもしなかったロープや弓を放置して、捜査側を混乱させている。そうじゃないかね」

「そうじゃありません」言下にゴロちゃんは否定した。

あまりあっさり否定するので、面食らった勝郎が口走った。

「え、そうなの……？」

「はい」

ゴロちゃんは勝郎に向き直っている。

「五十嵐警部の謎解きを、明智の兄ちゃんもボクも大筋では納得していました。でも滴さんは違った。はっきり否定していたんです」

次は静禰に面と向かった。

「そのときの滴さんの気持ち……もしかしたら静禰さんやカネちゃんにも届いていたんじゃないの？」

「以心伝心」を通じて滴の心の声を聞いたのでは――という問いかけだ。三つ子の秘密を知らない男爵は不審げだが、静禰はすぐ肯定した。

「思いっきり叫んでいたよ。おがは違うって。娘のために守泉余介を殺そうとする……そこまではわたくしのおがならやりかねない。でも、だったらあの人は、自分の罪をのこらず背負って死ぬ。誤魔化すはずがないって！」

膝を立て裾の乱れも構うことなく、静禰は真剣に滴を代弁した。目の前で沸き立つ薬罐をしのぐ勢いであった。

「おがは余介に惚れていた。娘のわたくしと板挟みになって、いっそ余介さんを殺して自分も死ぬ、それならいかにもあの人らしい。おがが小細工なんかするもんか！　警部さんは悪賢い犯人しか知らないからいうんだ。わたくしの母親はちっとも賢くない、馬鹿だから町医者に騙された、馬鹿だから色好みの爺に惚れた、わたくしはそんな馬鹿なおがが大好きだった！……そのときの滴に嘘をつけるもんか！」

顔に出ずとも心の底の襞《ひだ》を読む。

それが彼女たちの「以心伝心」だとしだいに得心できたのだろう……男爵に驚きの表情が浮かんでいる。

予備知識のある勝郎は、冷静な対応を崩さない。

「滴さんの気持ちは痛いほどわかる。だが実際問題としてあの時間帯に、弓を屋敷神の森まで運べたのはゆらさんだけだった……」

「いいえ。違います」

ゴロちゃんは歯切れよく否定した。

「運び手なら他にいました」

「そんなはずないだろう」

勝郎も声が大きくなった。

「関係者の動きをチェックしたんだぜ。どの人を取り上げても……」

ぼそっとゴロちゃんがいった。「人じゃないから」

「エ……？」

「森へ弓を運んだのはカピです」

犬……。勝郎の顎がガクンと下がった。

「レミのお供をしたカピなら、平さんが見ている。レミは空手だったしカピは……」

いいかけて苦笑した。

「犬が弓を抱えるわけないか。とにかく平さんが見ている前を、弓なんか持たずに横切ってる」

「そのときのカピが、体の右に弓を吊るしていたらどうでしょう」

「……？」とっさに勝郎は言葉が出ない。

桟敷では平さんが立ち上がっていたが、ゴロちゃんがつづけて口を開いたのでまた腰を下ろした。

「平さんは洋風庭園の壁泉を修理していました。そこからでは、カピの体は左側しか見えなかったはずです。半弓の大きさは標準で六尺三寸なんだけど……静禰さん、カピの体長はわかる？」

「後足で立ったカピにじゃれつかれたことがあるよ。だから知ってる、七尺はあった」

ゴロちゃんはうなずいた。

「レミの後を追ってゆっくり歩いたカピです。平さんに弓の存在は見えません」

「……わかったよ」

勝郎はバンザイのポーズをとった。

「弓を屋敷神の森まで運んだのはカピだった。だがそれは、誰の命令で？」

いいながら勝郎の視線は、男爵に投げられている。

当の大田原は素知らぬ顔で、手にしたベレエを被ろうとしたがうまくゆかず、膝に落としてしまった。

勝郎は思い出している。

レミ少年は泣かんばかりに繰り返した——「殺してやりたい！」

独り言みたいにゴロちゃんが呟いた。

「尼崎先生は驚いていたって。ワクチンを打てば狂犬病が治ると、レミくんが思い込んでいたことに」

その幻想を木っ端微塵にされたから、レミは口走ったのだ。

間違った知識を植えつけた奴を〝殺してやりたい〟。それはそうだろう……寝食を共にしてきた家族同然のカピに狂犬病の疑いを抱いたレミは、藁《わら》にも縋《すが》りたかったはずだ。守泉家に居候《いそうろう》同然であったレミは、御前さまに訴えることができない。そんなことを口に出せばカピはたちまち殺処分されたから。

だからそいつに、狂犬病に効くワクチンがあるといわれたら、レミはどんな協力も惜しまなかったはずだ……勝郎の潤沢とはいかない想像力でも、この程度には頭が回る。だからそいつ——男爵を睨み付けたが、本人は態勢を立て直していた。

「一本いかが」

ゆっくりした動作でタバコを取り出し、記者の視線にはじめて気づいた様子で箱を差し出す。

4

「い、いや、僕は」

首をふる勝郎をにやりと見て、「あ、そう」

囲炉裏端におかれた燐寸箱のマッチで火をつけ、ゆったり煙を吐いた。

「さて、どこまで話が進んだかね」

男爵のじらしを無視して、ゴロちゃんは自分のペースを守りつづける。

「弓を置いてくることができたのがゆらさんだけとは限らない、というところです」

「なるほどね……偽の証拠を残したのはゆらさんではなかった可能性もある。だとしても依然として疑問は消えないだろう。テレパシーを使えない私が、なぜゆらさんの入水を知り、待ち構えることができたのか」

天井に煙を吐く挑戦的なポーズで、微笑してみせた。

「テレパシーという言葉に驚いたかい。うすうすおかしいと思っていたが、滴さん、静禰さん、カネくんの間では、心霊的な交流ができるらしいね。すばらしいじゃないか。かの大著『妖怪学』の井上《いのうえ》円了《えんりょう》博士が聞いたら、大喜びで駆けつけると太鼓判を押そう」

ピシャリと静禰はいった。

「おいらたちの話じゃない。滴のおっかさんの話をしてるんです」

男爵は恬然《てんぜん》としている。

「まったくその通りだね。……で、明智名探偵の推理はどうなんだ」

「ボクより先に、五十嵐警部が断定したじゃありませんか。守泉家が静禰さんを迎える。滴さんとの関係を絶つ。そうさせないためには、養子関係がつづいてる今の内に余介さんを亡き者にする他ない。そのためには昨夜が唯一の機会だった……」

男爵がタバコを持つ手をふった。

「しかし静禰くんは女性だぜ?」

「誤魔化さないでよ、大田原さん」

ゴロちゃんが大人びた冷笑を浴びせる。

「今ではここにいる誰もが、静禰さんを女の子と知っている。でもあの時点では一部の人を除いて

「……」

静禰が口をはさむ。

「おいらを男の子と思いこんでいた……へっ、われながら役者だったね」

「余介さんも参造さんもゆらさんも、男のつもりでいた。中村静禰を養子にされる前に守泉家当主を殺さねばならない。そんな機会があったのはあのときだけだ……そうでしょう、大田原さん」

男爵は小首をかしげるポーズで、迎え撃った。

「明智くん、きみこそ誤魔化しているんじゃないか」

「そうですか？」

「そうとも。糾《ただ》したいのはいかなる方法で、私がゆらさんの殺意を知り得たのか、その一点だぜ」

「ソレ、あべこべです」

「なんだって」

「ゆらさんが秘めていた殺意を目覚めさせ煽りたて、余介さんをあの方法で池に落とさせたのは、大田原さんあなたじゃありませんか」

「……」

立ちのぼっていた男爵のタバコの煙が乱れた。

「どうやって殺意を知ったかなんて、空々しいや。火元は大田原さんだ。だからボク、最初に『犯人』と呼びかけたんです」

「私が主犯だというのかい」

「そうです。ゆらさんに動機があったのは確かでしょう。だから大田原さんに乗せられてしまった。でも殺意の本流は大田原さんです。支流でしかなかったゆらさんを呑み込んで、あなたは殺人の舞台の幕を開けました」

少年とはいえゴロちゃんの言葉には、ふてぶてしいほどの自信がある。その根拠が勝郎にはおいそれと呑み込めない。

「質問をふたつ」

男爵はまだタバコをふかしている。ゴロちゃんが指摘するように犯人なら、ふてぶてしいのは男爵の方なのだが……。

「ひとつ、私に守泉余介さんを殺すどんな動機があったのかね。食客の私にとって守泉家は大事な金主なんだぜ。ふたつ。私がゆらさんを乗せたというが、その方法は？　人殺しをそそのかすなんて、一朝一夕でできるこっちゃない」

タバコが煙いとみえ顔をしかめながら、少年は口を開いた。

「ふたつ目の方からお答えします。仰るように簡単な業じゃない。だから大田原さんは、毎晩のように口説いていました」

勝郎はつい少年に聞いてしまった。

「口説くって、男が女に迫るってことか」

びっくりしたのは、ゴロちゃんが顔を赤くしたことだ。

「イヤだな、そんなんじゃないです……毎晩おんなじ言葉を、ゆらさんに聞かせていたってことですよ……たとえば……」

「なにがたとえばだい？」

「えっと……ホラ、あれです！」

突然ゴロちゃんの顔が変わった。ああよかった、待っていた……そういわんばかりに表情を明るく変化させたのだ。

なんのことか聞き返す必要はない。桟敷席の誰の耳にも届いた音——というか声であったから。

「……御前さまが男の子を養子にする……男の子を養子にする……養子の首をすげかえる……養子の首をすげかえる……娘の首を……息子の首に……すげかえる……すげかえる……」

抑揚もなく句読点すらなく、果てしない一本調子の繰り返しがつづいていた。それはいかにも綿々たる口説きであった。

口説き――あるいは呪詛。

焦点がずれているにも拘《かか》わらず、聞く者の心の内を汚染してやまない言葉の数珠つなぎ。それは冥界からの告発に似ていやらしく脳内に絡みついてくる。舞台の上手でレミが蓄音機を操作しているに違いなかった。

対照的に、どこまでも明るい少年の声はゴロちゃんだ。

「遊び人の大田原さんはきっと恐山《おそれざん》へも行ったんでしょうね。死者を呼び出すイタコって、こんな風な口をきくんですか。なんか怖いな」

勝郎は見た――男爵の歪んだ顔を。

不意打ちの衝撃に、凝固した塑像がそこにあった。

5

「バカな……！」

軋り出た言葉につれタバコが口から落ちている。ルパシカの裾に火がつき、ベレエでたたき消した。

――そんな短い間だったのに、早くも男爵が立ち直ったのは、少年の二倍にあまる歳月を生きた貫禄というべきか。

「……で？　この声がなんだというのかね」

シレッとしてそういいだした。

土壇場で踏み止まった男爵の開き直りに、勝郎はむしろ驚嘆している。

ようやく記者にも、少年の自信の理由がわかった。そうか、男爵はこの録音をゆらに聞かせていたのか！

明智小五郎が大田原金彦を〝犯人〟と名指ししたはずだ。

それなのに男爵は、ビクともしていない――ように見えた。

「このまじないがなんだって？」

「これ、大田原さんの声ですね」

「ああ、そうだ」ケロリとして男爵が答える。

いつの間にか音は止んでいた。

「アコースティック録音したものだ。ラッパから音を聞かせる蓄音機とは逆に、ラッパに向けておしゃべりすれば、機械的な振動でレコードの原盤に溝を刻みつける。『吹き込み』という作業だね」

「つまり大田原さんは、これを毎晩ゆらさんに聞かせていた。神経質なゆらさんは寝付きが悪い。うとうとしては嫌な夢を見る。そんなゆらさんの耳に夜ごとあなたはこの言葉を囁《ささや》いていた」

「おかしなことをいう」

男爵は髯を揺らした。

「どんな方法で聞かせたというのかね。なるほど私は、音がどう聞こえるか仕掛けを工夫した。その伝声管なら私の寝室の真下にのびていたが、ゆらさんとは関係ない」

「ブリキの傘から伝声管につなぐ関節は可動でした。お隣――ゆらさんの家の床下とは隔壁で仕切られていたけど、天井に接する部分は切り欠いてありましたね」

「そう、暖房や溶接で籠もる熱気を逃がす必要があるからな」

「ああ、それが用意しておいた言い訳なんだ。……関節から大田原さんの寝室までと、ゆらさんがやすむ座敷までは、ほぼ等距離でした。隔壁の上部はずっと隙間がある。伝声管を関節で直角に回転させれば、先端は苫米地家の布団の床下に届きます」

「ほほう」

「ゆらさんがうつらうつらしはじめたころ、さっきの声が耳元に届くんだ。目がさめて見回しても、声の主はいやしない。この仕掛けを思いついたのは、『銀月荘』にのびる〝ねじれ〟で起きたお粥《かゆ》騒ぎですね」

ねじれとお粥のふたつの言葉から、勝郎も気がついていた。

傘天井《かさてんじょう》に集められた〝お休み処〟の会話が、床を伝い畳を抜けて楽屋に届いていた話。研究室の一階で蓄音機にかぶさる形の傘は、そこから男爵が思いついたのだ……だからヤネ村は話していた――。

『男爵さまの注文で、傘天井のひな形を造らされたよ』

大田原はその工事を終えてからずっと、夜な夜なゆらにあの呪文を聞かせていた……半睡半醒にたゆたう彼女は、催眠術にかかったも同然だ……意識の奥底に刷《す》り込まれてしまったのだ。

明智少年の論告はつづく。

「研究室に集まったボクたちの前で、大田原さんはレコードを割りました、わざと。割れたレコードの真ん中の穴が、朱筆で赤く塗られていた。大事な円盤だったのかな、そう思いました。あの朱色は、秘密の録音盤の印なんですね。ゆらさんが亡くなればもう用はない。中身を聞かれる前に処分した――ボクたちの前で割って見せて、悔しがっても証拠は隠滅ずみだよと、腹の中で笑っていたんでしょう。大田原さん」

「……」男爵は黙りこくっている。

少年の声にはずみがついた。

「でも残念。割れたレコードは替え玉でした」

男爵の眉毛がビクンと震えた。

「レミくんのお手柄なんです。大田原さんのいいつけで効果音のレコードを取りにゆく途中で、尼崎先生から狂犬病ワクチンの話を聞いた……ワクチンは自分を操る餌とわかって、殺したいほど腹を立てたんです。意趣返しに朱の印がはいったレコードを持ち出した。もともとあの子は手癖が悪かったらしいけど、こんなときには役にたった。つまり大田原さんは、レミくんにしっぺ返しをされたんだ」

愉快そうにいった。

「それも機転をきかせて、別なレコードに朱筆で印をつけておいた。それで大田原さんは関係ない音盤を割ってひと安心していた。子どもと思って気楽に嘘をつく、そのツケが回ったんだよ、大田原さんは！」

論告の終わりでは明智探偵自身が子どものようにはしゃいでいた。だが大人になっている勝郎には、それが危ういものに見えた。

（おい、明智くん……浮かれていていいのかい。男爵はまだ白旗を掲げていないんだぞ）

記者の観測はあたっていた。

やおら男爵が口を切った。

「探偵の口上は、それでもうおしまいかね？」

6

スッと少年の表情から笑いが消えた。

男爵はゆったりと膝を組み直している。

「確認しておきたいが、あのレコードを聞いたゆらさんが、御前さまへの殺意を固めたという、証拠はどこにあるんだい」

「……」

今度は少年が沈黙する番になった。

「内容は確かに不穏なものだね。だがあれは私だけが聞くレコードだよ。誰もいないところで、自分ひとりが呟いていたに過ぎない。なるほど、食客の私が当主の悪態をついた、殺してしまえと放言した。道義にもとる発言かも知れないが、しょせんは独り言だぜ。そんなものを盗み聞きして本気にする者はいやしない。そう私がいったらきみはどう受けるんだね」

「逃げ口上です！　現にあなたは夜毎にあの声をゆらさんに……」

そこまでいって口を鎖した少年に、男爵の声が覆い被さる。

「どうやって？　彼女に私がどうやって聞かせたんだい」

静禰が嚙みつくように口を挟んだ。

「ゴロちゃんが話しただろう、研究室の階下から伝声管で」

「伝声管？」わざとらしく男爵は問い返した。

「あのチューブなら、私の寝室にむけて固定されているのだが」

「いや、関節の部分で回転できるように……あっ」

静禰は黙りこんだ。おなじく気づいた明智少年が苦笑している。

「関節はもう溶接されてしまってる。伝声管ははじめから固定されていたと、大田原さんが主張すれば水掛け論になってしまう」

わかりの早い少年を、男爵はニコニコと見た。

「そういうことだね。そもそも夢うつつの彼女に殺意を吹き込んだなんて、科学的に立証できるだろうか。藁人形に釘を打って相手を呪殺したと称しても、逮捕されないのが現代の法律だからね」

男爵は静繭をジロリと見た。

「きみたちはテレパシーで意思を疎通した。だがその奇跡を科学的に証明できない限り、法廷に持ち出しても松旭斎天勝の魔術としか解釈されないだろう」

桟敷席の近藤たちに届くよう、男爵は朗々と声を張った。

「もしここに五十嵐警部がいたとしよう。優秀な警察官だ……その彼が、半睡半醒のゆらさんに殺意を教え込んだという罪で、私を逮捕すると思うかね」

反応する者はいない。

勝郎も考え込んだ。法廷は小説の舞台ではない。イマジネーションなぞ無用の長物で、証明可能な事象だけが通用する世界なのだから。

ボソッと少年が答えた。

「しないでしょうね」

「そう、しない。優秀な警官ならするわけがない。わかっていながらきみがあえて告発したのは、私が口を滑らせるのを期待したからだ。たとえば、そう……先ほどのレコードだ。不意を食らった私が致命的な失言をする。犯人でなければ知り得ない事実をね。探偵小説で犯人がボロを出すパターンのひとつだよ。私はそんな愚かな犯人ではない！……なぞとうっかり口走るのを期待したかね？」

男爵の髯が大きく揺れた。笑ったのだ、いかにも愉快そうに。

「もちろんそんなことはいわないよ。なぜって私は犯人ではないんだから」

さあ、探偵少年はどう出るのか。勝郎は心配そうだ。小説の中よりしぶとい犯人を向こうに回して。

ゴロちゃんは吐息を洩らしていた。

「明智の兄ちゃんがいった通りだ……男爵さんて人は、そう簡単に尻尾を摑ませてくれないよって」

「なんの話か知らないが、その兄ちゃんはなかなか出来た人だったね。まあ、どんなに出来ても死ねば無力だが」

嘲笑ととったのか、少年の白面に血がのぼり、語気が荒くなった。

「兄ちゃんが死んだのも、あなたの計画の内なんだ！」

「おや」

キョトンとして見せる。

「悪い奴だね、大田原金彦という人間は。彼が撃たれたのも大田原の責任といいたいのかね、名探偵クン」

唐突に立ちあがったゴロちゃんは、桟敷席に向かって声をかけた。

「お松さん！」

「あ、はい」

大型の雪だるまみたいな割烹着姿が、あたふたと腰をあげた。

「お呼びですか」

「こちらまでこなくていいんです。……井田さんが振り回していた銃だけど、いつもはどこにしまってあるんでしょう」

「それはあの……食堂の洋簞笥《ようだんす》ですけど」

「サイドボードでしたか」

「はい、一番下の深い引き出しでございます。いつもキチンと鍵をかけて」

「その鍵は、誰が管理していたんですか」

「……」

「外部の、たとえば井田さんでも自由になるような?」

「……」

今は勝郎も思い出している。

「ボクたちが納戸にはいったとき、その引き出しは閉じていました。でも食堂にもどって気がつくと、引き出しは五寸ほど開いていました」

そうだった……。注意深いとはいえない勝郎だが、あのときの違和感なら覚えていた。

少年は立ったまま、男爵を見下ろしている。

「ボクや明智の兄ちゃんは、歌枝さんの虫眼鏡に気をとられていました。大田原さんならその隙に引き出しを開けて、中に銃があるかどうか確認できたはずです。お松さんの様子とポマードの匂いから、近くに井田さんが隠れていると大田原さんが想像したって、おかしくありません」

男爵は黙っている。否定も肯定もしない彼を、勝郎は記者の目で観察していた。

「その後ボクたちは大田原さんの誘導で、滴さんと明智の兄ちゃんをオルガンの前に残して、応接室に退散しました」

それがどうしたと今にもいいそうだが、男爵は無言のままだ。

不意に少年は、男爵を真っ向から見た。

「谷崎潤一郎を読んでるんですか」

「なんだい、急に」

ポカンとしたのは男爵だけではない、勝郎だって、なにをいいだしたかとびっくりしている。桟敷の近藤や平さんにも聞こえただろうが、みんな要領をえない顔を並べていた。

谷崎の「少年」を話題にしていた静禰は、うなずきながらもふしぎそうだ。

意味がわからないのは、男爵もおなじらしい。

「谷崎の小説なら、二、三読んでいるが……」

「あの作家には探偵趣味の作品がいくつもあります。それを読んでヒントにしたのかなと思いました」

「わからん。説明してくれ」

男爵は真顔で尋ねてきた。

「はい。……ひとつ、大田原さんはポマードの匂いとお松さんの挙動から、井田さんが潜んでいると推察した。ふたつ、サイドボードの引き出しを開けて、そこにあるはずの御前さまの銃がないことを確かめた。みっつ、オルガンを弾いて歌う二人を置き去りにして、大田原さんのリードで全員が応接室に退散した。よっつ、ふたりきりになった滴さんと明智の兄ちゃんが、睦み合うのは自然の流れです。これはボクの想像ですけど、カネさんだって似たことを考えていました」

小五郎がなにをいおうとしているのか、勝郎にもわかってきた。

「お膳立ては整っていたんです。もちろん井田さんは滴さんの行動に神経を集中させていたでしょう……銃が持ち出されたと知った大田原さんには、ことの成り行きが見えていた……でも知らん顔でいた」

「おい、明智くん」

男爵が口を閉じさせようとしたが、少年は強引にいいきった。

「それなのに大田原さんは警告どころか、標的になるであろうふたりを孤立させた。——その結果、兄ちゃんたちは殺されたんだ！」

「まいったなあ」

男爵はベレエの上から頭をかいた。

「そいつは推理ではなく邪推だよ。銃がなくなっていても、井田くんの仕業とは限らないだろう。仮に銃を手にした彼の前でふたりがキスしたからといって、井田が確実に殺意をもやすとはいえない。こんな穴だらけの殺人計画なんて……」

「はい。ですから谷崎作品が示唆しているように、これはプロバビリティの殺人でした。蓋然性の殺人。こんな角度から計画殺人が存在するなんて、ボク読んでぞっとしました。大田原さん、あなたも同じ作品を読んでますね？」

7

「なんのことかわからんなあ」

男爵のとぼけぶりは神業といって良かったから、この前後のやりとりは、桟敷の人々にはまるで意味不明であったろう。

「そんな迂遠な手段で人を殺したなんて、警察が殺人と認めるかい？」

「認めませんよ。だからあなたは悠然と応接室でタバコをくゆらしていた……世にも横着な計画犯なんだ！」

「そう思うのなら勝手にどうぞ。私は痛くも痒くもない」

「みーんな大田原さんの計算内ですからね。それじゃあ計算外の話をします」

男爵の髯が神経質に震えたが、口調に変化はない。

「面白そうだね。どうぞ」

「大田原さんが嘘つきだってことを、兄ちゃんやボクがはっきりわかったきっかけです」

「なに？」

意表をつかれた気配の男爵だ。

「あなたには小さなことで忘れたかも知れないけど……お願いしましたよね、かずらさんに聞いてほしいって」

「……？」

「あ、やはり忘れているんだ……ボクらにとって大切な質問、でも大田原さんにはまるで必要のない、愚問でした」

「ああ……」

どうにか思い出した様子だ。

「舞台稽古が始まるころのアレか」

「はい。……一座から姿を消した女性はいなかったか」

「もちろん聞いたさ。だから伝えただろう、『いない』っていう答えを」

「それが嘘なんだ」

言下に少年が否定し、静禰がそれを保証した。

「男爵とおふくろの会話なら、おいらがその場で聞いていたんだ。でも、消えた女性のことなんか一言だって口にしなかった、間違いなく」

大田原は肩をすくめた。

「すると私の度忘れか。年はとりたくないものだ」

小五郎少年は無言でもとの席に座り込み、大田原の髯面を見つめた。

『『以心伝心』、あなたの呼び方ではテレパシーだけど、おかげで兄ちゃんもボクも大田原さんの本性がよくわかった。レミみたいな子どもには親切顔を見せる。静禰さんたち芝居の人にも、お松さんお竹さんや下働きの人たちにも、気安く話しかける。みんな喜ぶよ。爵位のある偉い人なのに優しい方だって。でも本音は優しいんじゃない。バカにしてるだけなんだ」

「おお、手厳しい」

男爵はひょうげてそっくり返った。

「あなたは女子どもを一人前に見てやしない。ものわかりが良さそうなのは体裁だけ、中身は御前さまとおなじすれっからしの大人だよ！」

聞き入っていた勝郎に気がついて、少年は照れた。

「ボク生意気ですか、子どもの癖に」

勝郎は首をふった。

「いいや……女も子どもも関係ないさ。これからの時代には、まっとうな考え方だと思う」

男爵は鼻を鳴らした。

「帝国新報は雷鳥女史のシンパかね。イヤ、そんなことより！」

むんずとばかり正座した。

「私を犯人に擬した証拠はどこへいった！　明智くん、きみを子どもと思っているから、私は本気にならないんだぞ。きみが一人前の探偵のつもりなら、今ここに私がふたりを殺したという動かぬ証拠を出してみろっ」

ヘラヘラして見えた男爵が、勃然《ぼつぜん》と怒り吠えたてたので、桟敷の面々は体をすくめてこちらを見つめた。

これも演技と見透かしたつもりの勝郎さえ、腰がひけたほどの勢いである。

8

だが少年は大田原という男を見切っていたようだ。平然と応じた。

「ふたりじゃないでしょう？　三人ですよ」

「なに」

　男爵が気勢を削がれた。

「ここからは五十嵐警部のご存じない事件の話です。いくらあの警部さんが優秀でも、知らなかったのだから仕方がない。……ねえ、大田原さん。完全犯罪っていったいなんでしょうね」

「なに」

「ボクは思うけど、そんなものってありませんよ」

「……？」

「殺された死体が残っていた。それなら殺人があったとわかる。でもひとりの人間が消えただけでは、事件があったこともわからない。百パーセント完全な犯罪があるとしたら、はじめっからそんなものはないに等しい。広告で完全犯罪を売り物にした探偵小説があったとすれば、まがい物だ。本物の完全犯罪は、いつだって小説のページの外にあるんだもの。ページの中にしかいなかった五十嵐警部では、外の事件に気づけない」

「なんの話をしているんだ！」

　さっきまで冷静を装っていた男爵が、青筋を立てていた。相手が火のように怒るだけ、少年は水の冷静さを保っていた。

「もちろん大田原さんが、御前さまより先に殺した人の話をしているんです。偶然にも死体を目撃した可能記者さんがいたから、完全犯罪になり損ねてしまったけど……」

自分の名が出てきた勝郎は、もう覚悟を決めていた。右顧左眄《うこさべん》する場合ではない。泥酔したあのときの記憶を弁じたてて、ゴロちゃんに声援を送らねば……膝の下にあった巾着が、がさりと音をたてた。そうだ……ふたつに増えた川崎大師のお守りの。そのひとつは被害者が落としたものだ。そこに彼女を確かめるなにかがあったとしたら？

それに気づいた勝郎は、懸命に巾着をまさぐりはじめた。

小五郎少年の話はつづいている。

「……みなさん不審におもっていますね。大切な御前さまが亡くなったというのに、なぜ歌枝さんが姿を見せないのか」

桟敷席で平さんが立ち上がっていた。

「まだそんなことをいってるのか坊ちゃん！　あの女はもう屋敷を出ていっちまったんだ、今更どの面下げて帰れますかい。尻に帆をかけて出てゆくところを、あっしがこの目で見てるんですぜ！」

そのときである。

「あ……！」

声にならない声が桟敷席に起きた。ほとんど無音のどよめきなのに、驚くほどの重量感をともなって勝郎の耳に達していた。実際に彼自身、息を呑んでいる。

舞台――ホリゾントのすぐ前を、上手からひとりの女が歩き出していた。

日没後まだ間もないというのに、窓の外は真っ暗であった。雨が降り出している。雨足は強い。それでも気がつかなかったのは、この場にいた全員がゴロちゃんと男爵の問答に目と耳を奪われていたためだが、女の登場でみんなの視線が百八十度転換した。

嫋々《じょうじょう》とつづく雨音の伴奏で、彼女は歩いていた。

平さんが全身をこわばらせている。

視線の先を見覚えのある女が歩む……白い首筋で左右に分かれた黒髪が揺れている……手拭いで姉さんかぶりをしている……。

唐草模様の四角な包みを背負った女は、船底袖《ふなぞこつむぎ》で濃紺の無地を着こなしていた。しとしとと歩みを重ねた女が下手に辿りつくと、包みを揺すり上げ額に手をあてて桟敷席を見やった。ちんまりした紅い唇が、手拭いの端をくわえていた。

「歌枝さん！」

キンと高いお竹の声があがり、それに合わせたように手拭いが口から離れた。下手から雨交じりの風が吹き込んだ。

「あ……」

みんなの視線が舞台を飛ぶ手拭いを追った——。

はっと勝郎が意識をもどしたとき、もう女の姿はない。

お竹が叫んだ。「歌枝さん、待っとくれよ！」

桟敷から通路へ駆け出ようとして枠につまずき、強烈な勢いで顔を床にぶちつけている。そのお竹の体を跨いで、舞台に飛び上がった平さんが下手に駆けこみ、じきに引き返してきた。一度は外まで飛び出たとみえ、着衣がぐっしょり濡れていた。

「畜生、消えちまった！」

この異様な寸劇の間、囲炉裏では男爵だけが、木像のように動かなかった。両眼が飛び出しそうで、口から言葉を軋り出していた。

「そんなことが」

探偵と犯人の勝負はどうなる

1

チンチンチン。

自在鉤に吊るされた南部鉄の大薬罐《やかん》が、雨音に負けまいといきりたっていた。

「どうしました、大田原さん」

少年に声をかけられたとたん。男爵の表情の裏でなにか強烈な意志が作動したようだ。すべての表情筋を停止させたように、勝郎には思われた。

やがてのろのろと男爵は答えている。

「え……なんのことだね」

「そんなことがって、いってましたよ」

「私が？　へえ……」

硬直していた彼の顔面がほどけ、柔和な笑顔に返った。

「私がなにかいっていたって？　帝国新報さん、そうだったかね」

「いや……」残念なことに男爵の呟きは、雨足と湯の滾《たぎ》る音でかき消されている。首をふるほかなかった。

それを確認した男爵は、ホッとしたらしい。

「……なるほど」

余裕の微笑をつくろうとする。

「また私を罠にかけようとしたのかね」

「罠？　なんのことですか」

「空々しいことをいう。歌枝さんを見た私が不意を食ってどう反応するか、確かめたかったんだろう」

「そうなんですか」

「全くきみという少年は」

摑んでいたベレエを被り直した。

「そんなはずはない、彼女ならとっくに死んでる！　私がそう騒ぐと思っていたんだろう」

「そうじゃないんですか」

「もちろん違う！」

「ではあの女の人は誰でしたか」

「当然、レミくんだよ」

勝郎も察していた。上手で蓄音機を操作したあと時間がたつ。なにをしているのかと思ったが、扮装のため化粧を凝らし衣装をつけていたに相違ない。

曲馬団では女にも化け老人にも化けてみせたと静禰から聞いていたではないか。仕種ひとつで見抜くと豪語した平さんを、たとえ夜盲症とはいえ、みごと騙したのだから凄い化けっぷりだ。それに歌枝ではなく身軽な彼なら、門が鎖された後でも屋敷に引き返すのは容易であったろう。

それにしても、少年がしかけた罠は、男爵にまったく通じなかったのか。勝郎は落胆したが、そうではなかった。明智小五郎はきっちり一歩前進していたのだ。

（あ……そうか！）

やっと探偵の考えがわかってきた……小五郎は犯人に聞けばいい。「なぜあの人をレミくんだと思いましたか？」その問いに答えるには、①なぜ彼女が歌枝であるはずがないのか。②平さんですら思い違いしたレミの変装を、なぜ男爵だけが見抜けたのかと、受けるべきだろう。

だが探偵はまた水かけ論になりそうな質問を省いた。それに代わって投げた質問はこうだった。

「すると本物の歌枝さんはどこへ行ったんでしょうね」

「え」男爵は虚を衝かれていた。

「レミくんを見誤った平さんだけど、それ以外は誰も外へ出た者はない。だったら本物の歌枝さんは、どこに消えたんですか」

勝郎は少年の作戦に感服した。

三日前の晩に平さんを騙したレミは、もちろん男爵の指示で化けたのだ。だからふたたび歌枝を見せられた平さんは、レミと知らずに追いかけた。しかし男爵は思いがけない歌枝の出現を辛くもレミと看破して、ボロを出さずに踏み止まることができた。

それがそのまま男爵の首を締める結果になった――？

「そんなことは知らないよ、私は」

男爵がしぶしぶ答えると、ゴロちゃんはうなずいた。

「大田原さんとしてはそう答える他ありませんね。それならボクは滴さんに頼みます。屋敷から出た形跡がないのにみつからない彼女は、あそこにいるに違いないんだ。だから探してと、守泉家の当主に依頼するんです」

「池のことだね！」

すぐ近くでお島の声があがった。彼女は隣の桟敷《さじき》まで移動している。妹の話が中心になったので聞き耳を立てていたのだ。少年はすぐ答えた。

「瓢箪《ひょうたん》池の底です。福兵衛さまに抱かれて歌枝さんが眠っています……」

砂利が人間ひとり分だけ残されていた事実から、容易に推測できる結論であった。果たして平さんが「うおっ」と奇声を放っている。彼も男爵の応答を疑ってか、お島につづいて囲炉裏《いろり》の近くへきていた。

「もしや福兵衛さまに……?」

「中身はあの子だった!」

平さんの理解を追い越して、お島は血相を変えていた。

「本当かい、坊ちゃん!」

「それを確認するため、滴さんに頼むんです。犯人の要求する証拠がそれなんです……」

答えながら少年は静謐を見つめている。「以心伝心」を発動すれば、尼崎病院で呻吟している滴とただちに連絡がつくからだ。

そのとき男爵が間にはいった。

「帝国新報さん……あんたが見た女は間違いなく花谷《はなたに》歌枝だったのかね」

往生際が悪いなと、勝郎は腹が立ってきた。

「あんたが彼女を見たのは、長屋門の前でもめたときだけだろう。女の死体を見たのは夜遅く、それも乏しい明かりの下で、あんたはべろべろに酔っていた……一度見た死体が、次にその場へもどったときは消えていたという。そんな頼りない証言をもとに、大枚払って池をさらえるなんて私は反対だぜ」

死体の消失の話は、そこが回り舞台だったことで解決している。これまで勝郎は明快に死体を歌枝と断定できなかったが――だから男爵は、証言の隙を突くつもりで蒸し返したに違いないが、あいにくだった。

勝郎は自信をもって、巾着からお守りを取りだした。もちろん、歌枝が落とした方だ。さらにその中から、小さな和紙の包みをつまみだした。

「あのとき死体の手から落ちました。死体が歌枝さんであった証拠です」

首をのばした小五郎にまず見せた。

「荒い息を吹きかけないで。飛んでしまうよ」

「なに……これ」

少年探偵は目をパチパチさせている。包まれていたのは、黒ずんだ米粒であった。

「よく見てください。大田原さんも」

「これって……『無』だ！　一粒の米に『無』という文字が読めます！」

大人相手に一歩も引かず渡り合っていた明智小五郎が、はじめて洩らした子どもッぽい驚嘆の声であった。

2

静禰が溜息をついている。

「レミが話していたよ……米粒に文字を書くのがあたくしの芸と、歌枝さんが笑っていたって」

勝郎も明智少年も静禰を見た。

「お祖父さまから仕込まれて筆を修業したそうだよ。若いころは米粒にいろは四十八文字を書けたんだって」

そこで静禰が言葉を切り――勝郎も気がついた。

すぐ下の桟敷席でお島が袖に目をあてていた。彼女と歌枝が異母姉妹であったことを思い出す。妹の死が事実とわかれば、思いは悲痛に違いない。

「きちんとした形で弔ってやりたいよ……静禰さん、滴お嬢さんと話ができるなら、お島婆あもそういってたと頼んでやってくれないかい」

「以心伝心」はここの人々の間では、もう公然の秘密になっていた。

それなのに静禰は、顔を伏せて答えている。

「できなくなったんだ、それが」

小五郎は愕然としている。「静禰さん、まさか……！」

天井《てんじょう》を仰いだ静禰が喉を動かした。涙をのみこんでいた。

「カネの心が伝わってきたよ。たった今、滴の枕元で尼崎先生が、聴診器を外して手を突いたところだって」

すると……これはどうなるんだ。勝郎は茫然とした。

おなじく言葉もない小五郎少年にむかって、静禰は両膝を揃えている。

「最後の『以心伝心』で滴はとぎれとぎれにいい残したんだ……明智のおふたりに礼をいってほしい……おかげで、おがはよけいな罪を背負わず成仏できました……」

滴はついに明智大二郎――愛する人の死を知ることなく逝ったのである。

暗然とする勝郎の耳に、笑う男爵の声がエコーした。

「残念だね。これでもう瓢箪池を浚《さら》うことはなくなった」

きっとして、小五郎少年は男爵を睨《ね》めつけた。

「なぜそうなるんです」

「いうまでもないだろう？　守泉家の権利を継承していた滴嬢はもういないんだぜ」

男爵はまだ笑っていた。

「当然、その権利はもっとも近しい肉親、守泉参造氏のものになる」

「あっ」

足元にぽっかり大きな穴が開いたようだ。

「さてその新しい当主が、瓢簞池に手をつけさせるかね？」

「だって殺人事件の捜査なんだよ」

静禰の抗議は一蹴された。

「殺人と誰が決めた？　死体は見つかったのか」

「だからその為に池を……」

「それ以前にまず殺人という証拠を出しなさい」

呆気にとられて静禰は黙った。

鶏が先か卵が先か。勝郎はなにもいえなくなった。頬を膨らませた少年が口を開こうとすると、男爵は先手をとった。

「よろしい。ここまでの議論で池に若干の疑惑が生じたとしよう。では近藤くん」

名指しされた巡査が、類子に支えられて上体を起こそうとしたが、男爵は鷹揚《おうよう》にそれを制した。

「無理することはないよ。勤務に忠実な警官のきみに尋ねたいだけだ。忌憚《きたん》なくいって、きみの上司桜井署長さんが池の底まで探る決断を下すと思うかね。有力者でかつ土地の権利者の意向に反して……」

「待った、男爵」

勝郎が手をあげた。

「いかがなものでしょうか」

「なんだい、帝国新報さん」

「意向に反してと仰るが、頭から参造さんが反対と決めつけるのは、いかがなものでしょうか」

男爵の髯《ひげ》はまったく揺れなかった。

「では仮に女の骸《むくろ》が見つかったとするよ。そんな池からの湧き水を近在の農家諸君が、喜んで畑に引き込むと思うかい？」

ジロリと見られると、悔しいが勝郎はおたついた。

「それは……」

「死んだ役者の祟りさえ本気にした村の連中だ。うかうかすれば、誰も瓢箪池の水をほしがらなくなる、守泉家は干上がる、最悪だ。そんな危険を冒してまで、池を浚えるなんて参造さんはさせやしない。寝た子を起こすなぞ愚の骨頂だからね。それでも疑いを抱く人たちがいるとすれば、ここにいる一握りだけだ。金で口封じをすればすむ」

いいきった男爵は、さっさと話をすすめた。

「そういうわけだ、近藤くん。池の持ち主を無視した捜索は、今後の駐在所勤務にとって面白くないと考えたきみは、署長に意見を具申するはずだ。池を浚ってネズミ一匹みつからなかった場合も然り。無駄に終わった費用をふくめ大問題になる……。きみならきっとそういうと、私は確信するのだが」

憮然として勝郎は、近藤巡査がいる桟敷を見た。平さんや類子の蔭で、当人の表情まで読めないが、いかにも彼なら上司の意向を最大限に忖度《そんたく》するだろう。

そして当の桜井署長——厳《いか》めしい八字髭《ひげ》の持ち主は、決して危うい橋を渡る役人ではなかった。

大田原男爵は快活な口調で明智少年に告げていた。

「……そういうことだ。納得できたかね、名探偵クン」

3

勝郎はハラハラした。

明智小五郎の白皙《はくせき》の顔に朱がそそがれている。いくら賢くてもまだ中学生なのだ。大人の挑発に乗せられ爆発して、その結果いっそうみじめに敗北させられるのでは……。

舞台を覆う屋根瓦をたたく雨音が激しさを増し、競うように薬罐の蓋が揺れていた——少年が答える前に、お島の声があがった。

「あたしもねえ……納得がゆかないんですよ」

男爵は想定外だった声の主に、戸惑っていた。

「なにが納得できないんだ」

「歌枝のことですがね」

いいながら右手の布巾で大薬罐の蓋を摑み上げる。ぶわっと吹き上がる湯気に、さすがの男爵も気勢をそがれて顔を顰《しか》め、お島は左手の土瓶から勢いよく水を注いだ。

「ああ、やっと静かになった」

お島は口をすぼめている。もう一息で探偵少年をねじ伏せられた男爵だが、文字通り水をさされてしまった。彼は振り向きもせずぶっきらぼうにくり返した。

「なにが納得できない？」

「妹はねえ……三日前に申したんですよ。私はいなくなるかも知れないって。それも今日明日のうちに」

男爵の眉間が痙攣《けいれん》したが、まだお島をふりむかない。

「前もって暇をとるつもりでいたのかな」

「あたしもそう思いましたさ。御前さまとの仲がうまくないので追ん出るつもりかいって、ちょいとつついてやったんですよ。するとあの子はかぶりをふりましてね。そうじゃないけど、ひと思いにぶつかってみるって」

「ふうん」

男爵は気のない言葉を返したが、違うと勝郎は思う。

あえてお島にそっぽむいているから、顔は自然と勝郎に正面をきった形である。その表情には、記者を侮《あなど》りがちな男爵の本音が自然と透けて見えていた。

「……それはどういうことだい」

「今は話せないが経緯《いきさつ》は知らせるって、電話でも郵便でも。……あの子は器量や芸を鼻にかけるイヤな女でしたけど、感心に約定を反故にしたことはございません」

「そりゃ結構だ」

「男爵さま。あの子の姉として伺いますが、思い当たることはありませんかえ」

「ははは。物々しい申し立てだね……ないよ」

くるりと体を半回転させた男爵は、はじめてお島を見た。まるで睨めっこだ。年功者同士の視線が斬り結んだ。

お島としても切り札があったわけではないらしい。

「さいですか……」

すると少年は、勝郎に尋ねた。

「歌枝さんが封筒をどうこうって、可能さんいわなかったっけ」

記憶とは奇妙なものだ。たった一言「封筒」という言葉が勝郎の脳内を強烈に攪拌《かくはん》して、その瞬間を蘇らせたのだから。

歌枝が善さんに渡した封筒――宛て名の下端だけちらりと見えた。

〝……乃様〟

あわてた記者は手帖をめくった。

「花谷島乃」という女中頭の名が書かれていた。そしてあの封筒には「……乃様」という文字があった……。

「郵便で知らせたってこと、なかった？　おなじ東京府内なら、二日以内に到着する――そうだったね」

先一昨日歌枝が出した封書なら、すでに到着しているのではなかったか。それを小五郎少年は指摘したのだ。

「あの、お島さん」

若い女性の声が二階廊下の窓から降ってきた。肌は浅黒いが整った容貌の、幼いが人妻の源田スエであった。隻脚《せっきゃく》の夫に代わって、守泉家の雑用を引き受けているのだ。

「郵便屋さんから今日の配達分を預かりました」

お島は大声になった。

「ちょうど良かった。持って下りてきとくれ」

「はい」

スエの姿が梯子《はしご》の下り口に移動する。紺地の作業衣にモンペを穿《は》いていた。撥《ばち》を揮《ふる》った姿が想像できない大人しい身なりだが、てきぱきした動きで下りてきた。

肩から下げた合財袋に、大小さまざまな形の封書や葉書が収納されている。いくら名門でも分量が多すぎる。

果たしてお島の前で、スエが頭を下げた。

「すみません……あの騒ぎで、昨日届いた郵便物まで一緒になっていました」

「あ」

少年の小さな声が、勝郎の耳に飛び込んでいる。勝郎も静禰もいちように立ち上がってスエを迎えた。事情のわからない彼女は、驚きながらもお島に郵便物を手渡した。

「はいよ、ご苦労さん……」

自分宛の封書に気づいたお島が、手早く引っこ抜く。勝郎は明智少年にうなずいて見せた。確かに歌枝が善さんに渡した封書である。

いっせいに立ち上がっていたから、男爵の顔のこわばりが、目の前の勝郎にありありと見えた。用を終えたスエは、そそくさと二階の廊下へ消えた。

封書を手にしたお島はオヤという表情になっていた。

静禰が催促した。「どうしたんです、開けてみて」

「……軽いねえ」

ひとりごちて、皺だらけの手で封筒を破る。

便箋は一枚きりだ。ひろげたお島がはっきり声をあげた。

「なんだい、これは」

なにも書かれていなかった。急いで裏返したが、やはり真っ白なままだ。覗きこんだ勝郎も期待しただけに落胆した。

どういうわけだ、これは！

4

男爵の笑声が爆発した。

「気をもたせた割に呆気ない幕切れだね。彼女は健忘症だったかな」

お島も返す言葉がない。男爵はもう自分の頭陀袋《ずだぶくろ》を取り上げていた。

「これ以上長居しても、犯人を証拠立ててはもらえんようだ……失礼するよ。お島さんたちも食事の支度はいいのかい」

梯子へ向かう男爵の背に、少年の声がかかった。

「逃げるんですか」

「なんだと」

振り向いた男爵は色をなしていたが、小五郎少年はビクともしなかった。

「手紙はまだ調べ終わっていません」

「調べる？　便箋は真っ白だぞ」

「封筒はどうでしょうか」

お島の手から封筒をとった少年が、ふたたび沸き立っている薬罐の注ぎ口に封筒をあてがったから、男爵は失笑した。

「なるほど、あぶり出しのインクで書いたと思ったのか……あいにくだね、なにも出てこやしないぜ。ほらほら、切手が剝《は》がれるじゃないか」

鳩にオリーブの枝をあしらった図柄の参銭切手は、大戦終結を記念して発行されたホヤホヤである。

湯気にあぶられペロリとめくれた。

「ほうら……」

笑いかけた男爵の顔がこわばった。

切手の裏に微細な文字列が記されていることに、少年の手元を見つめていた勝郎が、つづいて静禰が気がついている。

「文字だ」

「びっしり書いてある！」

湿気に強い墨で書かれていた。お島が老眼鏡越しに目をしょぼつかせたが、そんな程度で読める大きさではない。

しかし少年には探偵必須の眼鏡セットがある。折り畳まれた複数のレンズを扇子のように拡げ、その一枚をあてがった。

少年の読みあげる声が、桟敷席の隅々までよく聞こえた。

「……大田原とあたくしは男女の仲でございました」

勝郎の耳は少年の声に集中したが、目は男爵に注がれている。

彼は首の座に据えられていた。小刻みに眼瞼《がんけん》が痙攣し唇の端から唾液が糸を引いた。驚くほどの男爵の変貌だ。無理もない、これはまさしく被害者の告発状であったから。

たかが切手一枚の裏にと驚嘆するのみだが、米粒にいろは歌を記した手練を思えば当然の芸だったろう。

「あたくしがもどってなければ、大田原に殺されたのだと考えてください。大田原には秘めた恋の対象がございました。その女とあたくしの、どちらを選ぶか聞いてやります……その女とは」

「やめろ！」

摑みかかった男爵が苦痛の声をあげた。静禰が囲炉裏から引き抜いた火箸で、彼の手首を打っていた。

『へっ！　化けの皮が剝がれたぜ！　カネ、聞いてるな！』

素知らぬ顔の少年はレンズに目を当てたままだ。

「……双子の妹銀子さんでありました」

勝郎は息を吞んだ。男爵は血をわけた実の妹を愛していた？

「……酔った大田原があたくしをギンコと呼んだので知りました。銀子さんは身ごもっております。孕《はら》ませたのは御前さまと信じたあなたは、仕返しにあたくしを抱いたのでしょう。今夜、そういってやります。それでいてあたくしを口説いたときの台詞《せりふ》は『結婚しよう』、ぬけぬけとそう申しました。その言葉を逆手にとってあいつに談判いたします……書いてあるのはここまでです」

レンズから目を離した探偵は、犯人を睨み付けた。

「まだなにかいうつもりですか」

脱力した男爵は頭陀袋を抱いて座り込んでいたが、少年は追及の手をゆるめない。

「それともまたいうんですか。本人が書いた証拠はないって。それは通じませんよ。切手一枚にここまで書けたのは歌枝さんだからです！　あっ近藤さん、無理しないで」

類子に支えられ通路を上がってきた巡査に、ふたたび声をかけた。

「この切手を見せて、近藤さんは署長さんにどう仰いますか」

近藤は声を絞り出した。

「責任を持って上告します、瓢箪池を浚うように」

その瞬間、ぶわっと凄まじい灰神楽《はいかぐら》が立ちのぼった。

行動を起こしたのは男爵であった。

彼は手にした頭陀袋をブンと振って自在鉤を打撃した。よほど重い袋だったとみえ、鉤から外れた大薬罐が囲炉裏へ横ざまに落下した。視界をとざす灰の煙幕に、勝郎たちは猛烈に咳込んだ。

男爵がぬっと立ち上がっていた——左手に袋、右手に拳銃。たった今、袋から摑みだした凶器である。

「スミス&ウエッソン。ダブルアクションリボルバーだ。アメリカを旅行したとき買い込んだ。爵位とは便利なものだよ。帰国した波止場の検査も簡単にすんだ」

軽口を叩きながら後退してゆく。その背後には梯子があった。

先ほどの異様な興奮は消えている。冷静な男爵の目つきが少年を捉えていた。

「明智くん。きみにはしてやられたよ」

「運が良かっただけです」

いがらっぽい声だが震えてはいない。

「歌枝さんが手紙を出したおかげだもの」

「まあね。しかしそれ以前、きみは大層なご高説をならべてくれた。……プロバビリティの殺人だって？　井田の銃口が私に向けられる可能性もあったんだぜ。弾は一発のこっていた、にも拘《かか》わらず私は勇敢に彼を怒鳴りつけている。そんな正義の振る舞いをするかね、私が確率殺人を狙う犯人なら」

「……」

少年は死角を衝かれたように黙り、その様子を男爵は愉快そうに見た。

「ほうら、そこまで考えていなかったね？……おっと、動くな！」

男爵の鋭い言葉が走った。静禰の手が落ちた火箸にのびようとしたのだ。

「……さて、話のつづきだ。子どものきみに大人の私が教えよう。私はね、目論んでいたのだよ。殺人ではないぜ、プロバビリティの自殺を……私はやけくそだったのさ」

油断なく目を配りながら、すり足でさがってゆく。

「私は銀子を愛していた……その通りさ。お先まっくらな恋の道だ……行く手は谷底とわかっている歩みを止められなかった。それでいて抱く勇気もなかった……だが余介の奴！」

ぎりっと歯の軋む音が聞こえた。

「あの色ボケに先を越された！」

「男爵さま！」

類子の声を無視して、彼はつづける。

「私はひと思いに谷へ飛び下りることにした。余介を殺す手順を組み立て、成功した。だがいつまで罪を逃れることができるだろう。みっともなくあがくのは趣味じゃない。で、私自身の始末だが……」

カカカと男爵は声をたてずに笑った。

「臆病な男でね、私は。ひと思いの自決ができそうにない……銃もナイフも用意しているというのに」

『静禰！　待ってて』

『どこにいるの、カネ！』

『二階の廊下、もう少しで梯子の下り口！　だけどこの床軋んで音を立てるんだ、くそ……』

囲炉裏端では小五郎が叫んでいた。

「大田原さん、間違ってる、そうじゃないんだ！」

「ふん、子どもに説教をくらってたまるか」

「そんなんじゃない！　銀子さんは、大田原さんを好いていたんだぞ！」

「な……」

男爵は口ごもった。

「銀子さんがいってるんだ、『お慕いしてます』って！」

「なに」

いったんひるんだ男爵だが、すぐ苦い笑いを浮かべた。

「早耳だね。その話なら類子さんから聞いてるよ。露台に面した喫煙室のことだな。銀子は窓に向かって繰り返すそうだ」

男爵は切って捨てるような口調だった。

「あの窓なら遙かに大棟門が見える。門の向こうには自分を抱いた男がいる！　銀子は守泉余介に呼びかけていたんだ！」

背後で類子が悲痛な声をもらしている。

少年は懸命だった。

「だから違うというのに！　窓の外は真っ暗だよ！　銀子さんはガラスに映った自分の顔に呼びかけていたんだ！」

「なにをいってる。それがどうして、私を好きなことになる？」

「だから！　まだわかんないのか！」

じれったくて、少年は着物の袖をバタバタさせた。

「銀子さんは窓を鏡代わりに見ていたんだ——自分に似た大田原さん、髯のないあなたの面影に向かって！」

「……？」

男爵は絶句していた。

6

怒鳴り合い同然の問答に圧倒されていた勝郎も、ようやく少年のいいたいことが胸に染み込んできた。髯に覆われた男爵から想像するのは困難でも、髯のない彼なら二卵性とはいえ双子の銀子に似ていたのではないか。

大田原金彦が妹に懸想したように、銀子もまた兄に懸想していた——と。ナルシズムの変種ともいうべく、自分に似た顔の異性に恋したのか！

いやいや待ってくれ。それなら誰が現実に銀子を孕ませたのだ。

その疑問に答えられるのが、類子であった。しばらく前から彼女は、胸をかきむしらんばかりな苦悶の表情を見せていた。

「なんてことでしょう……男爵さまはお気づきではなかったのですか！」

「なんの話だ。あんたも共謀で銀子の懐胎を隠していた癖に！」

「なにを仰るの！」

類子は憤然とした。

「私は銀子さまを知り尽くしております。あの人はいじらしいほど恋焦がれておいででした……いつかあなたは銀子さまをからかいましたね、火鉢の灰を砂糖のつもりで舐めてみろ……ふたつ返事で舐めた銀子さまの、あの笑顔！　『甘うございました』灰だらけな笑顔が、それはもう震いつきたいほど愛らしかった……銀子さまはあなたに『抱いてやる、そこに寝ろ』そういってはしかったのに！……でもそれは人の道を外れていると、あの方なりにおわかりでした、だから苦しんでおいでだった！　銀子さまに代わってあなたに申し上げます、この唐変木！」

世の裏表を知り尽くした男爵が茫然としていることにも、ふだん冷やかな看護婦が顔に血をのぼらせていることにも、全員が言葉を失っていた。

「だが私はお竹の内緒話を耳にしたぞ、門から下りてくる提灯《ちょうちん》の火を……それも私が留守した夜に限って。余介は『銀月荘』に夜這いしていたんだ！」

「御前さまの相手は私でした」

ぎょっとしたのは、男爵ばかりではなかったろう。

「ただもう女を抱きたいあの方を、止める方法はそれしかございませんでした。でぶでぶした肉の下敷きにされて、私ははじめての血を流しました」

「……」

啞然とした男爵は、次にまたいきりたった。

「では銀子の月のものがなくなり、悪阻《つわり》まで始まったのはどういうわけだ！」

「……まあ」

類子は深々と溜息をついている。

「男爵さまともあろうお方がご承知ないのですか。想像妊娠に決まっております！」

思いがけない言葉に、男爵が痛棒を食らっている。

耳年増の明智少年はその言葉を知っていた。医学博士で探偵作家の小酒井不木《こさかいふぼく》の随筆を、明智本家の書斎で読んでいたからだ。

「……お兄さまの御子がほしい、その一心が高じた銀子さまは、実態のない受胎をされたのです。カクテルのブラッディマリーは英国の女王陛下のことでございましょう？　世継ぎほしさに想像妊娠しておなかが膨らみ陣痛さえ催して、なのにそのすべては想像でしかなかった女王さまの虚しさ！　それがヒステリの爆発を呼び、プロテスタントの大虐殺につながった歴史くらい、とうにご承知と思っていました！」

男爵の足元に頭陀袋が落ちた。拳銃を吐きだして軽くなった袋から、小箱が転げ出て色とりどりのピンポン玉をまき散らした。

おや。赤、白、緑、黄……男爵が説明したときには黒い玉も含めてなかったか？　勝郎とおなじ考えを小五郎少年が呟いた。

「黒がない？」

「ぶわあっはっはっは！」

男爵の笑いが爆発した。のちに勝郎は思い知る。それは〝凶笑〟と呼ぶべき人外の笑声であった。

外では雨が勢いを増し風も加わり、ガラス窓が悲鳴をあげていたが、それどころではなかった。全員が慄然として、男爵を見つめていた。

「ねじれ館」が嵐に晒される

1

ベレエを落とした蓬髪のルパシカ姿が、顔を覆った髯《ひげ》を震わせている。歪んだ唇の端からとめどなく涎《よだれ》がしたたり落ちていた。

「男爵さま……！」

叫んだ類子を見ようともせず、大田原の視線は矢となって小五郎少年の顔面をえぐる。それでもまだ彼は笑っていた。

「そうだよ明智くん。よく気がついた……類子を迎えに二階の廊下へ上ったとき、ひとつしかない黒のピンポン玉を転がした。玉は素直に転がっていったよ、『銀月荘』へ。それは明智くん。きみの問罪の決意を悟ったからだ。私も自分の終わる覚悟を固め、黒い玉を走らせた。黒の玉言葉は……『死ね』」

「男爵さまっ」

類子は逆上したが、男爵の口調は平板なものだった。

「銀子は私に忠実だよ。玉には致死量の毒薬が詰めてある。かねてから言い含めてあったのさ。黒い玉が転げてきたら、中の薬を飲みなさいと」

コロン、コロン、コロン。

「銀月荘」を目指すゆるい傾斜の腰板の溝。

コロン、コロン、コロン。

ゆっくりと、だが着実に、死を運んでゆくピンポン玉。

コロン、コロン、コロン。

雨の音が満ちる長い廊下は黒々と塗りつぶされ、その中を闇の結晶した黒い玉が、愛らしく転げてゆく……。

勝郎はまざまざと幻視していた。

「いやあっ……銀子さま、銀子おおお！」

今にも駆けだそうとしたナースの足元で、銃声と共に大薬罐《やかん》が火花を散らした。

「動くな」

狂熱を帯びていた声がガラリと変わって、鉄の笞《むち》を打つ響になった。

「でも銀子さまが！」

「もう死んださ」

「いいのか、おい」

思わず勝郎は声をしぼった。

「勝手な疑いをかけておいて、それでも殺すのか！」

「偉そうな口をきくね、記者くん」

男爵は冷笑していた。短い間にいくつ人格を転々とするのか、この男は。病的な転換についてゆけない勝郎は、体のシンまで震えだしていた。

「彼女は私と心中する……それなら銀子も本望だろう……じっとしていろ」

Ｓ＆Ｗを手に、男爵の足取りは慎重だった。

たまりかねて小五郎は怒鳴った。

「逃げられると思ってるのか！」

「思っていないよ。銀子が死んで、私にも自決の勇気が湧きそうだ……ああそうだ」

声にふたたび異形の熱がこもりはじめる。

「その前にもう一発、使っておくか。小生意気な少年探偵くんに」

後ろ手に梯子《はしご》を摑んだ男爵は、動きを止めた。拳銃が鎌首を持ち上げた。

『畜生、梯子を上ってこい！』

『間に合わないよカネ、投げつけるものはないか！』

『あたいの体があるっ』

下り口に乗り出した頭上の少女に、幸い男爵はまだ気づかない。

そして気づいたのは桟敷《さじき》のお竹だ。

「あーっ、カネちゃん！」

遠慮のないドラ声。

「火吹き竹！」

お島の怒気、だがもう遅い。

振り仰いだ男爵は、飛び下りてくるカネを見た。

銃声。

2

優に二階分、人体の落下する派手な音があがった。

撃たれたカネが墜落した——と、誰の目にもそう映ったが、違った。「以心伝心」を受けた静禰だけが、とっさに状況を把握している。

『カネ、大丈夫か！』

『いててて、コブできた』

奇跡であった。拳銃は間違いなくカネに照準されたのに、引き金にかかった指の動きが寸秒おくれたのだ。

少女の体にはじき飛ばされた拳銃から、弾はあらぬ角度で飛び去っていた。

男爵が発砲を逡巡《しゅんじゅん》した？　そんなはずはなかろうに。

殺陣《たて》で鍛えた静禰の動態視力が見据えている。なぜかその瞬間、男爵の指は脱力したとしか思えなかったのだ。

脱力は右手の指だけではない。男爵の体がまるごと転落しそうになって、やっと左手で梯子の桟を摑んだ。明らかに彼の身に異変が起きていた。

二階に這い上がった男爵を追おうと、梯子にとりつきながら小五郎少年は、平さんに声をかけている。

「舞台から回って！」

「おうっ」

男爵の手にもう拳銃はない。元気の出た平さんは、犯人の退路を絶とうと尻まくりで駆けてゆく。つづいて類子も走り出した。白い姿が舞台の下手に吸い込まれたのは、むろん「銀月荘」に急行するつもりだ。

梯子を揺らして小五郎が、つづいて勝郎が二階へ上る。驚いたことに静禰まで火箸を摑んであがってきた。

上った小五郎は左を見た。緋毛氈《ひもうせん》を伝って外へ逃げたかと思ったのだが、その様子はない。後ろから勝郎と静禰が、右手階段から荒い足音をたてて平さんが駆けあがってくる。では男爵は右へ逃げたのでもない。追手の四人が視線を揃えた先は楽屋入り口の暖簾《のれん》である。うなずき合って暖簾を跳ねる。

雨はいっそう烈しくなっていた。雨だけではない、風も出ており、どこかで屋根が軋んでいる。秋は暴風の多い季節だった。

気象台が発表する天気予報は一日三回だが、ラジオ開局の前とあっては広く大衆に告知する手段がない。交番に張り紙して知らせるのがやっとだから、局地的に天気が激変すれば、大正の御世《みよ》では予報はまだ無力だ。

暖簾の奥には楽屋として使う座敷が小分けされている。勝郎と小五郎は一度はいったきりの場所だが、さすがに平さんは詳しい。

「このまま奥へ行けば舞台に下りる階段ですぜ。あいつどう逃げる算段だったのかね」

「もう逃げるつもりはなかったのかも……」

小五郎少年がいったとき、正面に淀む暗がりから声がかかった。

「その推理、当たってる」

四人に緊張が走った。

壁に囲まれたどん詰まりの空間には、深夜のような闇が煮凝《にこご》っていた。

視点を据えるとそこにルパシカの男爵がいた。長火鉢を椅子代わりにして、縁に腰を下ろしている。男爵は右手でジャックナイフを弄《もてあそ》んでいた。

「よう」

ゆとりを見せたつもりだろうが、声は裏返っている。勝郎ができるだけ静かに声をかけてやった。

「……男爵、行きましょう」

「警察なら断るよ。地獄行きが先約でね」

「覚悟したのなら、なにをまごまごしてるんだい！」

静禰が遠慮のない言葉を浴びせる。ナイフで自分を刺そうとして躊躇《ちゅうちょ》していた——そう見たからだ。

風がひとしきり吹くと、屋根がぎしぎし鳴る。それまでより音がずっと大きいので、勝郎が頭上を見た。この座敷は天井板がなく屋根裏が剝《む》き出しだった。

男爵は答えた。

「まだ用がのこっていたんでね」

「用ってなに」

小五郎が男爵の正面に出た。もちろん距離は十分にとってある。

「ああ……さっきのつづきだよ」クスリと男爵は笑った。

「怖いの？　これはただのナイフだぜ、そこまで届かないよ……バリツの達人、どうした」

少年はつい一歩近づこうとした——静禰が叫んだ。

「いけない！」

男爵の隠していた左手が走った——湯飲みに山盛りされていた長火鉢の灰を、浴びせられた小五郎が顔を押さえたとき、ナイフを手に男爵が躍りかかる。そうはさせまいと飛びつく勝郎と平さんが互いの体をぶつけ合い、静禰は少年が邪魔で火箸を飛ばせなかった。

だが――。

少年の危機を救ったのは、多摩川から吹き上がる強烈な突風であった。

大音響が楽屋の屋根を引き裂いた。

それまで雨水が溜まっていたのか、まるで瀑布だ。一気に大量の水が座敷に落ちてきた。

「うおお……っ！」

ナイフが吹き飛んだ。全身を水に浸けられ、その場に打ち倒された男爵は、狂おしく身悶えして絶叫した。奔馬性とでもいうべきか、狂犬病の劇的な発症が起きていた。

男爵を目で捉えながら、勝郎はそれが人の声と信じられない。声ではなく野犬の咆哮《ほうこう》であったからだ。

『静禰、犬がいるのか？』

『違う、男爵だ。発作を起こした。恐水病にかかってたんだ！』

仰向けになった男爵は、瀕死の獣のように四肢をわななかせていたが、やがて力尽きて静かになった。降りこむ雨に全身を浸された姿は、まるで幼児が水遊びに惚けているようだった。

3

しばらくの間、誰も近づこうとしなかった。

ひとしきり暴れた風がおさまると、剝《は》がれた屋根の一部がまた天井《てんじょう》にかぶさったが、もはや雨漏りと形容できる状況ではない。四人は雨にしぶかれながら、動かなくなった男爵を見守っていた。

やがてその声が聞こえてきた。

雨と風に妨げられながら、なにかがぐつぐつ煮立っているようだった。

いや……そうではなかった。煮える音にしてはあまりに高音階であったし、単調すぎる繰り返しであった。

「あれ……聞こえるか」

とうとう勝郎が疑問を口にした。のこりの三人が彼と目を合わせた。全員の耳に届いていたのだ。

「なにか……床下から滲み出てくるみたい」

少年が呟くと、

「ひえっ」

らしくもない悲鳴をあげて、平さんが飛びすさっている。

勝郎が――静爾が――小五郎が――その場を動けなかった。

音というよりも声だ。それは決して幻聴ではない。

綿々と嫋《じょう》々《じょう》と……意味のとれない呪文みたいに、繰り返している。

やがて小五郎少年は思い出した。

「傘天井だ……きっとあのお休み処だよ……あそこで誰かが泣いてるんだ……ああ、これは類子さんかも知れない」

少年の推測が的中していたことが、のちにわかった。

「銀月荘」へ向かった類子が、傘天井の下で銀子の亡骸《なきがら》を発見していた。毒をあおいだ彼女は凄まじい苦悶に耐えて、愛する兄の傍《そば》で死にたいとあの長い廊下を這いずって、ついに力尽きたものと想像された。

真上の座敷では兄の金彦が息絶えている。

とうとう最後まで行き違って果てた兄妹であった。

4

雨はすっかりあがっていた。

生き残りの虫たちがほそぼそすだく楽の音《ね》が、沈黙の間を埋めていた。

〝ホ〟の二番間に、明智小五郎、可能勝郎、中村静彌、佐々木カネがいた。可愛いコケシを散らした炬《こ》燵《たつ》布団に、四人は無愛想な顔をならべている。

あれからすぐ「なかむら座」の座員たちが尼崎病院から駆けつけてきた。座頭をはじめ大勢が、明智大二郎と苦米地滴を弔うため、雪栄の病室に集まっていたのだ。うちつづく事件だが対応する松之丞の差配は的確であった。

参造の入院先へ人を走らせ、桜井署長に急を知らせ、それぞれ善後策を講じさせた。連続する死者に忙殺される不運を嘆きながら、尼崎博士も医師の務めを的確に果たし、どうにか遺体の処置が一段落したので、四人はようよう居室まで帰る時間をひねり出せたのである。

時刻はやがて十二時になろうとしていたが、眠る気になれそうもない。なによりみんなには大きな疑問が残されていた。

男爵は、いつ狂犬病に罹患していたのか？

「尼崎先生に詳しく聞いたよ」

カネがいった。「ヒトの場合、潜伏期間は十日くらいだって」

勝郎がうなずいた。

「中には七年間という記録もあるらしいが、今回はスザンヌに噛まれて発症したカビの例があるから……」

「歌枝さんがおなじ犬に嚙まれていたんだ」

カネはお松から話を聞いていた。

「レミが風邪っぴきだったので、歌枝さんがカピを散歩につれだしてさ……そしたらスザンヌが歌枝さんに飛びかかった。守ろうとしたカピもそのとき嚙まれたって」

むろんまだスザンヌが病畜とは知らなかったし、手袋越しに嚙まれたから大事ないと思い、井田が土下座して詫びたので、歌枝は誰にも話さずお松にも口止めしたという。

「スザンヌが川で死んだのは、飼い主のモボの仕業《しわざ》だと思う」

カネはいいきった。

「スザンヌの病気がわかって、明るみに出る前に殺したんだ。そういう奴なんだ」

「それなら男爵は、歌枝さんから感染したんだろう」

「ああ、なるほど」

勝郎説に納得しかけたカネだったが、すぐ口をへの字にした。

「だけど……先生はヒトからヒトへ感染する例は稀といってた」

「そうか……」と勝郎も記者として調べたことを思い出す。

「するとどうなるんだ」

小五郎も首を傾げた。

「それもこの二週間の間という制限があるんだ……」

「媒介するのは、たとえば唾液とか」

静禰が呟いてから、自身で否定した。

「唾が飛んだくらいでうつるわけないか」

「相手が怪我をしていて、たまたまその傷口に唾がかかった？」

カネの思いつきには小五郎がダメを出す。

「その程度では感染しないよ。それに大田原さんに傷なんてなかった」

「うーん」

「うーん」

カネと静禰が仲良く腕を組んで唸りだす。その様子を見ながら、あつあつのお茶をすすろうとして、勝郎が「ぐわ」とおかしな声をあげた。

「どうしました、勝郎さん」

驚いた静禰が声をかける。その様子に小五郎は気がついた。

（静禰さん。記者さんを名前で呼んでる？）

その勝郎は口の中を火傷《やけど》したのか、もごもごと舌を動かして――そして叫んだ。「わかった！」

三人の視線を浴びて、勝郎はいった。

「男爵の傷は口の中だ」

「あ！」小五郎が目を輝かせる。

「そうか、あの人はひどい口内炎で苦しんでいた」

「でも、そんな口の中の傷にどうやって唾液を」

考える小五郎の前で、カネがニヤッと笑っていた。

『静禰はわかるな、ねんねじゃないだろ』

『え……ええっ……ああ！』

静禰は大声をあげた――「口吸いいね！」

年上の貫禄で勝郎は落ち着いている。

「英語ならディープキスという」

　カネはすっかりはしゃいでいた。

「男爵が歌枝さんと舌を絡ませてさ、口の中でねぶり合ったんだ！……どうした？　明智くん、小五郎ちゃん」

　わざとらしくカネが、少年を覗き込む。明智小五郎の頰がうっすらと染まっていた。

5

　宿題を終えたような心境だったろう。二十分後、別室の布団にもぐりこんだ静禰とカネは、満足していた。

「そうか……カネはこれから竹久画伯のモデルになるのか」

「まあね」

「……晴雨先生にはちゃんと暇をもらったのかい」

「まあね」

「カネは縛られるの、好きだったんじゃないの」

　からかわれてもぞりと体を動かす。

「嫌いじゃないよ。あたいはやんちゃだからね。天罰と思ってくくられてた、するとその内だんだんと妙な気分になってきてさ。あー危なく変態の門を潜るとこだった。晴雨先生ったら冬になれば雪の中で縛るといいだしてね。あたいそこまで本物じゃないから、他のモデルでやってくれって揉めちまった」

「それで鞍替えするわけ」

「へへっ」

布団の中で照れていた。

「夢二先生、あたいをウンと美人に描いてくれるというからね……ふわあ」

「コラ。美人の大あくびは色消しだぞ」

首まで布団の襟をひきあげてから、

「いけない」静禰は跳ね起きた。

「忘れ物？」

「レミに手紙を渡されていた……」

衣桁の着物の袖をまさぐってから布団にとって返すと、カネが肩をすくめていた。

「レミのこと忘れてたなあ。あのまま屋敷を追ん出たんでしょ」

「うん。カピはいなくなったし、男爵に仕返しもすんだしね……これ、レミの手紙。みんなによろしくとさ」

一枚きりの便箋を見せられて、カネが笑った。

「へったくそな字！　ふーン。あの子、本名は遠藤平吉だったのか。ずいぶん当たり前な名なんだ」

「平さんと呼ばれると門番のおじさんにカブるから、役名のレミで通していたって。本当はサーカスで暴れたいんだよ、あの子。曲馬団では素早い変装が売り物で、二十の顔を持ってると評判だったらしいぜ」

「ふぅん……ふわあい……美人がまたあくびしちまった。ンじゃおやすみ、静禰」

「おやすみ、カネ」

「あ、もうひとり！……滴にも」

「そうだったね」

しんみりとした声が揃った。

「おやすみ、滴」

あとに微《かす》かな虫の音がつづいた。

終《おわり》——日本国東京都世田谷区

大正の世はとっくに終わっていた。

関東大震災に見舞われた守泉家は、根こそぎ瓦解した。屋敷をのせていた崖線《がいせん》がまるごと多摩川にむかって崩落したのである。瓢簞《ひょうたん》池の水源は涸れて、守るべき泉を失った名門は存在価値を全否定された。

後継者のないまま守泉参造は、とうに入院先で死去、後継ぎはうやむやのまま、震災を迎えたのだ。池の底から人骨が発見されたニュースも、震災の被害報道が優先して、関係者の口にのぼることも少なく忘れられていった。

つまるところ帝国新報社がスポンサーのひとつをなくした、その事実にのみ止まった。

日本の元号は昭和となり、ダンスとリキュールと脂粉の香りは、あっという間に硝煙の匂いに置き換わった。

東京都世田谷区と地名を変えた一帯は、間もなく戦火で焼け野原となり、やがてバラックの立ち並ぶ町となり、いつか大工の槌音《つちおと》があがりはじめた。

敗戦後すぐ駒沢駅前に看板を出した『ミルクホールひょうたん』は、バラックの風情を残して今も健在であった。

ドアの上にかかった表札は源田である。

カランカランと、ドアに設けられたカウベルが鳴った。

「やかましい」

店の中では、勝郎のステッキを借りた静禰が頭上にかざすと、音は止まった。

経営の源さんにいわせると西部劇的内装だそうだが、そもそもカウベルの発祥はアルプスなのだ。

「……可能さんいらっしゃい」

細身の女性がカウンターの奥から出てきた。色黒でも器量良しなのは確かにスエだが、若いころの恰幅の良さはどこにもない。やはり戦争中の苦労が尾をひいているのだ。

年齢相応にふけたのは勝郎も、記者の女房に納まった静禰も、当然のことだ。今はなき「むの字屋敷」で起きた事件から、三十年に余る月日が経過していた。

「今日はスエちゃんひとり？　源さんは」

「二子玉川園《ふたごたまがわえん》に孫を連れていったの」

「いいおじいさんだこと」

息子と嫁は共働きと聞いている。夜は勤め帰りのサラリーマンが立ち寄るが、昼間は駒沢の学生がミルク一杯で粘る程度だから、店はスエひとりで勤まるのだ。その学生客も今のところいない。

勝手知ったる可能夫妻は、サービス動線が短くすむカウンター席についた。

ミルクホールなんて大正的な看板は下ろして名曲喫茶にしなさいよと、静禰は意見するが源さんは案外頑固だ。はじめてスエと逢い引きしたのが、三軒茶屋のミルクホールだからという。

「カネちゃんは？」

スエに聞かれて静禰が苦笑した。

「あの子ももう『以心伝心』が使えなくなったって。おいらだって……あ、ごめん。すぐ癖が出る」

勝郎を見て訂正した。

「私にも聞こえなくなっちまった」

ちょっぴり名残惜しげではある。娘になって発現した「以心伝心」であったが、人妻となるにつれ特技は霞のように消えていったのだ。

勝郎が言い添えた。

「大丈夫。カネくんも楽しみにしてたから、じきくるよ」

まるでその声に答えるように、ガランガラン。

けたたましく、カウベルが高鳴った。

「あ、もうきてた」

顔を出したのはもちろんカネだ。秋ものの銘仙を着て奥様然とした——ただし中身はさして代わり映えしない彼女である。子どもがいないせいか同年配のスエや静禰に比べグンと若々しい。

「東急ってこの時間でもけっこう混むんだ……一杯頂戴」

「どうぞ。ブラッディマリーでしょ」

シェーカーを振る役は亭主だが、この程度のスタンダードのカクテルならスエもつくれる。ひとりで丸いテーブルを占領したカネは、壁を飾った映画のポスターの品評をはじめていた。

「バーグマンか……でかすぎるよ、この女。キャサリン・ヘプバーンなんて頬骨ばっか」

ガランガラン。

客のみんながドアをふりむいた。

「きたきた、今日の主客が」

裾を粋に捌いて、カネが立ち上がっている。

「やあ、しばらく」

渋いが透き通った声は、明智小五郎だ。リュウと形容したい瀟洒《しょうしゃ》な背広姿であった。あの絣《かすり》の着物の少年がここまで変わるもんかと、カネは溜息をついたらしいが、小五郎の蔭にたつ少年を認めたとたん、息が止まりそうになった。

「明智くん、探偵小僧！」

カウンター椅子からすべり下りた静禰も負けずに奇声を発していた。

「そっくり！」

「な、いっただろう」

帝国新報あらため『夕刊サン』の顧問記者として、勝郎は既に取材で会っているが、カネの興奮ときたら最大級だ。もじもじしている制服の少年の周囲をひとまわりして、ふたたび嘆息した。

「思い出すなあ、このりんごみたいな頬の色！」

「そんなに似てるんですか、ぼく」

照れ臭そうに少年がいうと、カネが手を打った。

「そのボーイソプラノも！」

「彼は、本家の血筋だからね」

やりとりを笑顔で聞いていた明智が、正式に紹介する。

「……ぼくの遠縁にあたる小林芳雄《こばやしよしお》くんだ」

りんごの頬の持ち主が頭をさげると、すかさずカネがいう。

「揃ったところで会いにゆこうか。滴も待ってるよ」

「あら……もう出かけるの」

お冷やを運んできたスエに、明智が答える。

「日の高い今のうちに、兄ちゃんに引き合わせたいんでね」

小五郎のいう兄ちゃん——明智大二郎は、戦火を越えて玄妙寺の墓地に眠っている。滴とおなじ墓石の下で互いに心を寄せ合って。明智本家からの分骨を受け、碑銘も仲良くふたり並んでいた。

眼下の街並みを業火にあぶられながら、玄妙寺の建つ丘は無事だったのだ。

風は冷たいが今日の武蔵野は爽涼の青空だ。ふたりは秋の西日を浴びながら、みんなの到来を待っていることだろう。

「さあ、ゆこう！」

鮮血色のカクテルを一気に飲み干したカネが、墓参には縁遠い陽気な音頭を取る。熟年と見えぬしなやかな姿に、小林くんが軽い憧憬の視線を送っていた。

そうか……このおばさんが竹久夢二の『黒船屋』の女なんだ。

当人のカネはとうに夢二と別れている。初代文化勲章受勲者のひとり藤島武二《ふじしまたけじ》画伯の代表作に麗姿をとどめたのを最後に、モデルもやめた。彷徨の末にようやく出会った終生の伴侶と、今は仲睦まじく暮らしているそうな。

「じゃあスエちゃん。帰りに寄るときはおいらも」

「オイ」

亭主に叱られて言いなおす。

「私もいっしょに呑むからねっ」

勝郎は苦笑した。酒量は遙かに亭主をしのぐうわばみ奥さんなのだ。

「待ってますよ。そのころなら、旦那も孫も帰ってますから」

「えっと、スエちゃんの孫って女の子？」

カネに聞かれて相好を崩した。「女よう……コロコロして可愛いの」

「わかってる」カネがうなずいた。

「金太郎さんみたいに」

「あれ、知ってるの？　なぜ」

明智探偵は勝郎に尋ねていた。

「可能家にも孫がひとりいるんだね」

「いますよ。男だったから僕の名前をつけてくれました。字は違うがおなじカツロウ」

すると可能夫人が応じた。

「今度の孫は絶対に女の子！　それで私の名前をつけさせるの」

カネが目をしばたたいた。

「静禰って？」

「それは昔の芸名よ。私の本名は桐子っていうの、だから、可、能、キ、リ、コ！」

ガランガラン。

客ではない。大人の立ち話に焦れた小林少年がドアを開けたのだ。

秋の陽光がまぶしいほど、駅前広場に漲《みなぎ》っていた。


（完）

あとがき

物語も登場人物もフィクションに違いないが、モデルにした実在の人物が話の中に三人いる。あくまで造形のヒントでしかないから、作中で行動する彼や彼女については、作者であるぼくの責任だが。それにしても、三人ともがぼくという物書きの形成にいくばくかの影響をおよぼしているので、先行き短い年齢だけに多少とも剝《む》き出しな自分語りをしておきたい。ミステリのネタバレとなる場面もいくつかある。なるべくなら本編を読了してから読んでほしいし、ときには15禁の一面も顔をだす。取り扱いご注意をと、前もっておことわりしておきます。

モデルにした史実のキャラクターは、伊藤晴雨、佐々木カネ、阪本牙城の三人である。カネはカ子《ね》ヨだの兼代だのいろいろ呼ばれており、後に彼女をモデル兼愛人にした竹久夢二は彼の美意識に則って「お葉《よう》」と名付けているが、本編の中では「カネ」に統一した。

伊藤晴雨の人となりとその画業については、一部の好事家《こうずか》の間に雷名轟いており、ぼくが付け加える必要はなさそうだ。彼を主人公にした団鬼六《だんおにろく》の小説『外道の群れ』は映画化され、晴雨には竹中直《たけなかなお》人《と》が扮して怪演している。戦後の晴雨はもっぱら緊縛画家として名高いが、戦前に新聞連載した舞台評論は好評であったし、明治大正の時代風俗を洒脱な筆捌きで描き残した人物でもある。

ぼくの父（辻寛一。戦後十期にわたり衆議院議員をつとめた）が晴雨画伯の制作現場に立ち会った写真を一枚だけ記憶している。長谷《はせ》川《がわ》伸《しん》門下であった父は、創業のころから新国劇と交流があった。画伯とはその縁で知己《ちき》になったと思われる。

昭和の初期おでん屋を名古屋の中心街栄町《さかえまち》に出店した父だが、それ以前に東郊の石川橋《いしかわばし》に文化住宅（その見本が編中に出てくる一室だけ洋間のある文化住宅です）を購入していた。価格二千円だったそうだ。

所蔵した書籍はすべてそちらに残されていた。栄町の家は階下がすべておでん屋の店舗で、二階の六畳・四畳半・四畳半の三室に、寛一夫婦・ぼく・妹・父の養母・住み込みの女中三人が起居したのだから足の踏み場もない。近接した二軒の書店にぼくがいりびたった話はあちこちに書いたが、たまに石川橋へ行く都度父の蔵書を乱読した話はたぶんはじめてだろう。ぼくの本好きは父の血を継いでいるに相違ない。とにかく六畳一室きりの洋間は、雑多な本と雑誌に埋もれていた。『明治大正文学全集』『漱石全集』『子規全集』『日本随筆大成』にはじまって、右翼の頭山満《とうやまみつる》から左翼の堺利彦《さかいとしひこ》・麻生久《あそうひさし》、エッセイの薄田泣菫《すすきだきゅうきん》・杉村楚人冠《すぎむらそじんかん》（このあたりの読書は、朝日カルチャーや飛鳥《あすか》のクルーズでエッセイ教室をやらされたとき役立ちました）、ミステリと医学随筆の『小酒井不木全集』に至っては骨までしゃぶった。本編のアイデアのひとつ〝想像妊娠〟は彼の本で知った。栄町の書店とはひと味ちがったレパートリーで、晴雨が昭和七年に上梓した『美人乱舞』も、父の書棚で発見した。

小学校低学年の坊やとしては衝撃であった。戦後復刊された同書は残念ながら体裁内容ともに違っている。戦前のそれは袋綴じの和書の形だ。その一部を模写しようと（コラコラ）袋綴じの間にカーボン紙を挟んだのだから、記憶は確かだ。編中には「島田の壊れるまで」と題され、縛られた娘が悶《もだ》えているページがあった。モデルはカネだろう。

史実のカネは叙情画家竹久夢二と同棲、さんざ夢二を翻弄《ほんろう》しながら『黒船屋の女』として今も人々の目に触れている。本文に記したことだが藤島武二《ふじしまたけじ》の名画『芳蕙《ほうけい》』に研ぎすまされた横顔を残したのを最後に、早くも二十二歳でモデルから足を洗ってしまった。多情多恨であったカネを最後に受け止めてくれたのは、三歳年上の医師だったという。夢二亡く、武二没し、晴雨も死んだのち、夫とともに安らかな老後を過ごしたカネは、七十六歳の天寿を全うしたそうである。

上記は金森敦子《かなもりあつこ》氏の労作『お葉というモデルがいた　夢二、晴雨、武二が描いた女』（晶文社刊）に拠《よ》らせていただいた。自分でフィクションと断りながら、史実を持ち出したのは筆の滑りすぎだけれど、穏やかな彼女の終焉を知ってホッとしたぼくは、蛇足と思いながら書いてしまった。

これが阪本牙城となると、また百八十度あさっての方角に話が飛ぶ、ご勘弁いただきたい。

昔話として再三頂戴した質問だが、

問「辻さんの一番古い思い出は？」

答「血溜まりです」

問「へっ？」

なんともミステリ作家らしい回答だが、五歳のおり喉の手術を受けた直後に洗面器に吐いた血をまざまざと記憶していて、これがぼく最古の思い出なのである。

喉にオペの機器を突っ込むのだから、ギャアギャア泣かれては医師も手が付けられない。それで施術前に親と約束させられた。

「泣かずに我慢できたらなんでも買ってあげる」

「じゃあ『タンク・タンクロー』買って！」

もちろん買ってもらった。

大日本雄弁会講談社（現在の講談社）が発行していた「幼年倶楽部」の連載漫画が、一冊になっていたのだ。

作者の名は阪本牙城。

まるで未知の新人であった。それまでのぼくのご贔屓《ひいき》は、吉本三平《よしもとさんぺい》の『コグマノコロスケ』だった(今でもコロスケの画《え》は描けます)が、そこに牙城が加わった。「少年倶楽部」も読んでいたから『のらくろ』『ダン吉』は通読していたが、『タンクロー』の奇天烈ぶりは類を絶した。

だいたい講談社系の漫画は常識的で、ナカムラマンガライブラリーの謝花凡太郎《しゃかぼんたろう》・新関青花《にいぜきせいか》たちの奇想に比べると……と、ここで戦前の児童漫画を論じはじめては読者が迷惑するから省くとして、さて『タンクロー』の斬新な面白さをどう説明すればよいものか。

髭面《ひげづら》の主人公はチョン髷《まげ》を結って帯刀しているが、ピストルも使い、長靴を履いている。胴体となるとデカい炭団《たどん》で、八方に穴が開いており、タンクローの首も手も足もみんな穴から飛び出している。取り替え可能なパーツとみえ、両腕の代わりに翼を生やし正面の穴からプロペラを突き出せば飛行機になる、という調子。軀《く》体《たい》に無数のミニタンクローが内蔵されており、号令一下本体を離れてモブで活躍する。

なにがなんだかわからんスーパーヒーローだが、対決する相手も輪をかけてわからん悪の集団だった。黒カブトという年齢性別容貌不明の独裁者がリーダーである。

ジャンル分けすると無国籍人造人間喜活劇とでもいおうか。オリジナリティがありすぎで、少なくともぼくはこんな漫画はじめて見た。

はるかはるか後になって、アニメ『一休さん』を担当していた電通の坂梨プロデューサーから声がかかり、『タンク・タンクロー』のテレビアニメ企画書を書いた。もちろんぼくとしては大いにノッて書いたのだが、残念。モノにならなかった。

だいたいぼくがノッて書いた企画書は、『マカロニほうれん荘』を好例に、スムーズに通らんのだ。

……また脱線した、ごめんなさい。

阪本牙城の話であった。

本編にあるように日本画の修業からスタートしたが、やがて岡本一平《おかもといっぺい》のすすめで漫画に転じたようだ（だから厳密にいえばこのときは筆名が違うが、ここでは牙城で通します）。「幼年倶楽部」に持ち込むと編集長に絶賛されたという挿話は聞いているが、所持する『現代漫画大観』には、彼は大人向けの漫画漫文を寄稿していた。つかみどころのない、よくいえば飄逸な画であり文章だった。それだけの感触で、作中では秋に浴衣《ゆかた》がけというトンチンカンなキャラクターにしてしまった。作者は全能とはいえ、タンクローに一刀両断されるかも知れない。

ぼくの本好きは父譲りと書いたが、母の下の兄も愛書家だった。中里介山《なかざとかいざん》の『大菩薩峠』も、白井《しらい》喬二《きょうじ》の『富士に立つ影』も、家どうし軒を接する近さだったのでいりびたって完読した。文章は忘れているのに、ヒーロー熊木《くまき》公太《きみた》郎《ろう》の非業の最期の挿絵は子ども心に悔しく、目に焼きついている（だからぼくはエンタメ小説の挿絵必須論者なのです）。優秀な技師で特許をいくつか持ち、趣味が広く戦争中だというのにオルガンで賛美歌を演奏したりするから、しばしば母を心配させた（このあたりの情景は『悪魔は天使である』でスケッチした）。
上の兄――ぼくのもうひとりの伯父は、名書家だった。編中にいろは四十八文字を米粒に書く挿話があるが、実はこの伯父の若いころの特技であった。老いても書の腕は衰えず、父の選挙のポスターはすべて伯父の揮毫《きごう》である。

多芸な伯父たちであったが、ついにふたりとも妻帯しなかった。詳しく聞いたわけではないが母の実家は、木曽《きそ》の分限者（伯父の話では街道筋ではじめて三階建てを普請した）だったが倒産して名古屋に転居してきた。そんな事情もあったためだろう。

そこで母の禎子と父の寛一が知り合い、恋仲になったわけだ。息子としては気恥ずかしいものがあるが、父の最初の著書『狆の近吠』には、母を知り染めたころの恋文（！）を収載している。さすがに母は渋ったので、父の一方的なラブレターが「恋しい恋しい禎子どの」という調子で綴られている。昭和初期に営まれた家庭としては、けっこうユニークな部類だろう。

親たちに確認したわけではないが、昭和十九年になってぼくはわが家で春画を見た。晴雨の画と違って偶然に見たのではない。ぼくに見せようとした親たちの確信犯と推測する。強制疎開のため栄町の店を畳んで、石川橋に引っ込んだ直後であった。

八畳の座敷に付属する床の間と違い棚。天袋の小さな唐紙が半分ほど開いていた。なにか美麗な色彩が見えたので手にとると、持ち重りのする和書みたいで、はじめて見る豪奢《ごうしゃ》な織布で装丁されていた。いざ開けてみて仰天した。

はじめは江戸のころの絵草紙かと思った。母の家はそれなりの旧家だったから。要するにそれはぼくのはじめて見る春画——笑い絵であったわけだ。今は知らないがあの時代、良家の子女が嫁ぐとき実家がもたせてやる枕絵が慣例であったらしい。だからあれは母の教科書（？）だったのだ。

拙作『焼跡の二十面相』を読んだ方は覚えておいでだろう。小林芳雄《よしお》くんのリアクションは、そのときのぼくがモデルだ。

一週間ほど画集はそこにあった。そして消えてしまった。両親もぼくもその存在についてはとうとう一度も口にすることがなかった。

『たかが殺人じゃないか』で描いた桜のオシベとメシベを使う性教育より、ずっと実用的（しかも芸術的）であったと思っている。

そうだ、もうひとつ注釈があった。「バリツ」の場面に出てくる植芝盛平の話。ぼくがその名を知ったのは、昭和十一年に大日本雄弁会講談社から出た架空の海戦小説『新戦艦高千穂』（平田晋策・著）による。日本人の中学生がゴリラみたいな白人の水兵を投げ飛ばす。これが植芝武道として作中で紹介された。その中学生が習得した植芝武道は、長く北海道白滝村に住み、後に満蒙にも渡った実在の武道家植芝盛平（安彦良和の長編マンガでも活躍している）を開祖とする合気道だ。時期的にズレがあるのであえてホームズの名は出さなかったが（あっ、出してしまった）、接点がなかったとは断じきれない。空想好きな作家の遊びとして、シャーロッキアンのみなさんご寛恕ください。

こうして並べてみるとぼくという物書きの素地は、幼児のころから十代前半の間に形成されたんだなと痛感する。辻は子どものこころを失わないといわれ（たぶん褒め言葉）たりするが、当たり前か。実は一度もおとなになりきっていないのだ。

まともにビジネスマンをつとめたことがなく、大学を出たとたんアッという間にクリエーターの真似事をさせられ、キャッという間に七十年の歳月が流れ去った。

こんな話、書いておくのもどうかと思ったが——まあいいや。

小説のあとがきにしては長すぎたが、辻の人生のあとがきのつもりで読むなら、我慢できるでしょう。


ではまたいつか。みなさんお元気で。

辻　真先

命《いのち》みじかし恋《こい》せよ乙女《おとめ》
少年明智小五郎

2024年11月22日　初 版

著者
辻《つじ》 真《ま》先《さき》

装画
カナリ・カナイ

装幀
石松経章

発行者
渋谷健太郎

発行所
株式会社東京創元社
〒162-0814 東京都新宿区新小川町1-5
03-3268-8231（代）
https://www.tsogen.co.jp

印刷
フォレスト

製本
加藤製本

 ISBN978-4-488-02915-9　C0093